名探偵にまつわる言葉をイラストと豆知識で頭をかきかき読み解く

金田一耕助語辞典

文 木魚庵
絵 YOUCHAN

はじめに

　横溝正史が「戦後、本格探偵小説一本槍でいこう」と決意し、日本家屋での密室殺人に挑んだ「本陣殺人事件」を著してから70年余り、探偵金田一耕助が活躍するシリーズは今なお読み継がれ、多くのファンに愛されています。新作のドラマが毎年のように制作され、そこではじめて金田一耕助を知った若い人たちが原作を読みたくなったとしても、新刊で手に入れることができます。

　横溝の文章は70年前の小説とは思えないほどわかりやすく、SNSなどでもすらすら読めたという感想が目立ちますが、その一方で読みにくかったという意見も目にします。世相や時事を表すことばの意味がわからず、そのたびにつっかえたというのです。

　今では使われなくなったことばの意味さえわかれば、横溝作品をもっと楽しく読めるのではないか。その思いは若い新規の横溝ファンと交流を重ねるうちにますます強くなっていきました。

　そんな折り、誠文堂新光社から本書のお話をいただきました。

　もし、本書のタイトルが『横溝正史語辞典』または"語"がつかない『金田一耕助辞典』だったら、その場で辞退していたかもしれません。ミステリ論としての、あるいは書誌的な横溝正史研究はすでに多くの方が手がけており、適任者は他にいるからです。

　ただ、お声がけいただいた際に言われた「執筆者の主観に満ちた激しい愛の発露が『〇〇語辞典』シリーズの特徴」とのことばに強く胸を打たれました。それなら、日頃

から思い描いている用語の解説に振り切った金田一耕助本を作れないだろうか。今では意味がわかりにくくなってしまった当時の世相や風俗を表すことばを、作品に寄り添いながら説明することで横溝ファン、金田一ファンが楽しめる本を目指せるのではと考えました。

個々の原作や映像作品のガイドは、『金田一耕助完全捜査読本』(宝島社) や『金田一耕助映像読本』(洋泉社) などの優れた先行書がすでにあり、本書で数行ずつ触れても後塵を拝することは明らかです。そこで編集部とも相談の上、思いきって割愛しました。

その分、金田一さんが活躍した時代の空気を感じることができることばや、横溝ブーム以降、金田一さんが様々な分野に広まっていく現象を、著者の知りうる限りできるだけ紹介しています。あの用語やこの作品の項目がない、と思われる方も多いでしょう。検討段階で相当数の項目が収まりきらず、著者の判断で優先度をつけさせていただきました。ごめんなさい。

また、皆さんがまず最初に探すであろう「キ」で始まる有名なセリフはあえて項目を立てていません。代わりに、近くにそのセリフの由来となったであろう項目を書きました。ぜひ見つけてみてください。

ともすれば堅苦しくなりがちなページを、楽しいイラストで飾ってくださったYOUCHANさん、本当にありがとうございました。いったい何人の金田一さんを描いてくださったのでしょう。

木魚庵

おかみさん、久一村へ行くには

この道を行けばいいんですか

この本の楽しみ方

名探偵の謎に迫る！

金田一耕助にまつわる言葉を50音順に並べた画期的な一冊です。
ネタバレなしなので、マニアも初心者も楽しめること請け合い！
イラストとコラムも充実しています。

❶ 見出し語

見出しの並びが50音順なので、知りたい
言葉がすぐに見つかります。

❷ 解説

金田一耕助関連作品をより深く、面白く
味わうための知識が満載です。

---

❶ **蠟マッチ**【ろうまっち】

❷ マッチ箱の横側ではなく、靴の裏や壁などザラザラした場所でこすって発火させることができるマッチ。蠟は使用されておらず、

「ロウマッチ」の通称で現在も販売されています。

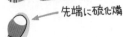

→ 先端に硫化燐

革靴の底で擦るとよいのですが、金田一さんは普段草履か下駄履きなので、コンクリートの壁や床などで着火🔥

しゅっ

火薬部分の黄燐が半透明で蠟のように見えたためこの名前で呼ばれる。黄燐の特徴として、暗いところでぼうっと燐光を放つことが知られており、その特色をトリックに用いた作品があるが、黄燐は人体に有毒であることと自然発火の危険があるため、大正年間には製造禁止となっている。代わりに用いられた硫化燐は夜光性ではない。

ロケット【ろけっと】

飾り部分(チャーム)が開閉式になっており、写真や薬、お守りなど大切なものを入れて身につけられるようにしたペンダント。生涯の秘密を肌身離さず持ち歩くことができるため、古きよきミステリでは小道具としてよ

●本書で紹介している原作、映画、ドラマなどの金田一作品について、ネタバレは一切ありません。だから、未読・未見の作品がある人でも安心して本書をお読みください。

●綴込み付録は「パタパタ着せかえ　金田一さん」。和装、洋装、変装と、なんでも着こなす金田一さんのファッションスタイルを、パタパタイラストでお楽しみいただけます。

付録

※本書の内容はすべて2020年8月現在のものです。
※本書でとりあげた原作のタイトルや引用はすべて角川文庫版に則っています。

金田一耕助語辞典
もくじ

綴込み付録「パタパタ着せかえ 金田一さん」

※本書に記載されている人物は原則として敬称を略しています。

耕助、興奮の図

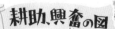

バリバリ
ガリガリ
バリ
バリ

ひゅ！っ

そっ そっ それはっ つっ つっ つっ つまりっ

不謹慎な状況のときが多いので、口笛をつぶりだけのことも多い。

何か事件に関わりの深い事柄に遭遇したりすると口笛を吹いたり
吹くそぶりを見せたあと、めったやたらと頭の上のスズメの巣をバリバリガリガリ引っかき回してフケが散乱！！ コトバもシドロモドロに。

探偵というショーバイについて

因果な

法に触れないという大前提がありますが、依頼人の秘密は警察にも明かしません。秘密厳守は絶対です。警察との関係は、お互いを利用しあうといた、ちょっとクールなスタンスなのです。

わかってますって金田一さん

とは言うものの、金田一先生の的確なサジェストがなければ解決できなかった事件はこれまで多数あるのですぞ。

東京のよき相棒・等々力警部

……

（！）

岡山のよき相棒・磯川警部も先刻承知！

確証が得られるまではどんなに親しい人にも原則、推理の過程は話さない

のですが、『悪霊島』では推理を組み立てる過程を追うことのできる描写があります

読者の特権！！

こう見えてTechnology 常に時代の最先端

鞄の中の女

昭和30年代初頭、テープレコーダーに電話の音声を録音。

同じく昭和30年代初頭にテレビ受像機をすでに所有。

壺中美人

※国産の白黒テレビ受像機第1号機が発売されたのは昭和28年でした。

昭和48年には小型テープレコーダーを使用。

病院坂の首縊りの家

すっ

事件解決の目処が立つとそうとうひどいメランコリーに取りつかれる金田一耕助

『悪魔の百唱譜』に詳しいエピソードが

お金に無頓着な金田一耕助

入金があるとパーッと使ってしまう。パトロンがいないと、基本、生活できないタイプの人です。

先生、温泉に行きましょうや！

報酬がたんまり入ったようだね

はねっ 費用は……なんぎャーっ！

●映像化・舞台化多数！！●

耕助を演じる役者さんは皆さんカッコイイね！！

15cmくらい 差があることも

（！）

他にも独自解釈のユニークな金田一さんが何人もいらっしゃいますね。

取り調べに同席中の金田一耕助の瞳はだいたいショボついている。

「悪魔の百唱譜」

ポーカーフェイスと書いて下さいよ Y先生

そのため、事件解決後は静養のため、よく旅に出ます。

ただし静養先で事件に出くわすことも！

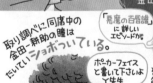

ちらっ

いつもタバコ

……っ

いやー、変に出っくわしてますなぁ～

原作準拠の
金田一耕助

役者さん演じる
カッコイイ 金田一耕助

金田一耕助を巡る人々

金田一耕助って
いやな野郎
なのである

成城の先生

金田一耕助

心酔

協力

小説の
材料提供

記録

金田一耕助 公認の伝記作家。
数々の冒険譚を執筆している。
耕助と初めて対面したのは、
疎開先の岡山だった。
「黒猫亭事件」に詳しい
いきさつが記されている。

「白と黒」事件のS.Y先生は
別人なのだろうか……？

あちらは
詩人の先生
なんだよな

バリバリ

久保銀造

耕助からは
「小父さん」と
呼ばれて
いる

橘署長
「犬神家の一族」事件で
共に捜査に取り組んだ。
那須署長。

協力
敬意

協力

支援

身の回りのお世話

お世辞のみならず
使身な本業については
詳述している

磯川常次郎 警部

戦前から耕助を支えるパトロン。
岡山で果樹園を営む。耕助最初の
事件として有名な「本陣殺人事件」で
耕助の出馬を要請したのはこの人。

岡山県警所属。地元の警察内では「古狸」と
呼ばれているが、耕助とは5歳くらいしか違わない。
耕助とは昭和12年の「本陣殺人事件」以来のつきあい。
「悪霊島」でそれまで知られていなかった
過去が明らかになった。
「堕ちたる天女」事件では、本庁の
等々力警部と初めて対面した。

009

聞きこみ、張りこみ、尾行などを指示

協力

警視庁 捜査一課所属。
耕助とは厚い信頼関係にあり
捜査協力しあう仲ではあるが、
休暇を共に過ごすこともある。
この孤独な名探偵の身上を
案じるなど、友情に厚い一面も。
定年退職後は探偵事務所
を開業する。息子・栄志も
警察官になり、加納警部の
もとに配属される。

警察仲間

等々力大志警部

多門 修

愛称は
シュウ
ちゃん

元グレン隊の前科者。とある
事件で無実の罪を着せられそうに
なった際に、耕助に救われて以来、
耕助の助手として活動。後年、風間
俊六の経営する、赤坂のナイト・クラブ
K・K・Kでマネージャーを務めた。

東京の
警察関係者

協力

他にも
大勢
いるよ

気さくな
加納警部補
(高輪署
→本庁へ)

軽いフットワークの
新井刑事
(本庁)

おっとしょ!

蒸かし
まんじゅう似で
小羊のように
優しいまなざしの
島田警部補
(緑ケ丘署)

風間俊六

耕助の中学時代の
同級生にしてパト
ロン。松月に
耕助が転がり
込んで以来、
耕助の生活を支
えている。
国内屈指の建設
会社・風間建設のトップ。

戦後、台頭した
傑物の一人

小ザルの
異名を持つ
志村刑事
(成城署)

温厚な
山川警部補
(成城署)

居候

割烹旅館経営

のちに建て替えで
緑ケ丘マンションに

緑ケ丘荘

よし江
さん

耕助の面倒をみてもらう

お節さんは
耕助が転がり込んだ
割烹旅館・松月の女将で、
「風間の二号さんだか
三号さんだか」と形容される。
生活力のない耕助の
よき理解者で、こづかい銭
を工面することも。

まぁ
伊藤音頭
の万葉みたい
です!?

松月

割烹
旅館

女中頭の
おちかさん

女将の
お節さん

女中の
お清さん

先生、あなたもっと
お酒落をなさいましよ

と、女中からは
遠慮のないツッコミも

昭和30年代以降の
耕助の拠点、緑ケ丘荘。
管理人の山崎さん
夫妻も、耕助のよき
理解者であり、
電話の取り次ぎから
ハウスキーパーまで広く
手がけている。

タバコ銭を工面しましょう
ことで……

管理人の
山崎夫妻

金田一耕助 住居図解

銀座裏 三角ビル
金田一耕助探偵事務所

別名：化け物屋敷

5階の一番奥の三角形の部屋

5F

外へ向かうほど低くなる天井

窓

五

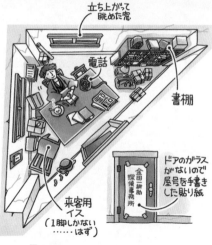

立ち上がって眺めた窓

電話

書棚

ドアのガラスがないので屋号を手書きした貼り紙

金田一耕助探偵事務所

来客用イス（1脚しかない……はず）

「沈思黙考するのには理想的な部屋」と自賛するも結局3ヶ月で引き払うことに……

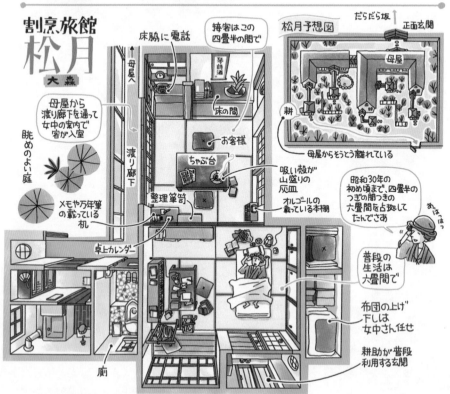

割烹旅館 松月
大森

床脇に電話

持客はこの四畳半の間で

琴諸酒

床の間

←母屋へ

母屋から渡り廊下を通って女中の案内で客が入室

眺めのよい庭

渡り廊下

お客様

ちゃぶ台

整理箪笥

メモや万年筆の載っている机

卓上カレンダー

廁

吸い殻が山盛りの灰皿

オルゴールの載っている本棚

松月予想図

だらだら坂

正面玄関

母屋

耕

母屋からそうとう離れている

昭和30年の初め頃まで、四畳半のつぎの間つきの六畳間を占拠してたんでさあ

普段の生活は六畳間で

布団の上げ下しは女中さん任せ

耕助が普段利用する玄関

松月は「病院坂の首縊りの家」での描写をメインにしています。

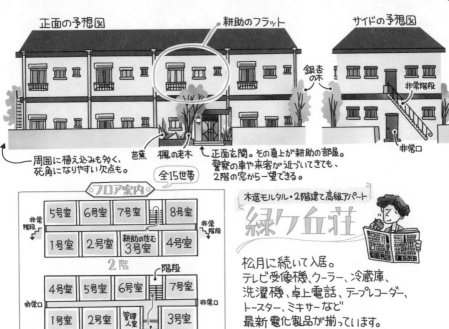

正面の予想図 　　　耕助のフラット　　　サイドの予想図

銀杏の木

非常階段

非常口

芭蕉、楓の老木

周囲に植え込みも多く、死角になりやすい欠点も。

正面玄関。その真上が耕助の部屋。警察の車や来客が近づいてきても、2階の窓から一望できる。

全15世帯

フロア案内

5号室	6号室	7号室		8号室
1号室	2号室	耕助の住む3号室		4号室

非常階段 非常階段

2階

4号室	5号室	6号室		7号室
1号室	2号室	管理人室		3号室

非常口 非常口

1階

階段

正面玄関

木造モルタル・2階建て高級アパート

緑ヶ丘荘

松月に続いて入居。
テレビ受像機、クーラー、冷蔵庫、洗濯機、卓上電話、テープレコーダー、トースター、ミキサーなど
最新電化製品が揃っています。
3K、バス・トイレ付き。

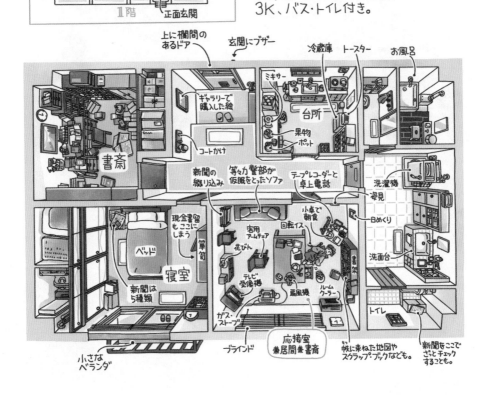

上に欄間のあるドア

玄関にブザー

冷蔵庫　トースター　お風呂

ミキサー

ギャラリーで購入した絵

台所

果物
ポット

コートかけ

書斎

洗濯機
姿見

新聞の綴り込み

等々力警部が仮眠をとったソファ

テープレコーダーと卓上電話

日めくり

現金書類もここにしまう

宿用アームチェア

小卓と朝食

回転イス

洗面台

花びん

単行

ベッド

寝室

テレビ受像機

新聞は5種類

扇風機

ルームクーラー

トイレ

ガス・ストーブ

小さなベランダ

ブラインド

応接室兼居間兼書斎

帆に束ねた地図やスクラップ・ブックなども。

新聞をここでさっとチェックすることも。

戦慄!! 殺害カタログ

●内番号は本書14ページの作品リストを参照

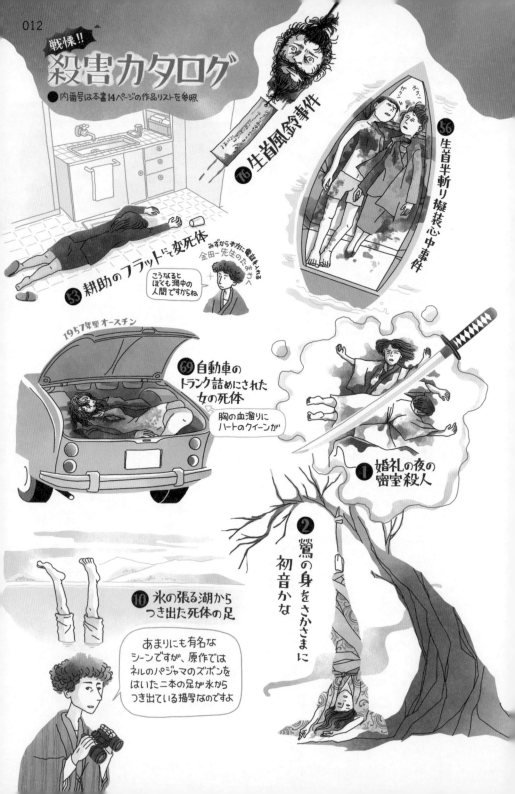

⑯ 生首風鈴事件

㊻ 生首半斬り擬装心中事件

㊼ 耕助のフラットで変死体

みずから本物に首足を入れる
金田一先生の元まで

こうなると
ぼくも渦中の
人間ですからね

1957年型オースチン

㊾ 自動車の
トランク詰めにされた
女の死体

胸の血溜りに
ハートのクイーンが

❶ 婚礼の夜の
密室殺人

❷ 鶯の身を
さかさまに
初音かな

⑩ 氷の張る湖から
つき出た死体の足

あまりにも有名な
シーンですが、原作では
ネルのパジャマのズボンを
はいた二本の足が氷から
つき出ている描写なのですよ

金田一耕助作品リスト

no.	タイトル	no.	タイトル	no.	タイトル
1	本陣殺人事件 ほんじんさつじんじけん	30	黒い翼 くろいつばさ	59	スペードの女王 すぺーどのじょおう
2	獄門島 ごくもんとう	31	蠟美人 ろうびじん	60	人面瘡 じんめんそう
3	蝙蝠と蛞蝓 こうもりとなめくじ	32	毒の矢 どくのや	61	支那扇の女 しなおうぎのおんな
4	殺人鬼 さつじんき	33	死神の矢 しにがみのや	62	雌蛭 めひる
5	黒猫亭事件 くろねこていじけん	34	暗闇の中の猫 くらやみのなかのねこ	63	泥の中の女 どろのなかのおんな
6	黒蘭姫 くろらんひめ	35	夢の中の女 ゆめのなかのおんな	64	壺中美人 こちゅうびじん
7	夜歩く よるあるく	36	七つの仮面 ななつのかめん	65	霧の山荘 きりのさんそう
8	八つ墓村 やつはかむら	37	華やかな野獣 はなやかなやじゅう	66	扉の影の女 とびらのかげのおんな
9	死仮面 しかめん	38	女の決闘 おんなのけっとう	67	猟奇の始末書 りょうきのしまつしょ
10	犬神家の一族 いぬがみけのいちぞく	39	霧の中の女 きりのなかのおんな	68	日時計の中の女 ひどけいのなかのおんな
11	女怪 じょかい	40	鞄の中の女 かばんのなかのおんな	69	悪魔の百唇譜 あくまのひゃくしんふ
12	百日紅の下にて さるすべりのしたにて	41	鏡の中の女 かがみのなかのおんな	70	猫館 ねこやかた
13	女王蜂 じょおうばち	42	傘の中の女 かさのなかのおんな	71	蝙蝠男 こうもりおとこ
14	鴉 からす	43	悪魔の手毬唄 あくまのてまりうた	72	夜の黒豹 よるのくろひょう
15	悪魔が来りて笛を吹く あくまがきたりてふえをふく	44	鏡が浦の殺人 かがみがうらのさつじん	73	白と黒 しろとくろ
16	幽霊座 ゆうれいざ	45	檻の中の女 おりのなかのおんな	74	仮面舞踏会 かめんぶとうかい
17	湖泥 こでい	46	洞の中の女 ほらのなかのおんな	75	迷路荘の惨劇 めいろそうのさんげき
18	生ける死仮面 いけるしかめん	47	不死蝶 ふしちょう	76	病院坂の首縊りの家 びょういんざかのくびくくりのいえ
19	幽霊男 ゆうれいおとこ	48	柩の中の女 ひつぎのなかのおんな	77	悪霊島 あくりょうとう
20	花園の悪魔 はなぞののあくま	49	火の十字架 ひのじゅうじか		
21	迷路の花嫁 めいろのはなよめ	50	赤の中の女 あかのなかのおんな		ジュヴナイル
22	堕ちたる天女 おちたるてんにょ	51	薔薇の別荘 ばらのべっそう	78	大迷宮 だいめいきゅう
23	蜃気楼島の情熱 しんきろうとうのじょうねつ	52	瞳の中の女 ひとみのなかのおんな	79	仮面城 かめんじょう
24	睡れる花嫁 ねむれるはなよめ	53	悪魔の降誕祭 あくまのこうたんさい	80	黄金の指紋 おうごんのしもん
25	三つ首塔 みつくびとう	54	悪魔の寵児 あくまのちょうじ	81	金色の魔術師 こんじきのまじゅつし
26	吸血蛾 きゅうけつが	55	魔女の暦 まじょのこよみ	82	燈台島の怪 とうだいじまのかい
27	首 くび	56	貸しボート十三号 かしぼーとじゅうさんごう	83	黄金の花びら おうごんのはなびら
28	車井戸はなぜ軋る くるまいどはなぜきしる	57	香水心中 こうすいしんじゅう	84	迷宮の扉 めいきゅうのとびら
29	廃園の鬼 はいえんのおに	58	トランプ台上の首 とらんぷだいじょうのくび		

金田一耕助語辞典

あ

噫、無残【ああむざん】

横溝正史が好んで用いる章題。「犬神家の一族」「迷路荘の惨劇」「雌蛭」「悪霊島」などに使われている。「火の十字架」では「噫、残虐！」とやや言い回しを変えている。古風なことば遣いだが、過去の凄惨な出来事や酸鼻を極める事件現場が語られる章題としては的確である。

愛川欽也【あいかわきんや】

（1934〜2015）

俳優。司会者。キンキンの愛称で親しまれた。ドラマ『横溝正史の吸血蛾 美しき愛のバラード』(1977)で金田一耕助を演じる。『土曜ワイド劇場』開始から15回目の放送で、放送枠も1時間30分だった。愛川の金田一耕助は現代に舞台を移し、くたびれたコートや背広に緩めたネクタイ、もじゃもじゃ頭と刑事コロンボを意識したかのようなスタイルに変更されていた。愛川を金田一役に据えた『幽霊男』のドラマ企画書も現存しており、シリーズ化が予定されていたともいわれているが、石坂浩二、古谷一行の金田一耕助がブームとなっていたさなかの放送で、単発ドラマに終わった。ただし『幽霊男』企画書では金田一の衣装は和服となっており、『吸血蛾』以前の企画とも考えられる。

愛川欽也

青池歌名雄【あおいけかなお】

「悪魔の手毬唄」の登場人物。明るく真面目で誰からも好かれる村の好青年で通っている（→『村のロメオとユリア』参照）。歌名雄というのは横溝正史の父宜宜一郎が最初の妻との間にもうけた男子の名前で、横溝は異母兄にあたるその人物の名前を作中に使用している。横溝にはもう一人、五郎という兄がおり、歌名雄と五郎は仲が良かったがともに早逝した。「悪魔の手毬唄」には別所五郎という若者も登場し、歌名雄とは村の青年団同士いつも一緒という設定だった。

青木湖【あおきこ】

長野県大町市にある湖。映画『犬神家の一族』(1976)のビジュアルイメージにもなっている、逆さの二本足のロケ撮影が行われた。二本足は遠景では精巧に作られた人形を使い、警察官が引き上げるシーンでは地元のエキストラが演じた。

Sukekiyo Upside Down for Point

アカイケイトノタマ【あかいけいとのたま】

「女王蜂」で金田一耕助が暗号を解いて導き出したことば。作中ではその暗号がくわしく提示されておらず、かろうじて五十音表に対応した換字式であることがわかる程度である。このことばが作中でどのような意味を持つかは、ぜひ原作を読んで確かめていただきたい。

『赤い館の秘密』【あかいやかたのひみつ】

イギリスの児童文学作家A.A.ミルンが1922年に発表したミステリ。作中に登場する素人探偵アントニー・ギリンガム（P.24参照）が金田一耕助のモデルとなったエピソードで知られるが、それ以外にも屋敷の当主を見すぼらしい風体の男が訪ねてくる冒頭や、事件現場から犯人が消失する謎、そして事件の舞台が「赤い館」と呼ばれる建物と内装が紅殻で塗られた「赤い離れ」であるなど、「本陣殺人事件」との共通点がみられる。

アガサ・クリスティ【あがさくりすてぃ】

（1890〜1976）

"ミステリの女王"と称されたイギリスの推理作家。『スタイルズ荘の怪事件』(1920)でデビュー。以後、『アクロイド殺し』(1926)、『オリエント急行の殺人』(1934)、『ＡＢＣ殺人事件』(1936)、『そして誰もいなくなった』(1939)などの作品で数々の斬新なトリックを考案。横溝はクリスティに深く傾倒し、戦前にも翻案作品を発表したほか「本陣殺人事件」ではその語り口を、「獄門島」では孤島での童謡殺人をクリスティにならった。以後の作品でもクリスティの影響は如実で、晩年ついに執筆がかなわなかった「女の墓を

Agatha Christie

アガサ・クリスティ

洗え」は、『杉の柩』から影響を受けていると公言。高齢になっても現役であり続けたことにも憧れを覚えていたらしく、100歳を超えてなお現役だった彫刻家の平櫛田中（ひらくしでんちゅう）とともに「田中さんには及びもないが、せめてなりたやクリスティ」と人生の指標とした。

赤本探偵小説【あかほんたんていしょうせつ】

「雌蛭」では珍しく変装する金田一耕助を「まさか赤本探偵小説の主人公に逆行したわけでもあるまいに」と訝しんでいる。赤本とは明治期から出版されていた講談、落語、探偵小説など通俗的な本のことで、表紙に赤系統の色を多用したことから赤本と総称された。赤本探偵小説ではジゴマやファントマ、ロカンボールなど盗賊を主人公とした華々しい展開の小説が人気で、名前だけを拝借して物語はオリジナルという便乗本も多数刊行された。赤本探偵小説の隆盛に戦前の横溝も一時「もっと線の太い赤本式探偵小説を書きたい」と語り、「幻の女」など一連の由利先生シリーズへと昇華させた。

悪魔【あくま】

「悪魔が来りて笛を吹く」「悪魔の手毬唄」「悪魔の寵児」など金田一耕助シリーズのみならず、横溝作品には悪魔がつくタイトルが数多く存在する。近年ではゲームやアニメにより悪魔のイメージが増幅され、ラスボス級の大魔王を想像する向きもあるかもしれない。横溝は、ほんの小さな妬みや欲から悪心が芽生え、やがて大きな悪意に成長し連続殺人へと発展する様子が、まるで悪魔が運命を弄んでいるようにみえることから好んで名付けたと思われる。

あ

『悪魔の調べ〜ミステリー映画の世界〜』
【あくまのしらべみすてりーえいがのせかい】

1977年に東宝レコードより発売された横溝映画のテーマ曲を集めたオムニバスアルバム。当時公開されていた『本陣殺人事件』(1975)、『犬神家の一族』(1976)、『悪魔の手毬唄』『獄門島』『八つ墓村』(1977)のサウンドトラックから12曲をピックアップ。レコード会社が異なる『犬神家の一族』『八つ墓村』と元々サントラ盤が発売されなかった『本陣殺人事件』の楽曲はオリジナルスコアをもとにカバー版を収録した。結果的に『本陣殺人事件』メインテーマ曲は本アルバムでしか聴くことができないものとなった。1996年のCD化の際に『女王蜂』(1978)、『病院坂の首縊りの家』(1979)の楽曲が各4曲ずつ追加された。ジャケットイラストは角川文庫の杉本一文テイストを継承しているが三島木将之によるもの。

『悪魔の調べ〜ミステリー映画の世界〜』
東宝レコード AX-5015
(1977)

明智小五郎 【あけちこごろう】

江戸川乱歩が創造した名探偵。初登場作の「D坂の殺人事件」では好男子ではないが愛嬌があり、木綿の着物に兵児帯をしめてモジャモジャ頭をひっかき回しているなど、金田一耕助に似たような風体をしていた。モジャモジャ頭だけは生涯変わらなかったが、明智はこの後洋装になり、ダンディな探偵へと変貌を遂げる。横溝は「明智小五郎がそのままだったら、ああいう探偵(金田一耕助)はつくらなかったでしょう」と語っている。明智と金田一は、芦辺拓(P.19参照)のパスティシュ『金田一耕助VS明智小五郎』シリーズでは幾度となく競演しているが、横溝の金田一耕助シリーズにはもちろん明智は一度も登場していない。

明地峠 【あけちとうげ】

岡山県新見市と鳥取県日野町の県境に位置する峠。映画『八つ墓村』(1977)で、森美也子に連れられて八つ墓村に帰ってきた寺田辰弥が、村の全景を見下ろすシーンのロケ撮影が行われた。

美也子が辰弥に村の説明をした明地峠展望台

でも今なら案内板があるから、村へは迷わず行けるわよ

それ、ロケ地案内ですよね

痣 【あざ】

皮膚に現れる赤や青などの変色のこと。遺伝性ではないので、肉親であっても同じ場所に同じ形の痣が現れることはない。逆に言えば、同じ痣を持っていたからといって、血縁関係の証明にはならない。「夜歩く」原作のドラマ『夜歩く女』(1990)では、蜂屋小市と古神守衛は生き別れた双子だったため身体に同じ形の痣があった設定になっていたが、原作の身体的特徴を言い換えるための方便で実際にはあり得ない。「悪魔の手毬唄」では妊婦が強い火の気にあたると、生まれる子に赤痣が伝わるという迷信が語られるが、これは実際に全国で言い習わされてきた伝承で、妊娠中の女性に重い家事を負担させないための戒めと解釈されている。

『あざみの如く棘あれば』
【あざみのごとくとげあれば】

ドラマ『横溝正史シリーズⅡ』のエンディ

あ

ングテーマ曲。前作『まぼろしの人』が金田一耕助をテーマに作られているのに対し、『あざみの〜』は犯人、それも女性をモチーフに作詞されたという。B面の『あなたは何を』は再び金田一耕助をイメージしており、劇中では金田一や日和警部の登場シーンで使用されている。2013年に放送されたアニメ『キルラキル KILL la KILL』は、各話のサブタイトルを昭和の流行歌のタイトルから引用しているが、その第1話のサブタイトルが「あざみのごとく棘あれば」であった。

茶木みやこ「あざみの如く棘あれば／あなたは何を」ハーベスト・レコード　YA-1011(1977)

味の濃い沈黙 【あじのこいちんもく】

横溝正史がよく用いる表現。「獄門島」「不死蝶」「悪魔の手毬唄」「夢の中の女」「鏡が浦の殺人」「迷路荘の惨劇」「悪霊島」などなどあちこちに頻出する。金田一耕助が事件の真相を関係者に語った後、思い思いに考えにふけるときなどに使われる。「味の濃い」は、「百日紅の下にて」「死仮面」などでは男女のいっぷう変わった性愛を伴う生活の表現としても用いられる。

芦辺拓 【あしべたく】

（1958〜）

推理作家。1990年に『殺人喜劇の13人』で第1回鮎川哲也賞を受賞しデビュー。"森江春策の事件簿シリーズ"をはじめ多くの作品を発表している。名探偵のパスティシュもまた多数発表。芦辺パスティシュは、オリジナル作品の模倣には終わらず名探偵同士の競演や活躍の舞台を越境するなど、クロスオーバーにより起こる化学反応や情況が180度反転するような大仕掛けのトリックを得意としている。金田一耕助が登場するパスティシュだけをとりあげても、明智小五郎とは5度にわたり競演し、さらにサム・スペードやチャーリー・チャン、ミスター・モト、そして森江春策と名探偵の競演作品が多い。これらの事件簿は『金田一耕助VS明智小五郎』『金田一耕助VS明智小五郎ふたたび』『金田一耕助、パノラマ島へ行く』にまとめられている。

あだ名 【あだな】

横溝正史は作中人物にあだ名をつけることがある。「犬神家の一族」の犬神佐武は、その体格から「衝立のような」と繰り返し形容されるうち、とうとう「衝立の佐武」と地の文で呼ばれるようになる。佐武が衝立なら、狐のように狡猾な眼つきの犬神佐智は何度目かには「狐の佐智」と略される。「鏡の中の女」では、五十近い年齢にもかかわらず肌がつやつやとして、あごが二重にくびれるほど栄養が行き届いている女性を「栄養満点夫人」と名付けている。「貸しボート十三号」では、X大学ボート部の学生たちを服装や外見からそれぞれアロハ、浴衣のおっさん、セーター、長脛彦、アンダーシャツと呼び分けている。いずれも短い出番の中で登場人物を際立たせようとする工夫なのだが、例えが絶妙すぎて、読後もそのフレーズが印象に残る。

X大学ボート部メンバー

アンダーシャツ　長脛彦　セーター　浴衣のおっさん　アロハ

あ

「あっはっは」【あっはっは】

金田一耕助の笑い方。作中でこう笑うのは
金田一だけではないが、明るくからっとし
た、人に好かれる笑い方である。金田一が
「あっはっは」と笑うのは「獄門島」からの
ことで、初登場の「本陣殺人事件」ではま
だ「あはははは」と笑っている。筆者の
Yは「本陣」発表時にはまだ金田一耕助と
会ったことがなかったが、戦後彼の前に現
れた金田一が実際に「あっはっは」と笑う
のを参考にしたのかもしれない。(→「うっふ
っふ」参照)

あっはっは用例

必ずしもああたは
彼が殺されたとは
思うておられんの
ですな!?

いやあそこが
疑問の疑問たる
ゆえんでしてね
あっはっは

渥美清【あつみきよし】

(1928〜1996)

俳優。映画『八つ墓村』(1977)で金田一耕助
を演じる。渥美はこの頃、『刑事コロンボ』
のように冴えない風貌で犯人を追いつめる
刑事か探偵の役を切望していた。また横溝
正史は松竹の幹部から金田一役には二枚目
を起用するだろうと言われ「二枚目は主人
公(寺田辰弥)だけにして金田一は三枚目の役
者がいい、松竹なら渥美清がいるじゃない
か」と進言し、両者の思いが重なったこと
から配役が実現した。横溝は『人形佐七捕
物帳』を1965年にドラマ化した際、子分の
辰五郎を演じた渥美の芝居が作品を締めて
いたことを高く評価しており、『八つ墓村』
でもその芝居を期待していた。しかし実際

には事件関係者の素性を地道に調べ上げる
生真面目でもの静かな金田一耕助となった。

渥美清

アド・バルン【あどばるん】

係留気球を利用した宣伝方法。江戸川乱歩
の探偵小説では、怪人の逃走手段として常
用された。金田一耕助シリーズになるとそ
の使われ方がよりエグくなり、「吸血蛾」で
はセンセーショナルな効果を狙ってアド・
バルンに女性の片脚をくくりつけて飛ばし
ていた。

アドベンチュラー【あどべんちゅらー】

冒険家。金田一耕助の股肱(信頼のおける部下)
を自認する多門修の性格を表すことばとし
て登場する。また山師や野心家といった意
味もあり、戦後様々な商売でのし上がって
きた実業家をさしていうこともある。

アトリエ【あとりえ】

The Studio of Renoir
in Cagnes sur Mer
in Provence,
France

『仮面舞踏会』で
槙恭吾が棲した
ルノアールの
カーニュのアトリエ

芸術家が創作活動を行うための作業場。金田一耕助シリーズには芸術家が多く登場し、必然的にアトリエも登場の機会が多いが、母屋とは独立した造りから愛人をひっぱりこむのに適しており、事件の現場となる展開がこれまた非常に多い。

アナタハンの女王蜂
【あなたはんのじょおうばち】

昭和25 (1950) 年8月、太平洋上の孤島アナタハン島から脱出し保護された日本人女性の証言から、島で女性1人と32人の日本人男性が、日本の敗戦を信じずに同居生活を送っていたことが判明した。翌年、アナタハン島から20名の男性が帰国、残りの12名は女性をめぐって変死したり行方不明となっていたことが明るみに出、センセーショナルな話題を呼んだ。世論は女性を「アナタハンの女王」または「女王蜂」と呼び、街の酒場では「女王蜂」や「クイーンビー」といった店名をつけるのが流行したという。横溝正史「女王蜂」は、騒動の最中である1951年5月より連載されているが、本作は伊豆沖の小島に住むヒロインを女王蜂にたとえた脅迫状に端を発している。しかし作中に「女王蜂」という単語は、脅迫文を含めたった3回しか登場せず、サービス精神豊かな作者が、話題性のあるワードをタイトルに用いたと思われる。

アプレ【あぷれ】

アプレゲールの略。本来は戦後派を意味するフランス語だが、転じて戦前派の理解を越える無軌道、無責任、刹那的な若者を意味するようになった。「アプレゲールにはあきれけえ

る」というダジャレは黒澤明の映画にも登場するほどの常套句。「悪魔が来りて笛を吹く」の菊江、「生ける死仮面」の光子などが作中でアプレと呼ばれた。

尼子氏【あまごし】

出雲国(島根県)の守護代一族。戦国大名化してからは月山富田城を本拠とし最大で中国八か国を統治した。毛利氏の台頭により永禄9 (1566) 年に降伏。その後山中幸盛(鹿介)ら尼子旧臣たちにより再興するも、毛利氏に勝てず滅亡する。幸盛は主家再興に生涯を賭した忠義の士として、明治時代の教科書に載るなど英雄化が進んだ。「八つ墓村」は、永禄9年の降伏時に落ちのびた尼子の落武者8人が、備中国の山村にたどり着いたことに端を発するが、この落武者たちには幸盛の影響がみられる。

アミー【あみー】

友人、恋人。フランス語の「ami(e)」から。「扉の影の女」で「かくれたアミーのことさ」というセリフがあり、内緒にしておきたい親しい友人、すなわち愛人という意味に用いられている。

あたし16のときからですから足掛け9年になりますわね

愛人を「爺さん」呼ばわり

アプレな菊江さん in 悪魔が来りて笛を吹く

あ

網元【あみもと】

漁船や網を所有し、漁師を雇って漁業を営む者。「獄門島」によれば農村の地主に似ているが、地主以上に権力を有していたという。「悪霊島」では網元も戦後は凋落しており、金田一耕助が獄門島で網元の家を切り盛りしていた鬼頭早苗を案じる場面がある。

網本善光【あみもとよしみつ】

(1960〜)

横溝正史研究家。岡山県笠岡市の映画『獄門島』ロケ場所に自宅を建て、「1000人の金田一耕助」をはじめ数々の横溝イベントで金田一に扮してガイド役をつとめるなど、筋金入りの横溝／金田一ファン。小説から抜け出てきたかのようにかの名探偵そっくりな風貌と温かい人柄から、横溝ファンの間では「岡山の金田一さん」と慕われている。『岡山ぶらりスケッチ紀行』(岡山文教出版)は中国新聞で連載された紀行エッセイを、同じく笠岡在住の漫画家・南一平の挿絵と

『岡山ぶらりスケッチ紀行』
(岡山文教出版)

ともにまとめたもの。岡山で起きた金田一の事件のモデル推定地を訪ね歩き、正確な描写と金田一愛にあふれるやわらかな筆致でまとめた同作は、横溝ミステリをより深く味わうための必読の書である。

編み物【あみもの】

横溝正史の数少ない趣味が編み物だった。戦時中に小説の依頼がなくなった際には、婦人雑誌の付録の中でもできるだけ複雑な編み物に没頭することで憂さを忘れたという。その知識が後に「女王蜂」で神尾秀子の趣味として生かされた。

新井刑事【あらいけいじ】

警視庁捜査一課の刑事。等々力警部の部下として数多くの事件に登場する。年齢や外見などの描写はないが、「悪魔の寵児」には「老練の刑事」とあり、「夜の黒豹」では「おじさん」と呼ばれている。「貸しボート十三号」では「長年警部の部下でいる」ため、金田一耕助の気性もよく知っているとある。金田一とはよきことばがたきで、事件のないときには警視庁捜査一課第五調べ室の等々力警部の部屋で駄弁を弄すこともある。「新井」という名前の刑事は一人ではなく、作中の描写から「女の決闘」「悪魔の降誕祭」に登場する新井刑事は緑ヶ丘署に、「迷路の

あるときは等々力警部の長年の部下

あるときはおじさんと呼ばれ

はいはい

そしてあるときは老練の刑事

金田一シリーズに欠かせない名脇役　新井刑事

花嫁」の新井刑事は野方署に所属する同姓の別人と解釈するのが自然だろう。

アリバイ【ありばい】

事件の容疑者が、犯行時にその現場にはいなかったことの証明。ミステリには不可欠な要素のため、シリーズ全編にわたって登場する。ところが金田一耕助によれば、「自分が子供のころにはアリバイなんて言葉はしらなかった」(迷路荘の惨劇)と探偵小説の普及に感慨を抱いている。「鏡の中の女」では、金田一は「アリバイ」という奇妙な名前のカフェで後に事件の関係者となる男女を見かける。

アルバイトサロン【あるばいとさろん】

「霧の中の女」では、銀座の中心にあるアルバイトサロン「サロン・ドウトンヌ」が事件の舞台となる。昭和20年代後半から素人の女性をアルバイトで採用し、接客させるアルバイトサロンが登場した。キャバレーやクラブの女給は店に雇われたプロであるのに対し、学生や会社員、人妻が接客する業態が人気となり全国に波及した。

アロハシャツ【あろはしゃつ】

カラフルな模様のプリント地で作られたハ

着ないアロハシャツ

変装のときくらいしか

トロピカルコースケ

ワイ発祥の開襟シャツ。日本から着物地を取り寄せて生産したため和柄が定着した。戦後、若者の間にアメリカン・ファッションが浸透し、アロハシャツにリーゼントが大流行した。金田一耕助シリーズでも多門連太郎、多門修といった若者から日下部是哉、飛鳥忠熙といったナイスミドルまでもがアロハでくつろいでいる。極めつけはもちろん金田一耕助が「雌蛭」で変装のため着用したチェック地のアロハシャツ。(→"バタバタ着せかえ　金田一さん"参照)

暗号【あんごう】

他者に内容を知られないように通信する手段。解法や特別な知識を共有している者同士でのみ通じる方法で、横溝作品にも多用されている。狭義の暗号の例としては「女王蜂」の神尾秀子が残した編み物の符号がある。広義では「八つ墓村」で埋蔵金のありかを示す和歌などがある。他者が残したメッセージに犯人が手を加えてミスリードさせる趣向を含めると、「夜歩く」「仮面舞踏会」などがある。

安藤裕子【あんどうゆうこ】
(1977〜)

シンガー・ソングライター。もともとは映像の世界を志していたが、ドラマ出演をきっかけに知り合った映画監督の堤幸彦が、彼女のデモテープを聴いて映画『2LDK』のエンディングテーマに採用、そこから音楽の世界に進む。幼少時からの市川崑版金田一映画ファンを公言しており、2006年10月〜2007年3月まで担当したJ-WAVE『OH！MY RADIO』では『犬神家の一族』を朗読する「横溝正史の謎を解け。」のコーナーを設けていた。2016年のアルバム9作目『頂き物』に収録されている「骨」では、作詞作曲を手がけた峯田和伸(銀杏BOYZ)が金田一に扮し、安藤がヒロイン役を演じるストーリー仕立てのMVも制作された。

あ

アントニー・ギリンガム
【あんとにーぎりんがむ】

A.A.ミルン『赤い館の秘密』に登場する素人探偵。横溝正史はギリンガムをモデルに金田一耕助を創造したと述懐している。しかし彼は彫りの深い顔だちに鋭い目つきと描写され、外見はまったく似ていない。横溝が参考にしたのは、ギリンガムが「世界を見てくる」といって様々な階級の職業に就きながら人間を観察したり、ふらりと現場に現れては事件を解決して去っていく風来坊のような生き方であろう。シャーロック・ホームズや明智小五郎のような天才型でオールマイティな探偵ではなく、ギリンガムの「平凡で飄々乎たる人柄」をどのように自分の探偵小説に落とし込むかとの発想が、金田一耕助創造のヒントとなったのである。

明るい若者

なかなかのいい男

どんな細かいことも見逃さない灰色の瞳

きちんと髭をあたった彫りの深い顔立ち

興味のおもむくまま職を転々としてきた風来坊気質。(社交界のマナーには通じている)

ビルを訪ねてふらっとやって来た赤い館で事件に巻き込まれる。

ワトスン役のよき相棒、ウィリアム・ベヴァリー。通称ビル。ギリンガムを「親愛なる奇人」と呼ぶ。

金田一耕助のモデルのひとり **アントニー・ギリンガム** Anthony Gillingham

いきなはなれの四畳半
【いきなはなれのよじょうはん】

「悪魔が来りて笛を吹く」で金田一耕助が居候している割烹旅館「松月」の離れを形容したことば。四畳半は畳4枚半の面積の部屋。茶室を原形とする約3ｍ四方の小さなつくりは、人間が生活をする上でもっともミニマルなサイズである。その狭さゆえ、男女が身を寄せて遊ぶのに適しており、四畳半趣味(待合の小座敷で芸者などと酒を飲む遊び方)なることばもある。「松月」の離れも次の間つきの四畳半という間取りで、本来は芸者や愛人とさしつさされつ差し向かいで過ごす空間であったものを、女性の依頼人と金田一耕助が額をつき合わせて深刻な密談を行う気まずさを皮肉っている。

先生! また散らかして!!

す、すみませんおちかさん

酒

生き人形 【いきにんぎょう】

実際に生きているように見えるほど精巧な細工の人形。江

戸時代には見世物として興行に出されていたが、やがて呉服店の店頭に飾られるなど、商業的に利用されるようになった。素材も木製や張り子から蠟や樹脂などに変わっていった。金田一耕助シリーズでは、「幽霊男」「悪魔の寵児」に河野十吉、黒田亀吉といった人形つくりの職人が重要な役で登場する。

イクラのサンドイッチ【いくらのさんどいっち】

「白と黒」で榎本謙作が急ごしらえで用意したサンドイッチのひとつ。水分の多い具材のため、ピクニック用には不向きなのではと読者に心配(?)される。

池部良【いけべりょう】

(1918〜2010)

俳優。映画『吸血蛾』(1956)で金田一耕助を演じる。宿敵狼男に先手を打たれ、重要な証人を殺されても苦ばしった顔で「完敗だ!」とつぶやく物ごとに動じない金田一である。その後は『横溝正史シリーズⅡ仮面劇場』(1978)で、復員軍人志賀恭三を演じる。このとき御年60歳で、元零戦のパイロットにしてはトウが立っていたが、もともと30歳をすぎても青春映画で学生服の好青年を演じていたのでスタッフ、視聴者ともに違和感がなかったのだろう。

池部良

池松壮亮【いけまつそうすけ】

(1990〜)

俳優。ドラマ『シリーズ横溝正史短編集 金田一耕助登場!』(2016)及びその続編『シリーズ横溝正史短編集Ⅱ 金田一耕助踊る!』(2020)で史上もっとも汚らしい格好の金田一耕助を演じる。1話30分完結で「黒蘭姫」「殺人鬼」「百日紅の下にて」「貸しボート十三号」「華やかな野獣」「犬神家の一族」の6作をドラマ化。作品ごとに演出家が異なるため、金田一の衣装や演技なども少しずつ違っていた。

いざり車【いざりぐるま】

障碍や病気などで歩行が困難な者が、移動のため利用する車輪つきの台。日本では中世の頃から絵巻物などで存在が確認できる。「迷路の花嫁」で傷痍軍人の本堂千代吉が、移動のため息子の蝶太に自らが乗るいざり車を引かせていた。

遺産相続【いさんそうぞく】

遺産相続をめぐって事件が起きるのはミステリの王道ともいえるが、金田一耕助シリーズでも例にもれず遺産目当ての殺人事件が描かれている。「犬神家の一族」「三つ首塔」が典型的な遺産相続に関する連続殺人だが、他にも遺産相続が動機であることをカモフラージュするための事件もある。

犬神佐兵衛さん(81)

「この遺言がヒドイ」オールタイム第1位

あ

石坂浩二【いしざかこうじ】

(1941〜)

俳優。『犬神家の一族』(1976) から始まる市川崑監督の金田一耕助シリーズに主演。初めて原作に準じた和服姿の金田一を演じ、その後の金田一耕助像の基礎を作った。オファーを受けた当初は、背広を着て拳銃をかまえた活劇探偵の印象が強く一度は断るが、原作どおりの人物像にするからと市川崑監督に説得され出演を承諾。ところが今度は、すべての事件が終わるまで推理もできずしごころがないことに悩んだ末、たどり着いたのが「金田一耕助はコロスである」という境地。コロスとは古代ギリシア劇で解説役を兼ねた合唱隊のこと。物語の登場人物になりきれず、事件を未然に防ぐこともできない探偵を飄々と演じた。脇役が着るような粗末な着物にチューリップ帽、頭をかきむしればパラパラとフケが舞うといった金田一耕助スタイルは、すべて石坂浩二版が最初に取り入れた。以後の横溝映画・ドラマの金田一耕助像は多少の差こそあれ石坂版の影響を受けているといっても過言ではない。『犬神家の一族』(2006) 公開時には『金田一です。』(角川メディアハウス)を刊行し、新旧犬神家での演技プランの違いなどを解説していた。

泉鏡花【いずみきょうか】

(1873〜1939)

小説家。横溝正史がもっとも影響を受けた作家のひとり。『高野聖』などの怪奇幻想作品が多いが、初期には「活人形」「夜行巡査」「外科室」など探偵小説風味の作品も多い。また「斧琴菊」という題名の小説も発表している。「獄門島」では、美少年鵜飼章三を「鏡花の小説にでも出てきそうな世にも美しい少年」と形容している。

伊勢音頭の万野【いせおんどのまんの】

「黒猫亭事件」で大森の割烹旅館「松月」の女中頭おちかを「伊勢音頭の万野みたい」だとたとえている。万野は歌舞伎の演目『伊勢音頭恋寝刃』に登場する遊廓の仲居。主人公に意地悪を重ねた末に斬り殺されてしまう憎まれ役だ。発表当時の読者は「伊勢音頭の万野」と書かれてあるだけで彼女が口やかましく廓を切り盛りする様子を思い浮かべ、割烹旅館の女中頭と重ね合わせることができたのであろう。

磯川警部【いそかわけいぶ】

岡山県警の警部。金田一耕助とは「本陣殺人事件」で知り合って以来、幾度となく協力して事件を解決した。「獄門島」には、戦後岡山県警に転属したとあり、「本陣」当時は事件の起きた一柳家を管轄とする所轄警察署に在籍していたらしいことがわかる。さ

らにその前には、昭和7(1932)年に鬼首村で起きた青池源治郎殺人事件の捜査に出向いている。このときは「下っ端」だったというからヒラの刑事だったのだろう。県下でも名うての古狸と評されることが多いが、「腕利き」と言われたのは二度だけ、それも磯川とは一度も顔を合わせたことがない「獄門島」の清水巡査と「夜歩く」の仙石直記からだけである。また、磯川警部が登場する作品は過去の未解決事件に端を発するケースが多い(鴉、首、堕ちたる天女、悪魔の手毬唄)。常次郎という名前は「悪魔の手毬唄」ではじめて明かされる。「悪霊島」では平太郎という戦死した兄がいたとある。兄嫁の八重と甥の健一、妻の糸子については次項を参照のこと。

この方面へおいでんさって
わたしを袖に
おしんさったら
生涯恨み
ますけんな

岡山県警の
古狸

磯川
常次郎
警部

磯川警部夫人 【いそかわけいぶふじん】

「悪霊島」には磯川警部の妻は糸子といい、昭和22(1947)年に死亡したと書かれている。しかし昭和27(1952)年の事件である「湖泥」で磯川警部の家に泊まった金田一耕助は、朝寝坊をして「警部夫人に大いに迷惑をかけた」とあり、亡くなったはずの警部夫人が登場している。「湖泥」発表時点には警部夫人の設定がかたまっていなかったために起きた齟齬。「悪霊島」ではこうした矛盾もさりげなくフォローしており、「湖泥」の警部夫人とは磯川警部の兄嫁の八重を言い換

えていたとしても話が通じるようになっている。「湖泥」で金田一耕助は岡山の医大からあるものを借り受けているが、「悪霊島」によればこの頃八重の息子の健一が岡山医大に勤務しており、便宜をはかったとの解釈も可能だ。

市川崑 【いちかわこん】

(1915〜2008)

映画監督として『犬神家の一族』(1976)をはじめとする計7本の金田一ものを手がけた。70年代の金田一映画で使われた久里子亭は、市川がそれ以前から脚本を他の人と共作する際の筆名。アガサ・クリスティから名前を取るほどミステリ好きだったことが、角川映画から指名を受ける一因となった。

いちごクリーム 【いちごくりーむ】

「壺中美人」に登場する金田一耕助の朝食メニュー。今なおどんなレシピなのかまったくわかっていない謎の食べ物だが、野菜サラダを作るのが面倒で果物ですませてしまった日のメニューなので、複雑なレシピではなく単にイチゴにコンデンス・ミルクをかけただけの食べ物だった可能性が高い。

おそらく
コンデンス・
ミルクでは!?

あるいは
カスタード
パウダーを
お湯で溶いた
クリームをいちごに
乗せていたの
かも!?

うまけりゃ
どっちでもいいんです

いちごクリームの 謎を追え!

豪華なスタッフと大胆な解釈によって作られた映画は、
原作のイメージを縦横無尽に広げた。
往時のポスターには、その世界観が凝縮されている。

ポスターギャラリー①
【木魚庵コレクション】

『獄門島』（1977年公開）
市川崑監督／©TOHO CO., LTD.

『病院坂の首縊りの家』（1979年公開）
市川崑監督／©TOHO CO., LTD.

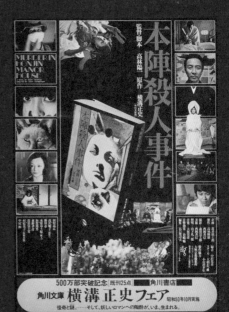

『悪魔の手毬唄』（1977 年公開）
市川崑監督／©TOHO CO., LTD.

『本陣殺人事件』（1975 年公開）
高林陽一監督／©ATG

『悪魔が来りて笛を吹く』（1954 年公開）
松田定次監督／© 東映

あ

一人称 【いちにんしょう】

横溝正史は登場人物の一人称で進むスタイルを多用している。金田一耕助シリーズだけでも「蝙蝠と蛞蝓」「殺人鬼」「夜歩く」「八つ墓村」「三つ首塔」「七つの仮面」「車井戸はなぜ軋る」等々、シリーズ全体の1割近い作品数である。ミステリになれた読者なら、一人称といえば「記述者＝犯人」という叙述トリックを想起しがちだが、あくまでそれはバリエーションのひとつである。横溝は作品に「語り手の感情」というバイアスを乗せれば、無実の人間を怪しく、またもっとも怪しい人物を無実のように書くことが可能であると気がついていた。語り手が気に食わない人物(実は金田一耕助)を犯人に仕立てようとしたり意図的に大事な記述を書き落としていたり、作品ごとにいろいろな挑戦を行っている。ぜひとも一人称の作品に触れ、横溝の意図を見破っていただきたい。

そういえば、ぼくが語り手の作品って ないよね。

ところで"一人称といえばさ、「ぼく」と「わたし」を使うけど修ちゃんが相手だと「おれ」って言ってるよね、おれ。

軽いっすね

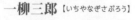
ねまきのまんまだしさ

一柳三郎 【いちやなぎさぶろう】

「本陣殺人事件」の登場人物。探偵小説マニアとして書かれ、書棚には国内外の探偵小説が網羅され、「探偵小説図書館といっても

いいほど」だったという。金田一耕助とも密室トリック談義を行っている。

井出野屋旅館 【いでのやりょかん】

長野県佐久市にある旅館。大正期に建てられた木造三階建ての本館で映画『犬神家の一族』(1976)で那須ホテルのロケ撮影が行われた。ホテルの女中のおはる(坂口良子)がスリッパを取り出した下足箱も、金田一耕助(石坂浩二)が上り下りした階段も健在で、「聖地」目当ての宿泊客が今でも絶えないという。ただし、もとは中山道望月宿の商人宿で、街道筋に建っているため部屋の窓から湖は見えない。

「伊藤さんが三枚」 【いとうさんがさんまい】

「扉の影の女」で金田一耕助が緑ヶ丘荘の管理人山崎よし江から借りた三千円を、お札の肖像画で代弁したセリフ。千円紙幣の肖像画が伊藤博文になったのは昭和38(1963)年からで、「扉の影の女」の時代設定である昭和30年とは矛盾する。もともとこのセリフは「聖徳太子が三枚」だったが、聖徳太子は昭和32年に五千円紙幣に、昭和33年には一万円紙幣にも起用され、昭和33年〜38年の間は千円札、五千円札、一万円札とも聖徳太子の肖像画だった。千円札の肖像画が伊藤博文になったのを機に、混乱を避けるため変更されたと思われる。

『糸電話』【いとでんわ】

主演の古谷一行が歌う『名探偵金田一耕助の傑作推理シリーズ』主題歌。シングル化された際のB面曲も「ミイラの花嫁」の回だけ主題歌に用いられた。優しく包み込むようなシティ・ポップ調の歌と演奏が印象的。いずれも山川啓介／伊勢正三／青木望のトリオが作詞・作曲・編曲を担当。

稲垣吾郎【いながきごろう】

（1973～）

俳優。歌手。2004年～2009年の間に『犬神家の一族』など5作品で金田一耕助を演じた。歴代の金田一耕助役では採用されなかった、事件と聞くといても立ってもいられない性格を前面に押し出すことで、「原作にもっとも忠実な金田一耕助」というキャッチコピーがつけられた。興奮すると髪をかきむしるクセも原作どおりだが、フケが砂山のようにうす高く積もる描写はご愛敬。本人のキャラクターからにじみ出る飄々としたイメージと、小日向文世演じる横溝正史との掛け合いが人気を博した。

いながき丼【いながきどん】

2006年公開の映画『犬神家の一族』の一場面、金田一耕助(石坂浩二)が那須ホテルの女中おはるに探偵の助手を依頼し、その報告を聞いている食堂の品書きとして貼り出されていた謎のメニュー。当時TVドラマで金田一を演じていた稲垣吾郎の名前をもじったスタッフのお遊びと思われる。

犬【いぬ】

金田一耕助シリーズには犬が数多く登場するが、そのほとんどは遺棄されていた死体を野犬が引きずり出す「事件発覚」の役目としてである。現代では猫と異なり野良犬の姿はほとんど見かけなくなったが、これは野生化した犬は群れを作って人間を襲うことがあり、また狂犬病に罹患している場合も考えられるため、昭和25(1950)年に「狂犬病予防法」が施行されて以降、積極的に捕獲されたからである。昭和30年代の作品から飼い犬、猟犬が登場するが、「悪魔の百唇譜」では飼い犬が吠えたために犯人の計画が狂い、「首」では異常時に猟犬が吠えなかったことが事件解決の糸口となる。「悪霊島」では、その名も阿修羅という土佐犬が野犬化し、吉太郎と死闘を繰り広げる。また「白と黒」で詩人のS・Y先生が散歩に連れていた柴犬はカピという名だったが、これは横溝家で飼う雄犬は代々カピ、雌犬はドリスと名付ける習わしからきている。

『犬顔家の一族の陰謀』
【いぬがおけのいちぞくのいんぼう】

劇団☆新感線が2007年に上演した舞台作品。金田一耕助によく似た風貌の探偵・金田真一耕助之介を、脚本家・俳優の宮藤官九郎が演じた。本作の劇場パンフレットが凝りに凝っており、パンフレット本体は金田真一耕助之介が用いている大学ノートを模した造本で、他に美少年役で出演していた俳優勝地涼のブロマイド写真、オリジナル文庫『金田真一耕助之介の冒険』(P.54参照)がまるで証拠品のように保存用封筒に同梱され販売されていた。

あ

『犬神家の一族』（ゲームソフト）
【いぬがみけのいちぞく】

フロムソフトウェアから2009年に発売されたニンテンドーDS用ソフト。プレイヤーは金田一耕助となり、「犬神家の一族」の事件を解決に導くアドベンチャーゲーム。原作を知っていても捜査の過程で得られるキーワードを適切なタイミングで入力しないと正しい展開には行きつけない。登場人物との駆け引きを間違えると、調査を依頼されずに門前払いを食ったり、原作とはまった〈別の登場人物が殺されてしまうことも。金田一の頭をタッチペンで掻きむしると妙案がひらめく「ボリボリシステム」も斬新だった。第二弾として『八つ墓村』も発売。

「犬神佐兵衛ご臨終シーツ」
【いぬがみさへえごりんじゅうしーつ】

ガレージキットイベント『ワンダーフェスティバル2012冬』に出店参加したリンクファクトリーの「犬神一番くじ」の賞品として生産された同人グッズ。アニメキャラの添い寝シーツのパロディとして、臨終間際の犬神佐兵衛の等身大イラストが描かれているシーツ。原画は特撮関連のイラストで著名な開田裕治を起用。やけにリアルな老人と添い寝しながら「お父様、ご遺言は？」と「犬神家の一族」ごっこができる優れものである。

井上英三【いのうええいぞう】
（1902〜1947）

翻訳家。仏文学者。戦時中、吉祥寺に住んでいた横溝正史が隣組制度で井上と同じ組となり、ディクスン・カーを薦められた。さっそく井上に『プレーグ・コートの殺人』『帽子蒐集狂』を借りて読んだ横溝は、その面白さに目覚め戦後自らが本格推理小説を書く際の指針とした。

作家の隣組が取り持つカーの縁　ディクスン・カー　密室　帽子蒐集狂　カーター・ディクスン　プレーグ・コートの殺人　翻訳家井上英三

『イブの息子たち』【いぶのむすこたち】

青池保子が1976年〜1979年に発表したコミック。ヴァン・ローゼ族と呼ばれるイブのあばら骨から生まれた人間の末裔たちが巻き起こすドタバタギャグ。古今東西の英雄・神々・天才たちに交じって我らが金田一耕助も登場（ただし自分自身金田一耕助なのか京助なのか、よくわかっていない）。猟奇的な事件を求めて自転車をかっ飛ばしたかと思えば、動詞の活用形を復唱してみたり、あげくの果てには主人公のジャスティンにひとめ惚れして追いまわすなど自由気ままに活躍している。

射水【いみず】

「不死蝶」の舞台となった信州の湖畔の町。

町の場所は不明だが、諏訪地方の特産である鉄平石が射水でも採れるとの記述から、「犬神家の一族」の那須同様に諏訪をモデルとしていることがわかる。射水の対岸にある岡林という町は、岡谷の変名だろう。ただし、射水の町には広大な鍾乳洞がある設定になっているが、諏訪湖の周辺には名のある鍾乳洞は存在しない。

『妹たちのかがり火』【いもうとたちのかがりび】

推理作家仁木悦子が編集した、戦死した兄や家族の思い出をつづる妹たちの文集。角川文庫より刊行された際、横溝正史、緑三〇四シリーズ（P.161参照）とカバーの紙質はもちろん、デザインも似通っていたため、古本屋で見かけると誤って手にとってしまう現象が多発した。（→『富士見ロマン文庫』参照）

日本のクリスティ

「最新刊」帯も含め雰囲気が似ています。

江戸川乱歩賞作家 仁木悦子

いやちこ【いやちこ】

神仏のご利益や霊験があらたかなこと。「本陣殺人事件」で金田一耕助が事件に介入する際、警保局からの身分証明書を持参していた。それが地方の警察にとっては神社のお札以上に効果的だったとして「いやちこ」と語られた。

「いや、もうめちゃくちゃでござりますわ」
【いやもうめちゃくちゃでござりますわ】

「白と黒」でS署の志村刑事が大げさに嘆きながら発したセリフ。喜劇俳優の花菱アチャコが昭和30年代に大流行させたフレーズ「滅茶苦茶でござりまする」をマネしている。横溝正史はラジオやテレビで流行したセリフを作中に用いることで、登場人物たちの会話を等身大のものとしている。「貸しボート十三号」で築地署の平出警部補が連呼する「ギョッ、ギョッ、ギョウッだ」も漫才師の内海突破による昭和24年頃の流行語。

岩井俊二【いわいしゅんじ】
（1963～）

映画監督。映画『犬神家の一族』(1976) に衝撃を受け映像作家を志し、市川崑を深く尊敬していることを折に触れて明言。ドキュメンタリー映画『市川崑物語』(2007) を監督した。その岩井俊二が、2002年の横溝正史生誕100年を記念して『本陣殺人事件』の製作を市川崑と共同企画しており、脚本執筆まで進んでいた。物語は二部構成となっており、前半では原作どおりに金田一耕助が事件を解決するが、後半ではその解決が間違いだったことに気づき、新たな犯人を指摘する。残念ながらこの作品は幻となったが、いつか日の目を見ることを我々横溝ファンはいつまでも待ち続けている。

岩崎正吾【いわさきせいご】
（1944～）

作家。山梨ふるさと文庫を運営するかたわら創作活動を行う。同社が経営難に陥り、最後に自身の小説を出版しようと『横溝正史殺人事件あるいは悪魔の子守唄』(1987) を刊行。同書のヒットにより経営が持ち直す。社会派ミステリに対抗し「田園派」を宣言、地元山梨を舞台にしたミステリを発表する。また『横溝正史殺人事件』を本歌取りミステリ「探偵の四季」第一作と位置づけ『探偵の夏あるいは悪魔の子守唄』と改題、シリーズは3作まで続いた。

岩下志麻【いわしたしま】

(1941〜)

女優。1958年にNHKのTVドラマ『バス通り』でデビュー。1966年には映画監督の篠田正浩と結婚し、夫婦で独立プロダクションの表現社を運営しながら『心中天網島』『はなれ瞽女おりん』などの映画に出演している。和服の似合う凛とした風情のなかに芯の強さあるいは狂気をはらんだ情念を感じさせるキャラクターは、"極道の女たち"シリーズを一大ブームに押し上げる原動力ともなった。夫の篠田がメガホンを取った映画『悪霊島』(1981)で演じた巴御寮人も、彼女のはまり役のひとつ。

「因縁をつけに来たんですよ」
【いんねんをつけにきたんですよ】

昭和21 (1946) 年秋、岡山県の疎開先で村人の噂話をもとに雑誌に「本陣殺人事件」を連載していたY先生を金田一耕助が訪れ、発したセリフ。Y先生にしてみれば、関係者には無許可で小説に仕立てていたのだから、突然のご本人登場にどれほど狼狽したことか。その不安を明るく吹き飛ばすどころか、一気に距離を詰め打ちとける金田一の人たらしぶりがよくわかるセリフである。

Wikipedia【うぃきぺでぃあ】

インターネット上でユーザーが自由に編集を行うことができる百科事典。横溝正史や金田一耕助、各作品の項目がありそれぞれ充実しているが、百科事典という性質上、作品内容のネタバレを許容している。横溝作品についても犯人の名前が書かれていることが多く、未読作品の予習のつもりでうっかり調べると結末までバラされてしまうことがあるので注意が必要である。

上田市【うえだし】

長野県に存在する市。映画『犬神家の一族』(1976)のロケ撮影が行われた。冒頭、金田一耕助が登場する場面と中盤で金田一が郵便ポストの陰からおはるを呼び止めた通りは同市常田の、またおはるが布団を背負って金田一を追いかけた通りは同市柳町の旧北国街道で撮影された。金田一とおはるが初めて出会った道は同市柳町の保命水のそば、那須警察署の外観は「上田蚕種協業組合事務棟」である。『金田一耕助の傑作推理トランプ台上の首』(2000)でも同市柳町の岡崎酒造でロケが行われている。

植村泰一【うえむらやすかず】

(1934〜)

フルート奏者。元日本フルート協会副会長。元東京音楽大学学長。元NHK交響楽団団員。指導者としても多くの後進を育てている。戦後、疎開先から成城に戻った横溝の隣家に住んでいたのがP.C.L.映画製作所の創立者の一人植村泰二で、その子息が泰一。当時まだ10代だった氏が自宅でフルートの練習をしていたところ、それに横溝が耳を奪われ、「悪魔が来りて笛を吹く」の構想を大きく進展させるきっかけとなったのは有名だ。1979年版映画のために尺八奏者の山本邦山が作曲したテーマ曲「黄金のフルート」では、このエピソードにちなんで氏がフルートを吹いている。なお、成城で練習用に吹いていたのはフランツ・ドップラーの『ハンガリアン田園幻想曲』(P.142参照)。

植村泰一

ウェワク【うえわく】

パプアニューギニア北岸に位置する町。太平洋戦争中にはニューギニア島で最大規模の日本軍の航空基地が置かれていた。昭和18(1943)年以降、連合軍の飛び石作戦により戦線の後方深く取り残された残存部隊がウェワクに集結するも、食糧・弾薬が尽き果て次々と飢えと病気で命を落としていった。ニューギニア島には約20万人の日本兵

が投入されたが、生還することができたのはわずか2万人だった。金田一耕助は終戦時にはウェワクにおり、飢餓地獄の辛酸をなめた一人だった。戦友に鬼頭千万太、川地謙三がいたが、二人とも故国の土を踏むことはかなわなかった。

『雨月物語』【うげつものがたり】

江戸時代中期に上田秋成によって書かれた読本。安永5(1776)年刊行。和漢の作品をもとに書かれた怪談、奇談集となっている。その中の一編「青頭巾」は、ある寺の僧侶が寵愛していた稚児が病死したが、僧は嘆き悲しむあまり生前と同じように愛撫し、ついには骨まで食べつくし、人肉の味を覚えて鬼と化してしまったという物語。「死仮面」「生ける死仮面」の2編で、事件関係者が屍姦を行っていた形跡があることから「青頭巾」を引き合いに出している。

「うっふっふ」【うっふっふ】

横溝作品では、男女問わず意味ありげな笑い方をする際のセリフは「うっふっふ」である。文字どおり「うっふっふ」と声に出すわけではなく、ふくみ笑いと書いてある場合が多い。金田一耕助も磯川警部もたまには「うっふっふ」と笑うこともあるが、代表格はなんといっても「幽霊男」の佐川幽霊男であろう。(→「あっはっは」参照)

あ

砂占い
セッティング

一彦　華子　利彦　玉虫元伯爵　目賀博士　姝子　東六郎　信乃　耕助　菊江　美禰子

占い【うらない】

金田一耕助シリーズでは、先の見通しが立たない戦後の世相を反映してか怪しげな占い師が数多く登場し、事件関係者の運命を左右する。相談者や信者の窮状につけこんで非道な行いをする者は、作中でその報いを受ける場合が多い。「悪魔が来りて笛を吹く」では珍しく本格的な砂占いの描写があるが、その原理は現在でいう「コックリさん」に近い。

うわばみ娘【うわばみむすめ】

「悪魔の手毬唄」に登場する鬼首村手毬唄の歌詞の一部。うわばみとは大蛇のことで、何でも飲み込む性質から大酒飲みのことをこう呼ぶことがある。

ウンチ【うんち】

「仮面舞踏会」での金田一耕助のことば。運動音痴を略してこう称するらしい。ゴルフの誘いを断る口実として持ち出すのはよいが、昼食で一同がカレーライスを食べているときにまで繰り返すのはたちが悪い。

映画【えいが】

金田一耕助シリーズには虚実入り乱れて実に多くの映画が登場する。有名なのは「悪魔の手毬唄」に登場した『モロッコ』(1930) であろうが、同作では同じスタンバーグ監督の『アナタハン』(1953) についても言及されている。他にも公開年順にあげると『生活の設計』(1933／魔女の暦)、『愛染かつら』(1938／獄門島)、『サムソンとデリラ』(1949／病院坂の首縊りの家)、『午前零時の出獄』(1950／女王蜂)、『二等兵物語』(1955／貸しボート十三号)、『悪い種子』(1956／支那扇の女) などのタイトルがあがっている。いずれも名画ばかりなので、金田一耕助も観た実在映画の特集上映の企画があれば楽しいだろう。一方、架空の映画にはタイトルの五十音順に『暁の抱擁』『お琴と佐助』『九月十三日の朝の料理屋』『謎の死美人』『波濤の決闘』『薔薇の女王』などがある。それぞれどの作品に登場したかはあえて記さないので、各自で確認していただきたい。

江戸川アパート【えどがわあぱーと】

昭和9 (1934) 年に牛込 (東京都新宿区) に建造された鉄筋コンクリート製の集合住宅。関東大震災からの復興支援をめざして設立された同潤会が建造した。当時としては最新鋭の設備が備えられ、「東洋一のアパート」と称されることもあった。「三つ首塔」で根岸蝶子・花子がフラットを借りており、志賀雷蔵や古坂史郎が出入りしていた。宮本音禰はこの二人のために江戸川アパートに連れ込まれ、監禁された。「鞄の中の女」ではモデルの望月エミ子が住んでいた。横溝正史の友人である水谷準(P.159参照)が江戸川アパートに住んでおり、横溝にもなじみが

あったと思われる。老朽化のため平成15
(2003) 年に解体。

江戸川乱歩 【えどがわらんぽ】

(1894〜1965)

作家。横溝正史とは師弟であり、作家と編
集者であり、ライバルであり、盟友だった。
横溝とのかかわりは本書の各所にも書いて
あるが、くわしくは『江戸川乱歩と横溝正
史』(中川右介／集英社／2017)、『乱歩と正史』
(内田隆三／講談社／2017) なごの研究書を参照
されたい。「本陣殺人事件」で一柳三郎の書
棚に乱歩をはじめ国内外の探偵小説が収ま
っていた。「蝙蝠と蛞蝓」の語り手湯浅順平
が自作の小説の題名を「蝙蝠男」と「人間
蝙蝠」で悩んでいた時、ごちらも「江戸川
乱歩の真似だと嘲われる」と没にした。も
っともその後、「蝙蝠男」というタイトルの
金田一シリーズが発表されることになるの
だが、『仮面舞踏会』の献辞については「つ
ねにわが側なる江戸川乱歩に捧ぐ」を参照
のこと。

なにね、久しぶりに君の顔を見たかったのさ

江戸川乱歩

遠隔殺人 【えんかくさつじん】

犯人が犯行現場に足を踏み入れずに殺人を
行うトリック。「犬神家の一族」や「八つ墓
村」でのあらかじめ毒薬を渡して殺害する
トリックは、犯人がそばにいなくても成立
する点で遠隔殺人に含まれるだろう。金田

一耕助シリーズには他にも犯人自身が犯行
の瞬間を目撃する事件がいくつかある。も
ちろん作品名を書くことははばかられるの
で、せひシリーズを読破して見つけていた
だきたい。

艶歌師 【えんかし】

「洞の中の女」で品川良太が名乗った職業。
聞きなれない職業だからか、取り調べにあ
たった警部補も「エンカシイ……？」と聞
き返している。盛り場でバイオリンやアコ
ーディオン、ギターなごの楽器を弾きなが
らお客のリクエストに応じて唄うことで賃
金をもらう。流しともいい、「病院坂の首縊
りの家」で加藤謙三が銀座でアコーディオ
ンを抱えて唄っているというのもこれ。

ああ世は夢か
幻か

獄舎にひとり
思い寝の

艶歌師
品川良太

『黄金の花びら』 【おうごんのはなびら】

横溝正史が『少年クラブ』1953年新年増刊
号・2月号に発表した少年向けの短編。原
形作品や中絶作品を除けば、唯一の角川文
庫未収録の金田一耕助シリーズである。金
田一耕助の名前が結末部で二回しか登場し
ないため、見落とされたと思われる。2021
年より刊行が予定されている『横溝正史少
年小説コレクション』(柏書房刊) 第2巻に再
録される予定。

あ

ごめんくださりませ。
おりんでござりやす。

逢魔が時【おうまがとき】

夕暮れ時の時間帯。昼と夜の境目の時間だが、同時に現世と異界が通じる時間でもあり、人間と魔物が出会う時間として知られる。(→"峠"参照)

「おえんのじゃ」【おえんのじゃ】

「おえん」は岡山の方言で、「だめ」「いけない」という意味。岡山県出身の長門勇が演じた日和警部は捜査が行き詰まると口ぐせのように連呼していたが、「おえん」自体長門が全国的に流行させたことばであり、横溝正史の原作には一度も登場していない。

「大当たりじゃ」【おおあたりじゃ】

映画『八つ墓村』(1996)公開後のキャッチコピー。もちろん「たたりじゃ」にかけたダジャレ。

大井川鐵道【おおいがわてつどう】

静岡県に存在する鉄道。蒸気機関車(SL)が動態保存され、沿線も昔ながらの田園風景を保っているため、映画『悪魔の手毬唄』(1977)や『金田一耕助の冒険』(1979)などSLが登場するシーンのロケ撮影を行うことが多い。中でも『悪魔の手毬唄』のラストシーン、総社駅で金田一耕助と磯川警部が別れるシーンは、同線家山駅で撮影が行われた。このとき金田一耕助が乗車していたC11

形蒸気機関車は今なお現役で営業運転も行われている。シーズン限定で登場する「きかんしゃトーマス号」が人気である。

©2020 Gullane (Thomas) Limited.

太田光【おおたひかり】

(1965〜)

芸人。21世紀になってもバラエティ番組で映画『犬神家の一族』(1976)の青沼静馬のモノマネ(それも完コピ)を唐突に始めるほどの横溝映画ファン。パーソナリティをつとめるラジオ番組『爆笑問題の日曜サンデー「27人の証言」』では石坂浩二や横溝亮一などゆかりの人物をゲストに招き、生前のエピソードを聞き出したことも。このとき原作は読んでいないと発言したが、実は太田なりの照れ隠しのようだ。新聞の死亡記事の大きさから人物を読み解く著書『爆笑問題の死のサイズ』(扶桑社)では横溝正史の死亡記事も取り上げている。

顔も背格好も似ていた
俺たちは、結構うまくやっていたぜ

太田光

大槻ケンヂ 【おおつきけんぢ】

(1966〜)

ミュージシャン。作家。大の横溝正史ファンとして知られ、トーク番組に金田一耕助の扮装で出演したことも。バンド「筋肉少女帯」の活動のかたわら1998年に「UNDERGROUND SEARCHLIE」名義で『スケキヨ』『アオヌマシズマ』というタイトルのミニアルバムを連続リリースした時には横溝正史の長男・亮一に寄稿を依頼。しかし横溝は同作を『犬神家の一族』のサウンドトラックと誤解した原稿を書いてきたため、そのまま掲載している。2011年には倉敷市の招きによりトークイベント『横溝正史没後30年記念 3つのキーワードでせまる横溝正史』に登壇。同年バンド「特撮」名義で横溝作品からインスパイアされた約8分のストーリー仕立ての楽曲『鬼墓村の手毬歌』を発表した。横溝作品の構造を「執着」と「無欲」の対立と読み解き、執着にとらわれた人を肯定して受け入れるのが横溝作品中唯一の無欲の人金田一耕助との解釈を述べている。

オートミール 【おーとみーる】

オーツ麦(燕麦)を調理しやすいように加工した食品。欧米では朝食の定番。「死神の矢」でも、すべてが洋式にならっている古館博士邸の朝食はオートミールにハムエッ

グだった。若い頃の横溝正史は、朝食によくオートミールを食べていたが、孝子夫人によれば前日お酒を飲みすぎて軽い食事しかのどを通らなかったからだとか。そのイメージからか「幽霊座」「悪魔の寵児」では病床、または入院中の登場人物の食事として登場する。

大野雄二 【おおのゆうじ】

(1941〜)

作編曲家。ピアニスト。慶應義塾高校在学中にジャズの演奏を始め、大学進学後に鈴木宏昌、佐藤允彦らと交流しながらピアニストとして頭角を現す。白木秀雄クインテットや大野雄二トリオとして活動後、映画『犬神家の一族』(1976)の作曲に携わる。テーマ曲「愛のバラード」は、横溝はおろかミステリ映画全般を象徴する名曲となった。横溝映画の仕事は本作一度きりとなったが、その後角川映画『人間の証明』『野性の証明』の音楽を手がける。金田一耕助役の石坂浩二とは慶應の高校、大学を通じて同級生だったが、彼が俳優に転じているとは知らず別の仕事で顔を合わせた際「石坂浩二って、武藤兵吉(石坂の本名)だったのか！」と叫んだという。

大森 【おおもり】

東京都大田区大森。復員した金田一耕助が友人でパトロンの風間俊六(P.50参照)の世話で住んだ町。大正期から戦前にかけ、大森を中心に品川から羽田の広大なエリアに花街が軒を連ね、一大歓楽街であった。戦後、進駐軍向けに政府主導で進められた慰安施設、特殊慰安施設協会(RAA)の慰安所第1号が大森「小町園」に開設したのも、居抜きで利用できる施設が残っていたためである。この一帯では、待合の代わりに割烹旅館がその役目を果たしており、風間俊六が「お得意さきを饗応するために」割烹旅館を建てるには格好の立地だった。

お湯や温めたミルクを入れて、砂糖で甘くしてもイケますが、味噌やコンソメで味を整えてもうまいですよ。

作中に自分で用意した描写はないですが

オーツ麦が主原料

岡譲二【おかじょうじ】

（1902～1970）

俳優。『毒蛇島奇談 女王蜂』(1952)で片岡千恵蔵に次いで映画では2人目となる金田一耕助を演じる。同じ横溝原作の『蝶々失踪事件』(1947)では由利警部（原作では由利先生）、『悪魔が来りて笛を吹く』(1954)では等々力警部、『幽霊男』(1954)では事件のカギを握る加納博士と、探偵、警部、容疑者など役柄を問わず演じ、岡譲司と改名後の『月曜日の秘密』(1957)ではTVドラマ初の金田一まで演じている。岡自身が脚本を手がけた回もあるが残念ながらフィルムは残っていない。江戸川乱歩原作の映画でも、明智小五郎や犯人役を演じており、明智と金田一を演じた数少ない俳優である。

岡田藩【おかだはん】

江戸時代に備中国下道郡岡田（現岡山県倉敷市真備町岡田）に置かれた藩。石高は10343石。江戸初期から明治の廃藩置県まで、伊東氏が藩主をつとめた。「悪魔の手毬唄」の舞台である鬼首村のモデルとなった（→"鬼首村"参照）。岡田藩時代の古文書を保管、展示している「倉敷市真備ふるさと歴史館」では、同時に当地で疎開生活を送った横溝正史の遺品や資料も展示している。

岡本一丁目にある坂

【おかもといっちょうめにあるさか】

東京都世田谷区岡本一丁目にある坂。正式な名称はなく、一般に隣接する学校の名をとり「聖ドミニコ学園の坂」と呼ばれている。映画『病院坂の首縊りの家』の製作発表時、ロケ撮影にふさわしい坂を日本中から募集したが、結果として東宝の撮影所にほど近いこの坂が選ばれた。世田谷区は武蔵野台地の南端にあたるため傾斜が急な坂が多いが、中でもこの坂は急傾斜がまっすぐ伸びて坂上の景観の抜けがよく、実に撮影したくなる坂である。（→"病院坂"参照）

あそこに石坂浩二さんが立っておられたのですよ

岡山一中琴の怪談

【おかやまいっちゅうことのかいだん】

岡山県倉敷市真備町で疎開生活を送っていた横溝正史は、地元住民や復員学生などから様々な噂話や体験談を聞き、作品に活用した。その一人で岡山医大生だった藤田嘉文は、出身校である旧制岡山県第一岡山中学校に伝わる「変事が起こるたびに琴の音が鳴り渡る」という怪談を横溝に披露、純日本式の本格探偵小説を書こうとしていた横溝は小道具に琴を使用する着想を得た。

岡山一中は岡山城の本丸天守の直下に建っており、明治末頃から教室に琴の音が聞こえてくると話題となっていたという。その校舎も昭和20 (1945) 年6月29日の岡山大空襲により、岡山城天守閣とともに焼失した。

岡山県【おかやまけん】

金田一耕助シリーズには岡山県を舞台にした事件が多数ある。ここでは磯川警部が関与した事件以外で、岡山県が登場した作品をあげる。「車井戸はなぜ軋る」は事件が起きた場所をぼかしているが、金田一耕助の伝記作家であるY先生が日常的に本位田家の墓地を訪れている記述から、疎開先の岡山県岡一村の近隣であることがわかる。「支那扇の女」では岡山県にある関係者の祖先の墓所の発掘調査が事件にかかわってくる。「仮面舞踏会」では、笛小路篤子が孫娘の美沙を連れて岡山に疎開し、大空襲に見舞われる。岡山県が故郷の登場人物には、「迷路の花嫁」の本堂千代吉や「幽霊男」の津村一彦の妻がいる。

お断り【おことわり】

『横溝正史シリーズⅡ』の「真珠郎」と「仮面劇場」は、原作が金田一耕助ではなく戦前の由利先生シリーズだったため、番組冒頭で「お断り」として以下のテロップが映された。「この原作には、金田一耕助は出ていませんが、原作者の了解をえて、登場させています。」制作側、視聴者ともに、原作に忠実というとらえ方が現代よりも厳密だった時代の話である。

刑部島【おさかべじま】

「悪霊島」の舞台となる島。岡山県倉敷市下津井の吹上港から香川県の丸亀港まで行く連絡船で約8分、第一の寄港地であり、水島コンビナートの沖合にある周囲約14kmの島が刑部島のはずだが、もちろんそのような島は実在しない。獄門島にはモデルとなる実在の島があった (→"六島"参照) が、刑部島はモデルとなる島が見あたらない幻の島である。

お庄屋ごろし【おしょうやごろし】

「悪魔の手毬唄」で多々羅放庵の庵室の山椒魚がいる水瓶の上に置かれていた草花。お庄屋ごろしは作品独自の別名で、正体はサワギキョウという実在の毒草。映像化の際、花の種類がトリカブトに差し替えられている作品もある。岡本綺堂の短編『山椒魚』(1928) では、旅行中の女学生が地元で「孫左衛門殺し」と呼ばれているサワギキョウで毒殺される。このように「悪魔の手毬唄」と『山椒魚』には共通点が多く、綺堂の作品から横溝正史がヒントを得た可能性が示唆される。

まるで妖精が両手を広げてダンスしているような可愛らしい花ですが♪

毒草です

お庄屋ごろし こと サワギキョウ

オチョロ舟【おちょろぶね】

風待ちや交易のため、港や沖合に停泊している船に遊女を運んで回る小舟。瀬戸内海でも広島の島々の風俗だが、全国の港に同じような業態は存在した。「悪霊島」で刑部大膳が営んでいた錨屋はもともと遊廓だったため、オチョロ舟がまだ残っており、金田一耕助はその舟で地下洞窟へと誘われた。

あ

あ

「おっとしょ」【おっとしょ】

横溝作品に登場する独特な表現のひとつ。おもにものを頼まれた男性がおどけて応じるときに発するかけ声。獄門島の漁師からX大学ボート部員、スケキヨの死体を引きあげる刑事に至るまでみな気軽に「おっとしょ」と返答する。「おっと承知」の省略形と思われるが、他の小説などではお目にかかったためしがない謎のことばである。

『犬神家の一族』や『悪霊島』『仮面舞踏会』などで変死体を動かすときのかけ声が「おっとしょ！」軽やか〜

おでん【おでん】

日本料理の一。「スペードの女王」で小料理屋を訪れた謎の女性客が、注文したがんもどきとふくろ(白滝やゴボウ、ニンジンなどを油揚げでくるんだ具)を箸でつついて粉々にしてしまう場面が「食べ物を粗末にしてはいけない」と教育を受けた読者には印象に残るらしい。「夜の黒豹」では屋台のおやじに残り物のおでんをふるまわれ、箸をつけながらの聞き込みとなる。

男淫売【おとこじごく】

金で女性に身体を提供する商売。「悪魔の百唇譜」で歌手の都築克彦が行っていた。都築はひそかに女性客の唇の印をとり「百唇譜」と名付けた漁色の記録をつけ、女性から金品をゆすっていた。

金田一シリーズ屈指の破廉恥漢
女にモテるだけです
男淫売 都築克彦 in 悪魔の百唇譜

鬼首村【おにこうべむら／おにこべむら】

①「夜歩く」の舞台となった鳥取県と岡山県の境にある村。姫新線のK駅から旭川沿いに約3里(12km)上流にさかのぼったあたり。旧幕時代は古神家が藩政をつかさどっており、禄高は10500石だった。②「悪魔の手毬唄」の舞台となった岡山県の村。瀬戸内海の海岸線から7里(28km)たらずの距離に位置するが、交通の便が悪く村に入るにはいったん兵庫県に出て、総社という町から仙人峠を越える必要がある。位置は兵庫県境に変わっているが、村のモデルは横溝正史が疎開していた岡山県吉備郡岡田村(現岡山県倉敷市真備町)であり、旧幕時代には伊東氏が領主をつとめ、禄高も10343石と実在した旧岡田藩とまったく同じである。

オネスト・ジョン【おねすとじょん】

アメリカ合衆国初の核弾頭搭載地対地ミサイル。昭和30(1955)年、米国防省は日本にオネスト・ジョンを配備すると発表、だが国内の強い反発に遭いとん挫した。「死神の矢」に登場するボクサー、ジョン駒田はそのリングネームをもじってオネスト・ジョンと呼ばれていた。オネストの綴りは「Honest」で頭文字はH・Jのはずだが、駒田は手紙に「O・J」と署名していた。

小野寺昭【おのでらあきら】

(1943〜)

俳優。『横溝正史の真珠郎』をはじめドラマシリーズ4作品で金田一耕助を演じる。和

服に蓬髪は原作通りだが、小野寺はこざっぱりと着こなし、育ちのよいお坊ちゃん風。毎回事件を通じて出会った女性に好意を寄せられるのもうなずける。2〜3年に1話ずつと放送の間隔があいたにもかかわらず、外見がまったく変わっていないのも原作の金田一に通じるところがある。

小野寺 昭

オブシーン・ピクチュア
【おぶしーんぴくちゅあ】

わいせつな絵画、写真のこと。「火の十字架」に登場するが、金田一シリーズには他にも性交時に撮られた写真をタネに脅迫される事件が多く登場する。

おもしろさとむずかしさ
【おもしろさとむずかしさ】

金田一耕助は、奇抜な殺人方法や事件の背景にある複雑な因縁を発見した時、喜びのような感情を抱くことがある。「犬神家の一族」では特に顕著で、犬神佐清が頭巾をかぶって復員したと知った時には「腹の底からこみあげてくるよろこびを、おさえることができなかった」。さらに謎解きの最中には「そこにこの事件のおもしろさとむずかしさがあったのですね」と言い放つ。

オルガン 【おるがん】

「sex organ」から生殖器官の意。「悪魔の百唇譜」で女性との性交渉の詳細を記録した百唇譜に「オルガンの特徴」の項目があり、露骨でえげつない文章が綴られていた。

尾張町 【おわりちょう】

東京都中央区銀座5・6丁目の旧町名。隣接する銀座4丁目交差点も、もとは尾張町交差点といった。ビヤホール、カフェー、キャバレーなどが林立していた。昭和5（1930）年に町名変更したが、戦後も「夜歩く」「三つ首塔」で会話の中に尾張町が登場する。「三つ首塔」では昭和7（1932）年生まれの宮本音禰が、この町名をためらいなく使っていた。現在でもこの一画には尾張町の名を冠するオフィスビルが建っている。

温泉マーク【おんせんまーく】

連れ込み宿の別名。「悪魔が来りて笛を吹く」で金田一耕助たちが須磨で宿泊した「三春園」が「戦後はやる温泉マークのついた、怪しげな普請などでは」なかったとある。温泉マークは、昭和21 (1946) 年には大阪の新聞に広告が掲載され、その形状から「逆さくらげ」「スリーS」とも。「迷路の花嫁」では、上野駅前に軒を並べる宿をさして「三本煙の立ってるマークのついた家」とある。

恩田幾三【おんだいくぞう】

「悪魔の手毬唄」の登場人物。昭和7 (1932) 年、岡山県鬼首村にモール作りの副業を持ち込むが青池源治郎に詐欺と見抜かれ、源治郎を殺害して逃亡したことになっている。戦後に書かれた由利先生もののある中絶作品は、作中の記述から恩田事件の原形となる展開だったのではないかと推定される。興味がおありの方は、『横溝正史研究5』に再録された作品をお読みいただきたい。

恩田 幾三

穏田の神様【おんでんのかみさま】

宗教家飯野吉三郎 (1867～1944) の別名。東京・穏田 (現在の渋谷区神宮前) に広大な施設をかまえ、政界や軍部、皇室に取り入ったことから「穏田の神様」と呼ばれた。「女怪」で怪行者跡部通泰の噂を聞いた成城の先生が、穏田の神様を思い浮かべ「その第二世

なのだろう」と解釈した。

女道楽【おんなどうらく】

女性芸人が三味線や太鼓を伴奏に歌い踊る演芸。「悪魔の手毬唄」の青池リカは若い頃に女道楽の寄席芸人だった。映画『悪魔の手毬唄』(1977) の回想シーンで岸恵子演じるリカの芸名はスン子という。

『女の墓を洗え』【おんなのはかをあらえ】

横溝正史が『悪霊島』の後に発表を予定していたが、未執筆に終わった作品の名。金田一耕助が等々力警部の検挙した容疑者に疑問を持ち、警部のライバルとなって再調査を行う内容で、作中年代は「悪霊島」の翌年を想定。家族や編集者の証言から、東京成城に住む名門歌舞伎役者の、江戸時代から続く怨念による殺人事件となるはずだったらしい。横溝は『病院坂の首縊りの家』を執筆中の1976年7月時点ですでに『悪霊島』の次回作として構想を語っている。

オンリー【おんりー】

戦後、特定の在日連合国軍将兵と愛人契約を結んでいた娼婦。街娼より生活が安定しているようにみえるが、将兵は任期が切れると帰国してしまう。「スペードの女王」の前田豊子もオンリーとして何人ものアメリカ人に仕えねばならなかった。

『名作文学に見る「家」』

内外の文学作品に登場する建築物の間取り図を、作中の描写にもとづいて製作するという企画広告が、かつて朝日新聞で実現した。図面製作は建築家の横島誠司、解説は小幡陽次郎。朝日新聞の広告欄に連載され、平成4（1992）年には単行本が刊行された。横溝作品からは「迷路荘の惨劇」の舞台となる

名琅荘の間取り図が選ばれ、平成8（1996）年11月15日付の朝日新聞朝刊に掲載されている。本文の記述からV字型の建築物の精細な図面（本文にない部分については横島が建築家の観点から推測をしている）が描かれたが、残念ながら単行本への再録はなく、図書館などで当時の新聞を閲覧するしか見る方法がない。

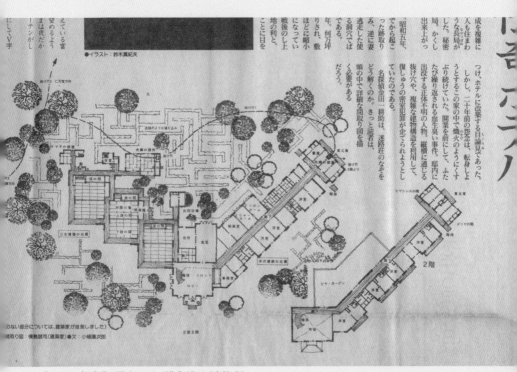

「ホテル名琅荘」間取り図／横島誠司（建築家）
（朝日新聞 1996年11月15日朝刊『名作文学に見る「家」──89』から転載）

明治の初頭にとある伯爵の別宅として建てられた名琅荘は、富士山を背景にV字型をした建物で、玄関から右翼が平屋の日本家屋、左翼が二階建ての西洋建築。入り組んだ建物の構造は殺人事件の謎を解く際に壁となって立ちはだかるが、それがこの作品の面白いところでもある。

ガール・シャイ【がーるしゃい】

女性を見ると気恥しくなって口がきけなくなる性格。1924年にハロルド・ロイド主演の映画『Girl Shy』(邦題『猛進ロイド』)が公開され、牧野信一『ガール・シャイ挿話』(1930)などが書かれた。金田一シリーズでは「百日紅の下にて」の佐伯一郎の性格を表すフレーズとして知られているが、「鏡が浦の殺人」の加納辰哉もまたガール・シャイであると書かれている。

海外版【かいがいばん】

金田一耕助シリーズをはじめとする横溝正史作品は、海外でも翻訳され、各国で読まれている。中国、台湾、韓国、タイなどアジア圏では多数の作品が翻訳され、2008年には韓国での横溝ブームが日本でも報じられた。ヨーロッパではフランス、スペインで『犬神家の一族』『八つ墓村』など代表作品が翻訳されている。ロシアでは『犬神家の一族』『八つ墓村』と珍しく『白と黒』『仮面舞踏会』が翻訳されている。英語圏では2003年に『犬神家の一族』が翻訳されたが、この時はあまり話題にならず2019年にイギリスであらためて『本陣殺人事件』『犬神家の一族』が紹介されると、正統的なゴシックミステリとして注目を浴びた。

『快傑ズバット』
【かいけつずばっと】

昭和52(1977)年に放送された特撮ヒーロードラマ。親友飛鳥五郎の仇を討つため、私立探偵早川健は飛鳥が開発したズバットスーツに身を包み悪の組織に立ち向かう。第23話「大神家一族の三姉妹と天一坊」は「犬神家の一族」のパロディ回となっている。大富豪大神が残した50億円の遺産は、遺言状により幼少時に誘拐された長男の天一に譲られるものとなった。いがみ合う大神の娘三姉妹のもとに、頭に包帯を巻いた男が弔問に訪れる。この包帯男こそが、成長した天一なのか……? 脚本は後にドラマ『犬神家の一族』『女王蜂』(1990)の脚本を手がけることになる長坂秀佳。

改稿癖【かいこうへき】

横溝正史は自身の原稿を何度も書き直し、長編化や削減、また探偵役の変更など改稿を施すことが多かった。金田一耕助シリーズにも、元はノンシリーズだった作品を改稿したものや、逆に捕物帳へと書き改められた作品が存在する。中には「支那扇の女」のように長編化の際に犯人を変更した作品もあり、一度発表したあとでも納得のいくまで構想を練り直す創作姿勢がかいま見える。元作品と改稿後の作品を読み比べてみるときっと新たな発見があることだろう。

どの車も格好よかったですなあ

自家用車に縁のなかった人

マーキュリー
リンカーン
Hillman ヒルマン
Cadillac キャデラック

て再生した。優秀な頭脳に頑健な身体を合わせ持ち、一度は自分を破滅に追い込んだ社会に復讐をもくろむ。1作目の「怪獣男爵」では、物理学者で名探偵の小山田博士が怪獣男爵に立ち向かうが、続く「大迷宮」「黄金の指紋」では金田一耕助が登場、怪獣男爵と死闘を繰り広げる。

か

外車【がいしゃ】

金田一耕助シリーズでは「本陣殺人事件」以来多くの作品に自動車が登場しているが、車種まで明記され始めたのは昭和20年代末からである。敗戦後GHQにより乗用車の製造が禁じられた国産自動車メーカーは、技術面で外国車に大きく差をつけられた。昭和26(1951)年頃から外国車の部品を輸入し、国内で組み立てる「ノックダウン生産」が行われるようになり、いすゞヒルマン、日産オースチン、日野ルノーなどが登場した。一方、トヨタは自力で国産乗用車を開発する路線を選択し、トヨペット・クラウンの生産につながった。ヒルマンは「壺中美人」「仮面舞踏会」、オースチンは「悪魔の百唇譜」、トヨペットは「壺中美人」「悪魔の百唇譜」に登場。ほかにもフォード、リンカーン、マーキュリー、キャデラックなど高級外車の名前が作中に登場する。

怪獣男爵【かいじゅうだんしゃく】

横溝正史のジュヴナイル作品に登場する敵役の怪人。悪事をはたらき死刑となった古柳男爵が、助手に命じて遺体から脳を取り出しゴリラのような体格の人間に移植させ

裏切り者に対する掟をきさまもよく知っているはずだな。

マッド・サイエンティストの脳と人とゴリラのハイブリッド・ボディー
怪獣男爵

外食券【がいしょくけん】

昭和16(1941)年から始まった米の配給制度に伴い、外食をするとき配給分と引き換えに支給された食券。戦後も外食券制度は継続され、横溝正史の原作には登場しないが、映画『犬神家の一族』(1976／2006)やドラマ『金田一耕助の傑作推理 殺人鬼』(1988)で旅館や店での食事に外食券が必要な様子が描かれている。横溝正史とも交流のあった作家の山田風太郎は、米の配給分を外食券に切り替え、後先顧みずに腹いっぱい食べた結果、配給がつきて困窮したことを日記に書き残している。食糧事情が好転した昭和25(1950)年頃には形骸化し、昭和44(1969)年に廃止された。

懐中時計【かいちゅうどけい】

ポケットなどに入れて持ち歩く小型時計。16世紀に最初の懐中時計が作られて以来、第一次世界大戦を機に腕時計が普及するまでは携帯時計の主流だった。「犬神家の一族」の佐清は、懐中時計の修理ができるほど手先が器用な人物。戦後復員してきた彼はマスク姿だったので、本人であることを確認するためには指紋をとる必要がある。そこで野々宮珠世は、修理を表向きの理由として懐中時計を手渡し、指紋を採取した。

表も裏もめっちゃ指紋

つきまくり

火焔太鼓【かえんだいこ】

雅楽の舞楽に用いられる太鼓。直径約2メートルと大型で、周囲に火焔の装飾がある。

雅楽における 火焔太鼓

左右で一対に

龍 鳳凰

"悪魔の紋章"と呼ばれる火焔太鼓（のイメージ）

左方・右方用で模様や色彩が異なり、一対をなすのも特徴だ。「悪魔が来りて笛を吹く」の元子爵・椿英輔は遺書を残して自殺したが、妻の怜子は夫が生きて自分に復讐しに来ると妄想。生死を確かめるために親族が集まり、金田一立ち会いのもと砂占いを行うと、そこに現れたのが火焔太鼓のような模様だった。英輔の娘・美禰子はその模様が、父の手帳に「悪魔の紋章」として描かれていたものだという。

顔のない屍体【かおのないしたい】

死体の顔を損壊して、身元の判別がつかないようにするトリック。「黒猫亭事件」では探偵小説でもっともしばしば扱われるトリックの一つと説明されている。しかしすぐその後で探偵作家のＹ先生が、顔のない屍体が登場した場合、たいていは犯人と被害者が入れ替わっているのがお決まりの解決法であるとし、例外はあっても公式通りのほうが面白いとされていると嘆いてみせる。そういったやりとりの後で、今回の事件はこれまでにない「顔のない屍体」トリックが用いられていると宣言しており、読者は否が応でも期待が高まるという仕組み。横溝正史はその後も顔のない屍体トリックの作品をいくつも発表し、いかに公式より面白い解決が見いだせるかに挑戦し続けた。

鹿賀丈史【かがたけし】

(1950〜)

俳優。1981年の篠田正浩監督『悪霊島』で金田一を演じる。これは、前年に同じ角川映画の『野獣死すべし』で主人公の相棒役・真田を演じ、ミュージカルから映画への華麗なる転身を遂げて間もない時期にあたるものだ。単衣の着物に袴、お釜帽は原作通りながら、長い髪は真田を少しアレンジした風の整ったカーリーで、身長は180センチとスタイル抜群。磯川警部が『野獣死すべし』の刑事と見紛う室田日出男だったこ

ともあり、そういう目で見ると鹿賀版金田一がいっそうハードボイルドの雰囲気を帯びてくる。それでいて袴に長靴姿で岩場を駆け回る姿が、お茶目だったりする。

鹿賀丈史

鏡が浦【かがみがうら】

「傘の中の女」「鏡が浦の殺人」で金田一耕助が避暑に訪れた東京近郊の海水浴場。金田一は金づちのくせに、この地でひと夏を過ごすばかりか等々力警部まで招いて休暇を満喫した。「傘の中の女」では登場人物が鏡が浦駅から両国駅まで小荷物を発送している。両国駅は当時、千葉方面への汽車の発着駅であり、鏡が浦が房総に存在することがわかる。また鏡が浦の名称は、波が穏やかで海面が鏡のような内海につけられるため、太平洋に開けている外房ではありえない。実際に鏡が浦という別名で呼ばれ、戦前に横溝正史も避暑に訪れた千葉県館山の海水浴場がモデルとみてほぼ間違いない。

学年誌【がくねんし】

小学生、中学生、高校生と対象の学年を絞った学習雑誌。小学館『小学○年生』や旺文社『中○時代』、『高○時代』、学研『中○コース』『高○コース』などが発行されており、1970年代後半の横溝ブーム時にはそれぞれ特集記事が掲載された。内容は横溝正史インタビューや原作を元にした推理クイズ、リライト小説やコミカライズ、杉本一文描き下ろしイラストなど実に多彩だが、雑誌の数が多いため今なお全貌がつかめていない。

掛布しげを【かけふしげを】

漫画家。雑誌『チャンスコミック』誌上で「湖泥」「女王蜂」「八つ墓村」をコミカライズしている。基本的に原作そのままの展開を短いページにまとめているが、「八つ墓村」では原作にはない金田一耕助と犯人の対決をきっちりと描いたり、余韻にあふれるラストシーンを用意するなど、アレンジも巧みである。掛布しげをはもちろん変名で、その正体は戦後の紙芝居から貸本マンガ、SMマンガなど多方面で活躍した橋本将次。水木しげるのアシスタントとしてつげ義春、池上遼一らと机を並べた時には、技量的に優れていたため客分扱いであったという。掛布名義の作品でも点描の美しさなどにその一端が垣間見える。

掛布しげを構成／画『別冊チャンスコミック劇画　八つ墓村』

影丸譲也【かげまるじょうや】

(1940〜2012)

漫画家。後に影丸穣也と改名。『週刊少年マガジン』に劇画版「八つ墓村」を連載(1968〜1969)。角川春樹がこの連載に着目して横溝作品を文庫化、後の横溝ブームにつながったのは有名。1979年には東映映画版『悪魔が来りて笛を吹く』と連動したコミカライズを手がけ(したがって映画脚本にきわめて忠実)、2006年には漫画誌『サスペリアミステリー』(P.84参照)で「霧の別荘の惨劇」(原作は原形版「霧の別荘」)を発表した。

風間俊六 【かざましゅんろく】

金田一耕助のパトロンのひとり。金田一とは東北の旧制中学の同窓で、卒業を機にそろって上京したが、不良の道に進みやくざの組に入ってかなりいい顔になっていた。戦後は横浜で土建業を興し頭角を現していき、「病院坂の首縊りの家」では昭和28(1953)年時点で国内四大建設に入るといわれ、昭和48(1973)年には東南アジアからアフリカ、南米にまで進出しているとある。艶福家であり、作中に登場するだけでも大森の割烹旅館「松月」のおかみ節子や「黒猫」の糸島繁、「Ｋ・Ｋ・Ｋ」（P.73参照）の共同経営者菊池寛子らの愛人がいた。金田一に対する支援は彼の住居の緑ヶ丘荘をマンションに建て替え、いちばんよい部屋を無償で贈るなど年々手厚くなっていき、金田一自身も重荷と感じるほどであった。

話しましょう。どうせわれわれは聖人君子じゃない。

金田一耕助の同級生にしてパトロン

風間俊六

かぞえ年 【かぞえどし】

満年齢に対する年齢の数え方の一つ。生まれた時を1歳とし、お正月を迎えると一斉に1歳年を重ねる計算方法。満年齢とは1〜2歳の差が出る。日本では昭和24(1949)年5月に制定された「年齢のとなえ方に関する法律」により、昭和25(1950)年1月1日をもって満年齢制度に切り替えられた。「鴉」では、磯川警部が湯治場の娘幾代に年齢を尋ね、「満か、かぞえ年か」と確認する場面がある。年齢の数え方が混乱している昭和24、5年の事件であることがわかる会話である。

華族制度 【かぞくせいど】

明治2(1869)年〜昭和22(1947)年まで存在した近代日本の階級制度。明治17(1884)年7月には

華族令が制定され、華族の家の当主は公爵・侯爵・伯爵・子爵・男爵の五階の爵位に叙された。とくに江戸時代の大名家に由来する華族は大名華族ともいい、平民と比べて司法上、財政上の特権をいくつも保有していたが、それでもなかには財政が悪化する華族もあった。昭和22年5月3日、法の下の平等、貴族制度の禁止、栄典への特権付与否定を定めた日本国憲法が施行されると華族制度は廃止に。「悪魔が来りて笛を吹

金田一シリーズに見る爵位一覧

上に行く程上位です

1 公爵	仮面舞踏会 飛鳥元忠 公爵
2 侯爵	黄金の指紋 玉虫安麿 侯爵
3 伯爵	迷路荘の惨劇 古館一人 伯爵　玉虫公丸 伯爵
4 子爵	支那扇の女 八木冬彦 子爵　悪魔が来りて笛を吹く 椿英輔 子爵
5 男爵	古柳冬彦 男爵　怪獣男爵シリーズ

く」の物語が始まるきっかけとなった天銀堂事件は、新憲法が施行される直前の昭和22年1月に発生している。

片岡千恵蔵【かたおかちえぞう】
(1903〜1983)

俳優。映画『三本指の男』(1947)をはじめとするシリーズ6作品で金田一耕助を演じた。片岡は時代劇スターだったが、戦後はGHQの政策により歌舞伎や時代劇の上演・製作が禁じられ、一時現代劇に転身した。片岡の金田一シリーズは、原作と犯人を変更していることが知られている。脚本を手がけた比佐芳武が原作ファンにも驚いてもらおうと工夫したものだが、比佐が脚本を担当していない『犬神家の謎 悪魔は踊る』(1954)だけは、犯人は原作通り。昭和37(1962)年、横溝正史の還暦祝い(日本探偵作家クラブ主催の横溝・黒沼健・永瀬三吾・渡辺啓助合同還暦祝賀会)の席に、体調を崩していた比佐の代理で駆けつけスピーチを行った。横溝によれば、片岡と顔を合わせたのはこの一度きりという。片岡の金田一は背広姿にソフト帽、美人秘書を連れ時にはピストルもぶっ放す活劇スタイルだが、後に自らが演じた金田一について、「当時はスマートなカッコしないと、おさまらなかった」と原作のイメージから離れた役柄に心苦しく思っていたと述懐している。

片岡鶴太郎【かたおかつるたろう】
(1954〜)

芸術家。俳優。芸人。ドラマ『獄門島』をはじめとする9作品で金田一耕助を演じる。金田一を演じた作品数は古谷一行に次いで2番目。身長163cmは原作の金田一耕助の設定とほぼ同じ。コメディアンから俳優となった渥美清を尊敬しており、金田一耕助の役を演じるにあたり渥美に相談したという。片岡の金田一は酒飲みという設定で、『獄門島』では留置所の中で差し入れの日本酒を手に「こんなときでもうまいから困る」と弱音を吐いている。熱血漢で、怒りにまかせて犯人を殴ったこともある。

形見の片袖【かたみのかたそで】

「幽霊座」では歌舞伎役者佐野川鶴之助が失踪した際、衣装の片袖がちぎれて残っていたことが物語にかかわってくるが、形見として出された片袖が身の証を立てる小道具となるのは、歌舞伎や能などの古典芸能によくみられるモチーフ。能の『善知鳥』、歌舞伎の『御所桜堀川夜討 弁慶上使』、落語の『片袖』など数多く存在する。本作は歌舞伎界を舞台にしているため、あえて古めかしい設定を盛り込んだのだろう。

語られざる事件 【かたられざるじけん】

作中で金田一耕助が手がけたとされながら、実作化されていない事件。その描写はシリーズ中60数か所にのぼる。アメリカで解決した「サンフランシスコの日本人間で起きた奇怪な殺人事件」(本陣殺人事件)、「多門修が殺人犯に仕立てられるところを救った殺人事件」(支那扇の女 他)など興味深い事件もあるが大半は「二、三の事件」「やっかいな事件」「○○と知り合った事件」など簡単な記述にとどまる。作者が死去のため執筆されずに終わった「女の墓を洗え」「千社札殺人事件」も含めることがある。語られざる事件を他の作家がパスティシュとして実作化したものには芦辺拓『《ホテル・ミカド》の殺人』(サンフランシスコの殺人事件)、辻真先『銀座某重大事件』(探偵事務所開設後に解決した某重大事件)などがある。(→『女の墓を洗え』『千社札殺人事件』参照)

活動弁士 【かつどうべんし】

「活動写真弁士」の略。さらに略して「活弁」ともいう。初期の無声映画で観客に向け説明を加える役を担った。これが日本で独自に発展したのには歌舞伎の出language りやのぞきからくりなど、視覚主体の芸能に語りをつける話芸の文化が古くから発達していたことが背景として挙げられる。「悪魔の手毬唄」登場人物の青池源治郎は、小学校卒業後に出身地の鬼首村から神戸に出て活動弁士をしていたが、トーキー映画に仕事を奪われ妻子とともに帰郷し亀の湯主人となった。1977年版映画では、源治郎がかつて活動弁士をしていたことを回想するシーンがあり、実在のサイレント映画『新版大岡政談』の一場面に合わせて松田春翠(2代目)が活弁の声を担当している。松田は活動弁士のかたわらサイレント専門のマツダ映画社で初代代表を務めた人物。

加藤シゲアキ 【かとうしげあき】

(1987〜)

歌手。俳優。小説家。『犬神家の一族』(2019)で金田一耕助を演じる。このときのキャッチコピー「平成最後の金田一耕助」が話題を呼んだ。翌2020年には『悪魔の手毬唄』で金田一役を続投。発見した手がかりから瞬時に推理を組み立てるなど、とりわけ推理力にたけた金田一耕助である。加藤は原作の金田一耕助を「基本的に犯人を責めたり、たしなめたりしない」「誰がどう殺したかしか興味が無い」と読み解き、一歩引いた客観性を金田一に持たせた。シリーズ続編が楽しみな金田一耕助のひとり。

加藤武 【かとうたけし】

(1929〜2015)

俳優。市川崑監督の金田一シリーズ全7作に出演。『犬神家の一族』(1976)では橘那須警察署長、『悪魔の手毬唄』(1977)では岡山県警立花捜査主任、『獄門島』(1977)、『女王蜂』(1978)、『病院坂の首縊りの家』(1979)では等々力警部、『八つ墓村』(1996)では轟警部、『犬神家の一族』(2006)では等々力署長と、作品ごとに役名は変われど黒い背広にオールバックにメキシコ髭と、その風貌は常に同じである。金田一耕助とは毎回初対面の素振りを見せ、探偵として事件に介入

する様子をはじめは疎んじるが、最後には金田一の推理力に感服し親愛の情を見せる。市川崑以外の横溝ドラマにも出演しており、『金田一耕助の傑作推理 悪魔の手毬唄』(1990)では仁礼嘉平役で出演。古谷一行の金田一と顔を合わすなり、「どこかで見たような……」という表情をするなど、かつての警部役を思わせるサービスもあった。片岡鶴太郎の金田一耕助シリーズでは岡山県警磯川警部役でレギュラー出演、映画同様に「よし、わかった！」のアクションを演じている。(→「よし、わかった！」参照)

加藤一【かとうひとし】

(1909〜1995)

横溝正史が疎開した岡山県吉備郡岡田村(現岡山県倉敷市真備町)の住人。元教員で新見市や笠岡諸島の真鍋島などに赴任経験があり、そこで見聞した農村や島の風物詩を横溝に語って聞かせたことが「本陣殺人事件」「獄門島」「八つ墓村」など一連の岡山ものの構想のヒントとなった。一という名前は「獄門島」に、また加藤家の屋号であるニシヤは「八つ墓村」へと活かされている。

角川春樹【かどかわはるき】

(1942〜)

映画プロデューサー。俳人。角川春樹事務所会長兼社長。角川書店の編集局長だった1971年に横溝正史ブームを仕掛け、その宣伝のためにATGや松竹に出資するかたちで映画産業と関わったのをきっかけに、自らも映画製作に乗り出す。こうして角川映画が最初に手がけたのが、同社の社長に就任した翌年に公開された『犬神家の一族』である。自社の文庫シリーズ、文芸誌、映画誌、レコード、そしてTV、ラジオをクロスさせたメディア戦略は、その後の日本におけるエンターテインメントの有り様を大きく変えるほどの強い影響を関連業界に与え、横溝のほか、森村誠一、大藪春彦、赤川次

郎といった作家たちの作品にもより多くの注目を集めることとなった。

角川春樹

カナッペ【かなっぺ】

一口大に切ったパンやクラッカーに魚や肉、チーズなどを乗せた軽食。手軽に作れるのでパーティーでは定番の料理で、「女の決闘」では2回行われる送別パーティーで2回ともカナッペがふるまわれている。

金内吉男【かねうちよしお】

(1933〜1992)

俳優。洋画やアニメ・特撮の吹き替えなどで活躍した。特撮ドラマ『マグマ大使』ではマグマ大使の声を担当。TVドラマ『怪奇ロマン劇場 八つ墓村』(1969)で金田一耕助を演じた。主人公は田村正和演じる寺田辰弥であり、金内演じる金田一は辰弥の先輩で城南大学の法医学者に変更されていた。

金内吉男

金田一耕助を演じた際のスチルや映像が残っていないため想像で描いた"金内金田一"です

『金田真一耕助之介の冒険』
【かねだしんいちこうすけのすけのぼうけん】

劇団☆新感線の舞台『犬顔家の一族の陰謀』(→P.31参照)のパンフレットに同封されていた文庫。劇中の名探偵金田真一耕助之介の事件簿という形式で、必然的に金田一耕助のパロディ、パスティシュ集となっている。執筆陣も中島かずき、戸梶圭太、米光一成、おかゆまさき、大倉崇裕、ほしよりこ、笹公人、うめ、喜国雅彦と小説家だけではなく漫画家、歌人と多彩である。体裁から解説、巻末の既刊目録、しおりに至るまで角川文庫の緑三〇四シリーズ(P.161参照)を徹底的にもじっており、隅々までギャグが散りばめられている。

「金は小判というものを、たんと持っておりますする」
【かねはこばんというものをたんともっておりますする】

人形浄瑠璃や歌舞伎の演目『傾城阿波鳴門』で、巡礼の娘おつるが子役特有のあどけない口調で言うセリフ。「女怪」で八つ墓村の事件を解決し帰京した金田一耕助が、成城の先生を旅行に連れだす際にロマネをするが、別に尼子の埋蔵金を現物支給でもらってきたわけではない。ちなみに『傾城阿波鳴門』は「悪霊島」のクライマックス紅蓮洞の場面で骸骨たちが演じていた演目でもある。

加納警部補 【かのうけいぶほ】

高輪署の警部補。高輪で事件が起きた「悪魔の百唇譜」「夜の黒豹」「病院坂の首縊りの家」に登場。部下に肥満漢の辰野刑事と田所刑事がいる。金田一耕助とは「悪魔の百唇譜」で初対面だったが、後に発表された「病院坂の首縊りの家」ではまだヒラの刑事だった昭和28年にすでに顔を合わせていることになっていた。昭和48年には警視庁に異動、警部に昇進しており、金田一耕助シリーズ中で唯一出世した警察官である。

あーいー 金は小判というものを たんと持っておりますするー

『傾城阿波鳴門』おつる

やあ、金田一先生、これはようこそ

辰野刑事と田所刑事

高輪署 加納警部補

歌舞伎座 【かぶきざ】

東京銀座にある歌舞伎専用の劇場。昭和20(1945)年5月の大空襲により屋根が焼け落ち、外郭を残して焼失した。戦後、破壊を免れた箇所を生かしながら修復を行い、昭和26(1951)年1月に再建された。新しもの好きの横溝正史はさっそく歌舞伎座に着目、「女王蜂」で再開したばかりの歌舞伎座での殺人を描いた。「霧の中の女」では、殺人事件のアリバイ工作に歌舞伎座が利用された。

神風タクシー【かみかぜたくしー】

客の利用率を上げるため、信号無視やスピード違反など無謀運転を行うタクシーを、戦時の神風特攻隊になぞらえてこう呼んだ。昭和31(1956)年に週刊誌で紹介されたのが最初といわれているが、社会現象となって新聞などで大きく取り上げられたのは昭和33(1958)年頃。「仮面舞踏会」で阿久津謙三が神風タクシーの犠牲になったとされたのは、昭和33年の暮れのことで、年代的には符合している。昭和29(1954)年の事件とされる「スペードの女王」でも神風タクシーに跳ねられたというセリフがあるが、時代的にはちょっと早い。

上川隆也【かみかわたかや】

(1965〜)

俳優。ドラマ『迷路荘の惨劇』(2002)、『獄門島』(2003)で金田一耕助を演じる。紐のついたガマ口を首から下げており、事件関係者の写真などを入れている。推理に集中するときには、逆立ちからそのまま前転して仰向けに寝そべるのがクセ。

神谷明【かみやあきら】

(1946〜)

声優。角川カセット文庫『悪魔の降誕祭』(1988)、『怪獣男爵』(1989)で金田一耕助を演じる。『悪魔の降誕祭』では、気の弱い冴羽獠(『シティーハンター』)といった感じで演じていたが、『怪獣男爵』は原作が少年ものということもあり、若い頃の毛利小五郎(『名探偵コナン』)もこうだったろうと思わせるテンション高めの声で演じている。「怪獣男爵、おとなしく縛につけぇ！」という時代がかったセリフもあり、30年の時を経て令和の世に復刻が待たれる。

『火曜日の女』シリーズ
【かようびのおんなしりーず】

1969年〜1973年にかけ日本テレビ系で放送されたドラマシリーズ。同放送枠内で金田一耕助シリーズを原作としたドラマ『蒼いけものたち』(原作「犬神家の一族」)、『おんな友だち』(原作「悪魔の手毬唄」)、『いとこ同志』(原作「三つ首塔」)が放送された。脚色はいずれも佐々木守。時代設定を現代(昭和40年代)にとり、金田一耕助役は登場しないのが特徴。それぞれ野々宮珠世、大空ゆかり、宮本音禰にあたるヒロインが事件の渦中に置かれ、翻弄されながら謎を解く。見立て殺人などの派手な殺人場面はないが、『蒼いけものたち』の犬神佐清に相当する清文は、カンボジアの内戦でゲリラに火炎放射器で顔を焼かれてマスクをかぶっているなど、原作のエッセンスは意外と残されている。

からすの行水【からすのぎょうずい】

金田一耕助はからすの行水である。「鴉」「首」ではせっかく岡山に静養に訪れたのに、温泉を味わう間もなく風呂から上がってしまう。「迷路荘の惨劇」など一人で風呂に入る場面ではゆっくりと浸かっているので、一緒に入っている相手に貧弱な身体を見られたくないためさっさと切り上げている可能性もある。

ガリ版【がりばん】

謄写版。T・エジソンが発明した印刷技術。1887年に米シカゴのA・B・ディック社が発売開始した「ミメオグラフ」が商品化の最初。日本でも同社製品を参考にした「ミリアグラフ」が明治27（1894）年から発売されている。複写機やワープロプリンタが普及するまでは、簡易な印刷として企業や学校等で広範に活用され、とくにTVドラマや映画の台本などでは、金田一シリーズを含む多くの作品で2000年初頭くらいまで用いられていた。「白と黒」には、帝都映画でシナリオの謄写版刷りの仕事をしている根津伍市という人物が登場する。

軽井沢【かるいざわ】

長野県中東部、北佐久郡の地名。標高約1000メートルの高原にあり、明治期にイギリス人宣教師が避暑地として紹介したことから、別荘地として発展した。横溝正史も軽井沢に別荘を所有し、同町を愛した一人である。自作のなかに軽井沢を舞台としたものは多く、金田一耕助シリーズでいえば、長編「仮面舞踏会」や短編「香水心中」「霧の山荘」「蠟美人」「大迷宮」などがそれに当たる。「仮面舞踏会」で金田一が滞在する南原は、横溝の別荘があった地域だが、ただ馴染みがあるだけでなく、森の中に霧が深く立ち込めるなどの幻想的な雰囲気を、ミステリの舞台にふさわしいと考えていたようだ。「香水心中」の等々力警部は、軽井沢について「心中の名所旧跡」という言い方もしている。有名な文士が心中をし、その碑がちかくに建っているとあるのは、有島武郎のことであろう。

河合警部【かわいけいぶ】

『金田一耕助の傑作推理』シリーズで谷啓が演じたドラマオリジナルの警部。河合警部の初登場は第20作『悪魔の唇』（1994）で、河合警部の妻が病死したことを等々力警部から聞かされた金田一耕助が弔意を示すやりとりから始まる。谷とは「ハナ肇とクレージーキャッツ」の仲間で、長い間等々力警部を演じたハナ肇を暗にドラマの中でも追悼しているとの解釈から、河合警部への引継ぎはスムーズに受け入れられた。

川口松太郎【かわぐちまつたろう】

（1899〜1985）

作家。横溝と同じく編集者出身の作家で、互いに相手の才能を高く評価し、親愛の情を抱いていた。昭和8（1933）年、横溝が銀座のカフェー「タイガー」で喀血した際、偶然その場に来合せている。結核との自覚がなかった横溝は、そのまま川口と朝まで飲み直し、翌日大喀血をする。横溝は川口とは小説のジャンルが異なり、交流もめったにないが、その後の川口の業績は詳しく知っていると述べ「獄門島」では川口の代表作『愛染かつら』を重要なキーワードとして登場させている。角川映画『犬神家の一族』（1976）には、川口の次男・恒と長女・晶がそろって出演している。

河津清三郎【かわづせいさぶろう】

(1908〜1983)

俳優。映画『幽霊男』(1954)で金田一耕助を演じる。本作は大ヒットし、横溝正史は東宝の社員から『ゴジラ』と『幽霊男』で戦後初めてボーナスが出たと聞かされた。だが、それが裏目に出て、河津は片岡千恵蔵の金田一耕助シリーズを制作している東映ににらまれ、同社の主演シリーズを降ろされるなど干されたと述懐している。

河津清三郎

漢字制限【かんじせいげん】

戦後の一時期広まった、漢字使用を制限し日本語の表記を単純化しようとする動き。GHQの要請ではなく国内の知識人から発生したもので、新聞にも漢字を全廃せよとの社説が載り、志賀直哉に至っては日本語を廃止してフランス語の採用を提案した。昭和21(1946)年11月には約10万字ともいわれる漢字から1850字を採択した「当用漢字」が発表された。「黒猫亭事件」で金田一耕助は、一連の漢字制限の騒動を茶化している。ちなみに金田一がカタカナで発言している漢語は順に静粛（セイシュクキャージョ）、鞠躬如（P.59参照）、礼譲、感謝（シャキューゼン）、紳士淑女（シンシシュクジョ）、紳士淑女である。

『完全犯罪ゲーム』【かんぜんはんざいげーむ】

昭和60(1985)年に『シミュレーション・ブックス』第4巻として発行されたゲームブック。著者は桜井一、イラストは桑田次郎。刊行当時は空前のゲームブックブームだったが、ファンタジー、SFが圧倒的多数を占める中、本書は読者が殺人犯となって警察や探偵の捜査をかいくぐり完全犯罪を成立させる倒叙ミステリである。主人公の親友として名探偵陳田一珍助が登場、読者の選択したルート次第で名探偵にもヘボ探偵にもなり、実は柔道の達人という展開も用意されている。桜井一はパロディミステリ『86分署物語　名探偵退場』でも珍田一珍助という迷探偵を登場させている。

桜井一著『完全犯罪ゲーム』(西東社)

簡単服【かんたんふく】

婦人用の夏物のワンピース。簡単なデザインなので簡単服と呼ばれた。またおもに関西地方では裾がパーッと広がることからアッパッパとも呼ばれた。「悪魔の手毬唄」で亀の湯のリカと女中のお幹が簡単服を着用していた。女将のリカはさすがに客前では着物に着替えているが、お幹さんはところかまわず簡単服のままである。

簡単服のカンタンな作り方

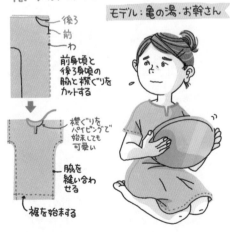

モデル：亀の湯・お幹さん

後ろ
前
わ
前身頃と後ろ身頃の脇と裾ぐりをカットする

襟ぐりをバイピングで始末しても可愛い

脇を縫い合わせる

裾を始末する

乾板【かんばん】

「写真乾板」のこと。写真感光板の一つで、ガラス板に感光乳剤を薄く塗り、乾かして作る。感光乳剤は臭化カリウムの溶液と硝酸銀の溶液をゼラチンに加えたもの。乾板を使ったカメラ撮影を行うと、光を受けた乾板は化学反応してネガフィルムと同じ状態になる。「病院坂の首縊りの家」には、殺人の動機と絡むものや、殺害された人物が被写体のものなど、撮影時期の異なる写真がいくつか登場する。遠い過去の呪わしい出来事が記録された乾板を、すべてを覚悟した殺人者に懇願されて金田一が粉々にするラストが印象的だ。

『鬼一法眼三略巻』
【きいちほうげんさんりゃくのまき】

歌舞伎の演目。「犬神家の一族」で猿蔵が、犬神一族の面々に似せた菊人形で鬼一法眼の「菊畑」の場を再現する。

義眼【ぎがん】

ケガや病気で眼球が委縮したり欠損したりした人用に作られた人工の眼球。萎縮した眼球の上に被せるタイプや、眼窩に埋め込む半球状のタイプがある。横溝作品には体の一部が欠損している人物が登場するこ

重要な
手がかり

が多く、義眼をつけたキャラクターも何人か出てくる。とくに「蜃気楼島の情熱」では、人妻の遺体のそばに義眼が置いてあり、それがかつての恋人で、人妻が殺されるより前に病死していた男性の持ち物だったことが事件に複雑な味を加えている。

菊田一夫【きくたかずお】
(1908〜1973)

劇作家、作詞家。金田一のモデルになった人物の一人。作曲家の古関裕而と組んだラジオドラマ『鐘の鳴る丘』『君の名は』で知られる。横溝は早くからのファンで、小柄で貧相ながら内に豊かな才能を秘めた人物として菊田をみていた。金田一の名も最初は「菊田一」にする予定だったという。

菊人形【きくにんぎょう】

歌舞伎「菊畑」
笠原湛海
をモチーフにした
菊人形

様々な色の菊を組み合わせて衣装にした人形。またはそれを使った興行。江戸時代後期の菊細工を起源とし、明治時代には浅草花屋敷や大阪・枚方などの菊人形が人気を集めた。菊人形は、園芸師、人形師、菊師が分業で制作。菊だけでなくリアルな頭部も大切な要素である。「犬神家の一族」で惨殺された佐武の頭部が発見されたときも、菊人形のそうした特徴が意味を持っていた。

(→『鬼一法眼三略巻』参照)

岸田今日子【きしだきょうこ】

(1930〜2006)

個性派俳優として高く評価する市川崑が自身の映画に度々起用した俳優。1976年版『犬神家の一族』では琴の師匠・宮川香琴を怪演した。2006年版でも同じ役でキャスティングされていたが、そのときは体調不良で辞退。2004年版フジテレビ系列『犬神家の一族』では香琴を再演している。

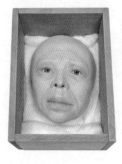

1996年版映画『八つ墓村』では双子の姉妹・田治見小竹／小梅の一人二役も演じた。写真はそのときにロングショットなどで使われたレジン製のプロップ(怖)

北公次【きたこうじ】

(1949〜2012)

歌手。俳優。男性4人のアイドルグループ「フォーリーブス」のリーダーとして活躍した。映画『悪魔の手毬唄』(1977)で青池歌名雄役に起用される。市川崑監督とは制作発表時に初めて顔を合わせたが、市川はその後助監督に「(歌名雄役に北を)選んでない」と衝撃の告白をしている。フォーリーブスの4人がそろった写真で指名したため、別のメンバーと間違えて北にオファーしてしまったというのが真相のようだ。しかし、決して達者とは言い難い北の演技が、かえって歌名雄の素朴さ、生真面目さを表現しており、結果的にははまり役だった。

喜多村緑郎(2代目)【きたむらろくろう】

(1969〜)

俳優。劇団新派の舞台『犬神家の一族』(2017)で金田一耕助を演じた。劇中「人が死にすぎる」と指摘されるとぷぅっと頬を

ふくらませたり、遺言状公開の場で犬神家の一族が列座している座敷をうろつくなど、時折子どもがそのまま大きくなったようなしぐさを見せるのが特徴。続く『八つ墓村』(2020)では、金田一に加えて田治見要蔵、田治見久弥の3役を演じた。既存の映像作品が求めたリアルな描写とは対照的に、要蔵も村人も尼子の怨霊に絡めとられるかのように粛々と殺戮が重ねられる舞台ならではの演出だった。舞台『黒蜥蜴』では明智小五郎を演じており、明智と金田一の両方を演じた数少ない俳優の一人となる。

吉祥寺【きちじょうじ】

東京都武蔵野市に存在した地名。昭和37(1962)年に町名整理で吉祥寺本町、吉祥寺南町など細かく分割され行政上は「吉祥寺」の地名はなくなったが、今でもJR吉祥寺駅周辺を中心とした一帯を吉祥寺と呼び習わしている。横溝正史が昭和7(1932)年から信州での療養期間を除いて昭和20(1945)年4月に疎開を行うまで住んでいた。「殺人鬼」「瞳の中の女」「悪魔の寵児」など事件の舞台としてもよく登場する。

鞠躬如【きっきゅうじょ】

身をかがめて畏まる様子。「黒猫亭事件」ではカタカナで表記されている。「悪魔の降誕祭」「華やかな野獣」にも登場。

鬼頭早苗【きとうさなえ】

「獄門島」の登場人物。金田一耕助が思いを寄せた女性として知られる。獄門島の網元鬼頭家の分家の娘だが、本家の一族に代わり漁師を束ね、網元業を切り盛りしている。幼い頃のあだ名が山猫というだけあり、荒くれた漁師を相手にしても一歩も引かない気の強さを持っている。肩まである髪にはパーマをかけており、ふっくらとした頬に大きなえくぼが特徴的である。横溝正史は昭和50年代のインタビューで、女優に例えたら20代前半の八千草薫と答えているが、実際には八千草のほうが鬼頭早苗より年下でモデルというわけではない。

20世紀初頭の構成主義建築といったところですな

いや、またく

でも……
ありがとう
ございました。
もうこれきり
お眼に
かかりません。

鬼頭
早苗

「きみはぼくが金田一耕助ということを忘れたのかね」

【きみはぼくがきんだいちこうすけということをわすれたのかね】

「三つ首塔」での金田一耕助のセリフ。実は金田一耕助は、探偵としての腕前には並々ならぬ自信を持っていることを数々の事件で言明しており、このセリフは最たるものであろう。(→「取るに足らぬ男です」参照)

奇妙な建物【きみょうなたてもの】

横溝正史には不思議な構造の建物が舞台の作品が、初期の「呪いの塔」をはじめ数多く存在する。金田一耕助シリーズでも「廃園の鬼」や「蜃気楼島の情熱」「迷路荘の惨劇」で奇妙な由来の建物を登場させている。特に「廃園の鬼」の精神を病んだ資産家が建てた未完の建築物は、戦前の東京に存在した二笑亭のエピソードを参考にしているようだ。

木村拓哉【きむらたくや】

(1972〜)

歌手。俳優。1997年に放送されたNTTのインターネットプロバイダサービスのCMで金田一耕助風の探偵を演じている。「斧琴菊」ならぬ「教えぬ」の掛け軸を前に、「おしえぬ? OCN?」と頭をかきむしる姿が印象的だった。演出は岩井俊二が敬愛する市川崑を模して担当。加藤登紀子扮する須磨子夫人が犯人と見せかけ、続きのCMでどんでん返しを行う展開もみごと。

キャバレー【きゃばれー】

女性の社交係が客をもてなす社交場。金田一シリーズでは、戦後東京の盛り場の意味合いで頻出する。キャバレーと名乗るためにはダンスが踊れるフロアやショーが行えるステージの設置が必須で、それに伴いバンドが生演奏できるボックスなども必要なため、広い床面積を要求された。社交係をホステスと呼ぶようになったのは昭和30年代末のことで、作中ではキャバレーの従業員はダンサーと呼ばれている。

旧仮名遣い【きゅうかなづかい】

歴史的仮名遣いとも。第二次世界大戦終戦直後まで正式な仮名遣いとして用いられていたが、昭和21 (1946) 年の「現代仮名遣いの実施」により表記法が改められた。小説の表記などは緩やかに改められ、金田一耕助シリーズでも昭和25年1月から連載開始された「犬神家の一族」は現代仮名遣いだったのに対し、それより後の作品である「女怪」や「鴉」は旧仮名遣いで掲載されるなど、掲載誌によりバラつきがあった。「火の十字架」では、二通りの仮名遣いが混在していた時代だからこそ通用した、あるトリックが仕掛けられている。

『京鹿子娘道成寺』
【きょうがのこむすめどうじょうじ】

歌舞伎舞踊の演目。道成寺を舞台とした安珍・清姫伝説の後日談の形式をとり、鐘の供養のため舞う白拍子こそが清姫の化身で、最後は大蛇の姿を現す物語となっている。大蛇となった白拍子が鐘の中から登場する場面から「獄門島」の有名なトリックが生まれた。

京極夏彦【きょうごくなつひこ】

(1963〜)

小説家。妖怪研究家。グラフィックデザイナー。『姑獲鳥の夏』(1994) で鮮烈なデビューを果たすと、以後、『魍魎の匣』(1996) で第49回日本推理作家協会賞 (長編部門)、『嗤う伊右衛門』(1997) で第25回泉鏡花文学賞、『後巷説百物語』(2003) で第130回直木三十五賞を受賞するなど、その人気と実力を確固たるものにしている。多くの作品がミステリのジャンルに数えられるが、その一方で日本の民間伝承に材を取ったオカルティズムを要素とするなど、新しい探偵小説のスタイルを確立した功績はとりわけ大きい。彼が生み出した名探偵の中禅寺秋彦 (京極堂) は作者自身がモデルであり、着流し、羽織が定番のファッション。『陰摩羅鬼の瑕』では、中禅寺の友人で作家の関口巽が、百日紅の大樹の下で初老の紳士と出会い会話を交わす。その紳士こそ実は横溝正史というパスティシュ仕立てとなっている。

時代とメディアを超えて継承されていく横溝／金田一ワールド。
映画ポスターも宣伝にとどまらず、
それ自体がひとつの作品として我々の目を楽しませてくれる。

ポスターギャラリー② 【木魚庵コレクション】

『犬神家の一族』（1976年公開）
市川崑監督／©KADOKAWA

『悪魔が来りて笛を吹く』（1979年公開）
斎藤光正監督／©東映

『悪霊島』（1981年公開）
篠田正浩監督／©KADOKAWA

『八つ墓村』（1977年公開）
野村芳太郎監督／©松竹

『三つ首塔』（1956年公開）
小林恒夫・小沢茂弘監督／©東映

「きょうとい」【きょうとい】

「悪魔の手毬唄」で鬼首村の方言で「怖い」という意味で使用される。岡山県から鳥取県にかけての方言で古語の「気疎い」が転化したとされている。一般には岩井志麻子の小説『ぼっけえ、きょうてえ』(1999) で全国的に認知された。

清音駅【きよねえき】

岡山県総社市にあるJR西日本の駅。伯備線の倉敷駅と総社駅の中間にあたる。「本陣殺人事件」で金田一耕助が降り立った清一駅のモデルとなった。金田一耕助が初めて登場した聖地として横溝ファンが訪れるようになったため、駅前広場には金田一耕助の顔はめパネルが設置してある。「1000人の金田一耕助」も「本陣殺人事件」にならって清音駅からスタートするのがしきたり。(→「1000人の金田一耕助」参照)

斬り裂くジャック【きりさくじゃっく】

「夜の黒豹」では、街娼を狙った連続殺人事件の犯人を、19世紀にロンドンで起きた「切り裂きジャック」になぞらえている。作中での表記が「斬り裂くジャック」となっているのは、日本ではほぼ最初に切り裂きジ

ャック事件を紹介した牧逸馬のノンフィクション『世界怪奇実話 女肉を料理する男』(1929) での表記にならったためと思われる。

金魚鉢【きんぎょばち】

金魚を飼っておくためのガラス製の丸い器。夏の風物詩で、器のふちのヒラヒラがいかにも涼しげである。「蝙蝠と蛞蝓」では、蛞蝓女のお繁が近くの闇市で買ってきた金魚鉢が、事件の重要な小道具となる。ちなみに蝙蝠、蛞蝓、金魚または金魚鉢はすべて初夏を示す季語であり、季節感が統一されている。

金魚鉢

『キング』【きんぐ】

大日本雄辯會講談社(現・講談社)が1924年11月に創刊し、1957年まで発行を続けた大衆娯楽雑誌。創刊前からメディアを使った広告展開が功を奏し、創刊号は当時としても異例の50万部、追加注文を受けて最終的には74万部まで発行部数を増やした。商業的なピークは1928年11月増刊号で記録した150万部。小説から実用ネタまで幅広い情報に豪華な付録と、万人受けのする編集方針が大々的な宣伝とともに成功の要因だった。同誌から「獄門島」に続くような作品

を嘱望された横溝は、1950年1月号〜1951年5月号にかけて「犬神家の一族」を連載。同作連載の翌月〜1952年5月号までは「女王蜂」を連載した。前者は、「獄門島」同様殺人に意味を与えることが編集部からの注文だったため、その結果、「斧、琴、菊」の見立て殺人が生まれたという。

銀座【ぎんざ】

東京都中央区に位置する一画。明治から戦前にかけ商業の中心地であり山の手の中上流階級が利用する高級繁華街だった。昭和20(1945)年のたび重なる空襲により壊滅的な打撃を受け、焼け残った建物も戦後は連合国軍の売店として接収を受けたり、外国人に土地が買い占められるなど苦難が続いたが、復興とともに賑わいを取り戻す。そんな混沌とした時代の銀座では「悪魔が来りて笛を吹く」の天銀堂事件や「黒蘭姫」「暗闇の中の猫」などの事件が起きた。

銀座といえば大通りの服部時計店の時計台が有名ですが

久生十蘭の『魔都』にも登場

銀座裏のバーやギャラリーなど面白い店が多くイイものですよ

三ヶ月で閉じましたが、探偵事務所を開いた場所も銀座裏でした。

『金第一行助の事件簿』
【きんだいいちこうすけのじけんぼ】

佐藤陽子が1978年〜1984年に発表したコミック。ロンドンで私立探偵を営む金第一行助は、名前が似ているため金田一耕助の再来といわれるが、実はお金大好きなカネ第一主義！ ゲイのロックミュージシャン、ソニーとともに出会う事件はなぜか倒錯的なものばかり。タイトルと主人公の名前のわりには金田一パロディ成分は薄めである。

金田一京助【きんだいちきょうすけ】
(1882〜1971)

アイヌ語研究で知られる言語学者。横溝が東京・吉祥寺に住んでいた頃、隣組で一緒だったのが京助の実弟・安三だったことから、彼の名をもじり金田一耕助が誕生した。その後横溝は無断拝借をずっと気にしていたが、ついにそのことを京助と話す機会は逸してしまった。だが、息子の金田一春彦からは、読み間違えられることが多かった名前を有名にしてくれたと人づてに感謝され、ようやく気持ちが晴れたという。「悪魔が来りて笛を吹く」で、金田一耕助が方言について教示を受けた「同姓の言語学者」とは京助のことと思われる。

金田一 京助

か

金田一耕助【きんだいちこうすけ】

横溝正史が創造した推理小説の探偵。雀の巣のようなもじゃもじゃの髪にしわだらけの羽織と着物、ひだのたるんだ袴に歯のちびた下駄がトレードマーク。興奮すると髪をかきまわし、ふけが鵞毛のように散乱する。身長5尺4寸(約163cm)あるかなし、体重14貫(約52kg)をわる小男である。その推理法は調査を進める上で生じる矛盾や疑惑をデータとして積み重ねていくやり方。そのため犯人の見当がついてもデータが完全にそろうまでは告発することをせず、時にはさらなる犠牲者を生んでしまうこともある。生まれは大正2(1913)年東北地方の内陸部。地元の旧制中学校を卒業し昭和6(1931)年に上京、私立大学に籍を置きながら神田の下宿でごろごろしていた。翌昭和7(1932)年渡米。皿洗いか何かをしながら麻薬の味を覚え、危うく麻薬中毒患者となるところをサンフランシスコの日本人間で起きた殺人事件を解決したことで脱却、久保銀造の援助でカレッジに3年通う。昭和10年頃帰国し探偵事務所を開業。半年程で重大事件を解決するなど頭角を現し昭和12(1937)年には「本陣殺人事件」を解決、名探偵の仲間入りを果たす。しかしその後応召、中国大陸から南方へと転戦しながらニューギニアで終戦を迎える。昭和21(1946)年9月復員。戦友の川地謙三、鬼頭千万太らの遺言に従い東京市ヶ谷、岡山の獄門島で事件を解決する。岡山で作家のYと知り合い彼を伝記作家と認める。以降東京、信州、静岡、岡山などで難事件を次々と解決。昭和48(1973)年に「病院坂の首縊りの家」を解決した後、再び渡米。以後の消息は杳として知れない。

『金田一耕助さん あなたの推理は間違いだらけ!』
【きんだいちこうすけさんあなたのすいりはまちがいだらけ】

横溝ブーム真っ盛りの昭和53(1978)年に出版された謎本の元祖。金田一耕助作品のあらすじを結末まで紹介、作中の矛盾や誤りを並べたてて時には原作と異なる犯人を指摘している。もちろん原作者に許可を得て発行したものではない便乗本で、その指摘内容たるや重箱の隅をつつくような細かいものが多く、ぶっちゃけて言えば愛のないツッコミが大半だった。それでも売れ行きは好調だったようで、第2集に続いて「新版」として正続巻の総集編も刊行された。

「金田一耕助っていやな野郎なのである」
【きんだいちこうすけってっていやなやろうなのである】

「迷路荘の惨劇」に登場する地の文。似たような表現は「仮面舞踏会」や横溝正史のエッセイ「贋作楢山節考」にも登場している。これらの作品が書かれたのは昭和49(1974)年から翌年にかけてのこと。時ならぬ横溝正史ブームが巻き起こり、新作長編を発表したり映画『本陣殺人事件』が制作されるなど、横溝がにわかに忙しくなった時期である。まるで金田一耕助に振り回されるように表舞台へと引きずり出された横溝の、金

も――ほんっと
イヤな野郎だ

ふんふ〜ん ♪

田一に対する愛憎半ばの感情があらわになった珍しい描写である。

『金田一耕助に捧ぐ九つの狂想曲』
【きんだいちこうすけにささぐここのつのきょうそうきょく】

平成14 (2002) 年に横溝正史生誕100年を記念して刊行された、金田一耕助のパロディ＆パスティシュ集。京極夏彦、有栖川有栖、小川勝己、北森鴻、栗本薫、柴田よしき、菅浩江、服部まゆみ、赤川次郎が参加。正統的な金田一耕助パスティシュがある一方、金田一耕助が登場しなかったり登場してもパロディや設定にひとひねりしてあったり、代わりに横溝正史が登場するなどまさに「金田一耕助に捧ぐ狂想曲」となっている。中でも伊集院大介と金田一耕助の名探偵競演が楽しめる栗本薫「月光座」は出色の出来である。

『金田一耕助の新たな挑戦』
【きんだいちこうすけのあらたなちょうせん】

平成8 (1996) 年に刊行された、金田一耕助のパロディ＆パスティシュを集めたアンソロジー。『野性時代』平成7 (1995) 年6月号にて横溝正史賞 (当時) 受賞者による金田一耕助パスティシュの特集「金田一耕助の新たな挑戦」が組まれ、五十嵐均、斎藤澪、姉小路祐、亜木冬彦、服部まゆみ、霞流一がそれぞれ金田一耕助が登場する作品を発表した。単行本刊行時に柴田よしき、羽場博行、藤村耕造の作品が追加された。亜木は雑誌掲載作の「大神家の晩餐」が、金田一が登場せず等々力警部の孫の事件だったためか、改めて金田一が活躍する「笑う生首」を書き下ろした。そのため今度は「大神家の晩餐」

『金田一耕助の新たな挑戦』(角川書店)

が雑誌掲載のみの幻のパスティシュとなってしまった。正当なパスティシュが多い中、「本陣殺人事件」が起きた後の昭和13年生まれの金田一さんが本物として登場する怪作や、仮装パーティーに金田一耕助のコスプレで潜入する金田一耕助などのパロディ作品もあり、バラエティに富んでいる。

金田一耕助のクセ 【きんだいちこうすけのくせ】

金田一耕助にはたくさんのクセがある。興奮するともじゃもじゃ頭をかき回し、ごもり出し、貧乏ゆすりが始まる。「八つ墓村」ではこれらのクセを一度に繰り出して忙しい。「悪魔の手毬唄」では座敷で正座をしながら貧乏ゆすりをしている。なかなか器用だ。他にも意外な証言を聞くと鋭く口笛を吹いたり、肉体的に疲労をおぼえると寝ながら歯ぎしりをしたりうなされるクセも。

金田一耕助の趣味 【きんだいちこうすけのしゅみ】

金田一耕助は意外にも絵画鑑賞が趣味である。「大きな展覧会はたいてい見のがさないし、またひまがあり、ついでがあると、よく銀座裏に散在する画廊などをのぞいて歩く」(仮面舞踏会) というからジャンルにはこだわらないようだ。ただしフランスの近代絵画展を見た時には、「近代絵画は金田一耕助の理解をこえていた」(白と黒) ようで、それでも楽しく1時間ほどすごした。また学生時代に歌舞伎俳優の佐野川鶴之助と親しくなり、それまではまったくの門外漢だった歌舞伎をよく見るようになった。「女怪」「傘の中の女」では歌舞伎のセリフをロマネしたり、「女王蜂」ではおどけて軽く見得を切ってみせるなど骨の髄まですっかり歌舞伎好きが染みとおっているようである。探偵小説のファンでもあり、「本陣殺人事件」や「黒猫亭事件」ではトリック談義に花を咲かせている。他に犯罪に関する古書を集めたりもしているようだが (支那扇の女)、そちらはあまり熱心ではなさそうである。

金田一耕助の朝食
【きんだいちこうすけのちょうしょく】

緑ヶ丘荘に住んでからの金田一耕助は朝食をとる場面が増えたが、そのメニューはほぼ同じである。内訳はトーストにゆで卵（半熟が好みだがたまにゆですぎてしまう）、牛乳に缶詰のアスパラガス、気分が落ち着いているときには野菜サラダを作ることもあるが、作中ではいつも事件を抱えているので果物で済ますことが多い。毎朝これだけしっかり摂っているから、外では小食なのかもしれない。

名探偵の
ある日の
朝食

んー…

バター
たっぷりの
トースト
2枚

MILK

罐づめの
アスパラガス

ウインナー
ソーセージ

りんご
丸かじり

牛乳
1本

『金田一耕助の冒険』
【きんだいちこうすけのぼうけん】

大林宣彦監督、1979年公開のコメディ映画。いま見ると風化してしまったギャグが多いが、終盤で横溝作品に対する「連続殺人を阻止できない」、「登場人物同士の関係が複雑」といった批判や矛盾に対して金田一耕助自身が滔々と弁明する長セリフが挿入され、メタフィクションのミステリ論として一見の価値ある名シーンとなっている。

金田一耕助の冒険

和田誠さん風

金田一耕助フィギュア
【きんだいちこうすけふぃぎゅあ】

フィギュアはこれまでに何点か作られている。平成18 (2006) 年には「リアルアクションヒーローズ 金田一耕助」が発売された。モデルは1976年版『犬神家の一族』の石坂浩二。映画のトランクも精巧に再現、ぼさぼさ頭をかきむしっている形の手の替えパーツもついていたが、帽子を脱がすことができない仕様だった。平成19 (2007) 年にはコンビニ販売限定「フィギュア物産展6 中国四国物産展」として、サッポロビールの缶ビール、発泡酒に中国四国地方の名産、特産のフィギュアがつき、その中の岡山県代表として「金田一耕助登場〜本陣殺人事件〜」が製作された。琴、凶器の日本刀、三本指の血の痕がついた金屏風が付随し、簡単なジオラマを組むことができる。令和2 (2020) 年に

は、映画『八つ墓村』から山崎努演じる多治見要蔵と『犬神家の一族』より犬神佐清が商品化。佐清には逆さになった脚だけのパーツもついてくるという。

金田一耕助を守る会
【きんだいちこうすけをまもるかい】

横溝ブーム全盛の1970年代半ば頃、神戸在住の銀行に勤務する女性3名で結成された私設ファンクラブ。作家ではなく作中の登場人物、それも原作者公認のファンクラブはまだ珍しい時代で、雑誌やテレビなどの取材を受け、映画『金田一耕助の冒険』でも小ネタとして使われた。横溝正史没後も追悼本『横溝正史追憶集』に代表者が寄稿したり、盆と命日には横溝の好物だった「丁稚羊羹」を供え物に届けるなど、孝子夫人との交流が続いた。

「金田一さん、事件ですよ」
【きんだいちさんじけんですよ】

横溝作品の書籍や映画のキャンペーンでは定番のキャッチコピー。いつ頃から使われ始めたかは不明だが、今回調査した中では昭和52(1977)年3月の映画『悪魔の手毬唄』の新聞広告に「金田一さん…また、事件で

すよ」のコピーが掲載されているのがもっとも古い用例だった。また同時期の雑誌の金田一耕助特集(『non-no』No.10／1977年5月20日号)でも「金田一さん事件ですよ。」のコピーが用いられており、自然発生的に広まっていたものと思われる。

『金田一少年の事件簿』
【きんだいちしょうねんのじけんぼ】

原作・原案：金成陽三郎、天樹征丸、漫画：さとうふみやによるミステリコミック。金田一耕助を祖父に持つ高校生の金田一一（はじめ）が、祖父譲りの推理力を発揮し連続殺人事件を解決する。1992年〜2017年まで断続的に『週刊少年マガジン』に連載され、2018年からは正編の20年後を舞台にした『金田一37歳の事件簿』が『イブニング』に連載中である。ドラマ、アニメいずれも大ヒットとなり、謎解きの際の決めゼリフ「ジッチャンの名にかけて」は流行語となった。金田一耕助のキャラクター使用については憶測で語られることが多いが、連載開始前に『週刊少年マガジン』編集部は横溝孝子夫人にしかるべき挨拶を行っている。その後、著作権の継承者が複数いることがわかり改めて覚書を交わした。今では、若い読者が金田一耕助を知るきっかけとなっている。

「金田一探偵に訊く」
【きんだいちたんていにきく】

推理作家島田一男による、金田一耕助へのインタビューの形式をとった探偵小説論。『鬼』1951年6月発表を「金田一探偵の見解」と改題して『宝石』1951年9月号に再録。実際には作者の横溝正史へのインタビューだったが、金田一耕助に仮託して発表されたと思われる。その内容はさておき、確認されるかぎり初めて横溝正史以外の作家によって書かれた金田一耕助の贋作であるという点を重視し、特に紹介する。

金田一弥生 【きんだいちやよい】

ドラマ『金田一耕助の傑作推理 魔女の旋律』(1991) に突如登場した金田一耕助の妹。耕助の三歳年下でヴァイオリンを習っていたが、早くに両親を亡くして兄妹二人で暮らすうち、結核に侵され亡くなったという。ヒロイン珠生(伊藤かずえ)がヴァイオリニストで、金田一耕助は弥生の思い出を彼女に重ね感情移入する。金田一耕助に妹がいたというのはもちろんドラマ独自の設定。

近鉄バファローズ 【きんてつばふぁろーず】

平成16 (2004) 年まで存在したプロ野球球団。横溝正史は大の近鉄ファンで、テレビやラジオの野球中継をはしご視聴して、放送の合間に挟まれる各地の試合の途中経過で近鉄戦の状勢をチェックするのが日課だった。「白と黒」では、横溝を彷彿とさせる詩人のS・Y先生が昭和35 (1960) 年の日本シリーズ第1戦を観戦するが、この年のバファローズの成績はリーグ最下位だった。

近鉄のためならえーんやこーら

KINTETSU BUFFALOES

テレビも独占

天眼鏡

ラジオ

選手名鑑

金明竹／錦明竹 【きんめいちく】

古典落語の演目。骨董屋を訪れた使いの者が、上方なまりの早口で長い口上を述べる場面が有名。その中で脇差の柄の材質が本来とは異なると断りを入れるセリフに「木ィが違うとります」とあり、それを聞き違えた骨董屋が「気が違っちゃった」とくり返す。幼い頃から神戸・新開地の寄席や芝居小屋に出入りしていた横溝がこの噺を聞き覚え、後に作品に応用したと考えられる。

空気座 【くうきざ】

昭和21 (1946) 年〜24 (1949) 年に活動していた劇団。昭和24年3月には『獄門島』を劇化。並木瓶太郎が金田一耕助役をつとめた。舞台という制約上、登場人物や物語が簡略化され、作中に登場する俳句も「むざんやな冑の下のきりぎりす」から上島鬼貫の「行水の捨てどころなし虫の声」に変更されている。本作でお志保を演じた露原千草は、後に『横溝正史シリーズ』で上杉品子(三つ首塔)や多岐(仮面舞踏会)を演じた。

空襲 【くうしゅう】

金田一耕助シリーズは戦後を舞台とした作品が大半を占めるため、戦争時の体験が事件を引き起こす要因となっているものが多い。特に空襲は広範囲にわたって被災するため、そこで起きたことがうやむやになる可能性がある。「火の十字架」では昭和20 (1945) 年3月10日の東京大空襲の夜に起きた出来事が遠因となっており、「人面瘡」は同年3月17日の神戸大空襲、「仮面舞踏会」

は同年6月29日の岡山大空襲のさなかに起きた悲劇が尾を引いている。

『草枕』【くさまくら】

夏目漱石が明治39(1906)年に発表した小説。横溝正史は漱石を愛読していたが、中でも『草枕』に愛着があったとみられる。『真説金田一耕助』では「屍をかぞえる人びと」の章で『草枕』の一説を引用している。「獄門島」「太閤様の御臨終」の章で展開される金田一耕助と床屋の清公との会話は、『草枕』第五章の主人公と床屋の会話を下敷きにしており、そっくりである。また『草枕』には其角の「鶯の身をさかさまに初音かな」を踏まえた会話があり、横溝はそこからトリックの着想を得たのかもしれない。金田一耕助シリーズ以外にも、『草枕』のヒロイン那美の名前を「探偵小説」の被害者に使用したり、戦後の作品「靨」で『草枕』の冒頭の場面を模したりしている。

「それで旦那は千光寺にいなさるんですね。おおかたそんな事たろうと思ってた」
「それで、千万太君のお父さんは……?」
「あぶねえね」
「何が?」
「あまり大きな」
声じゃいえねえが、つまり、その、本当はき印ですぜ」
「なぜ」
「なぜって、旦那。なんでも座敷牢がこさえてあってその中に入れてあるそうですが」
櫛も通らねえ
非常な蒋腕だ
獄門島×草枕
マッシュアップ

葛の葉【くずのは】

安倍晴明の母とされる伝説上の狐。葛の葉を主人公とする歌舞伎の演目『蘆屋道満大内鑑』の通称。「車井戸はなせ軋る」で小野家から本位田家に渡った屏風には葛の葉が

正体を見あらわされ、泣く泣く赤子に別れて生まれ故郷の信田の森へと帰っていく場面が描かれていた。また「獄門島」では、旅芝居のお小夜が道成寺、狐忠信、葛の葉などの変化ものを得意としていたという。

「口紅にミステリー」【くちべににみすてりー】

映画『女王蜂』(1978)とタイアップを行った化粧品会社カネボウのキャッチコピー。劇中で加藤武演じる等々力警部がこのセリフを口にしたシーンがCMで使用された。

久保銀造【くぼぎんぞう】

金田一耕助のパトロン(後援者)。岡山県岡一村の小作農家の生まれ。兄と渡米して労役でためた資金をもとに岡一村から十里ほど離れた場所で果樹園を経営、成功している。昭和7(1932)年頃視察でアメリカを訪れた際に金田一耕助と知り合い、学費を提供した。昭和12(1937)年、姪の克子が婚礼の夜に殺害される事件が発生、金田一耕助に出馬を依頼、「本陣殺人事件」として耕助が世に出るきっかけとなった。戦後復員した金田一耕助が獄門島に渡ろうとしていることを知り、忠告を与える。金田一耕助は年に一度は必ず銀造の果樹園を訪れ静養しているが、昭和29(1954)年の「昼気楼島の情熱」では久々に元気な姿を見せている。

どうだね。いい加減に麻薬と縁をきって、真面目に勉強する気はないかな。
岡山の小父さん・パトロンの
久保銀造

か

グラマー・ガール【ぐらまーがーる】

「悪魔の手毬唄」で大空ゆかりの代名詞ともなっていることば。性的な魅力のある女性。スタイルが良いだけではなく、男を惑わす魔性を備えた女性をさす場合が多い。当時、女優の京マチ子がグラマー・ガールをキャッチフレーズに活躍していた。

『グリーブ家のバーバラ』
【ぐりーぶけのばーばら】

イギリスの小説家トマス・ハーディが1891年に発表した短編。美貌の夫エドモンドが顔にけがを負い仮面をつけて帰宅する。しかし仮面の下の顔を見た妻のバーバラは彼を拒絶、絶望したエドモンドは失踪する。谷崎潤一郎がほれ込み自ら翻訳し、『春琴抄』の参考にした作品だが、横溝もまた仮面の男の帰宅というモチーフを「鬼火」「犬神家の一族」と自作に繰り返し用いている。横溝の場合はさらに、仮面をかぶった男が他人と入れ替わっているかもしれない謎を追加し、一層の疑念を読者に抱かせている。

グレハマ【ぐれはま】

「迷路荘の惨劇」に「すっかりグレハマになっちまった」とのセリフがある。グレハマとは見込みがはずれること。ハマグリは上下の殻がピッタリ合うが、他の殻同士では形が異なり合わさることはない。そこで形が合わずちぐはぐなことをハマグリをひっくり返してグリハマというようになり、それがグレハマとなった。グレるの語源といわれているが、諸説あり定かではない。

『黒い蝶』【くろいちょう】

横溝正史が『サンデー小説』(文京社)1959年創刊号・第2号に発表した金田一耕助シリーズ。「渦の中の女」の改稿で、団地に

「黒い蝶」(『サンデー小説』文京社／1959年創刊号)

飛び交う中傷の手紙に端を発する殺人事件が展開される予定だったが連載中絶した。後に「白と黒」として長編化される。『サンデー小説』誌の第3号・第4号の存在が確認されておらず、何回まで連載が継続したか判明していない(第5号ではすでに連載されていなかった)。

黒宮菜菜【くろみやなな】

(1980〜)

アーティスト。液状に溶いた油絵具による油彩と和紙に染料をにじませる手法を使い分ける特徴的な作風。大原美術館(倉敷市)が「若手作家の支援」「アトリエの活用」「倉敷からの発信」を目的に主催する滞在制作プログラム「ARKO (Artist in Residence Kurashiki, Ohara)」の2019年度の作家に選ばれ、倉敷市に逗留しつつ横溝正史『獄門島』をテーマにした連作を創作、発表した。作品は縦3.6m×横5.4mの「お小夜」、縦2.27m×横1.45mの連作「月代」「雪枝」「花子」、小品「金田一耕助」「鵜飼章三」など。

訓導【くんどう】

旧制小学校の教員のこと。「八つ墓村」の亀井陽一は小学校の訓導だった。また「生け

る死仮面」では井の頭公園に実在する「松本訓導殉難の碑」の下流にある橋（位置的にほたる橋と思われる）に生首が流れつく。

『刑事コロンボ』【けいじころんぼ】

アメリカで1968年〜2003年に製作された倒叙ミステリドラマシリーズ。ロサンゼルス市警殺人課のコロンボ警部（ピーター・フォーク）が論理的思考と粘り強い捜査で、犯人の緻密に計画したトリックを見破る。冴えない外見のコロンボが地位や名声のある犯人を追い詰める様子が日本でも人気を博した。金田一耕助もまたパッとしない風貌だったからか、放送当時は両者のイメージが重なるとの感想も聞かれた。横溝正史も『刑事コロンボ』の大ファンで、犯人のこの行動が致命的ミスとなるか推理しながら放送を見るが、いつの間にかコロンボに先を越されてしまうと感心している。

刑事コロンボ
COLUMBO

警視庁【けいしちょう】

東京都を管轄とする警察組織。また桜田門に存在する本部庁舎。本来は岡山県警、大阪府警同様に「東京都警」とも称すべき組織だが、明治以来現在まで警視庁の名称が用いられている。等々力警部は警視庁捜査一課に所属し、第五調べ室を割り当てられている。金田一耕助はしょっちゅう第五調べ室に顔を出しては探偵調査の参考となる

情報を聞き出したり、警部の部下の新井刑事と駄弁を弄しているので、折よく発生した殺人事件の捜査に巻き込まれている。「枢の中の女」では珍しく等々力警部の上司である柿崎捜査一課長が登場している。

1931年竣工 警視庁本部庁舎
等々力警部の職場

K・K・K【けーけーけー】

赤坂のナイト・クラブ。多門修が用心棒をつとめる。「病院坂の首縊りの家」で風間俊六が当時の愛人だった菊池寛子と共同で経営していた店と判明、K・K・Kの由来も風間と菊池、そして金田一耕助のイニシャルとの説を紹介している（金田一耕助はその説を肯定も否定もしない）。昭和48年の時点では、東京でも一、二を争うナイト・クラブになっており、多門修も総支配人へと出世している。

結核【けっかく】

結核菌の感染により発症する病気。肺結核、腸結核、脊椎カリエスなどがあるが、横溝正史は昭和8（1933）年、そのうちの肺結核にかかって長野県・八ヶ岳山麓の冨士見療養所に入り、翌年、信州諏訪に転地。昭和14年に帰郷後も闘病生活は続き、一時は死も覚悟したというが、終戦して治療薬が入手しやすくなると快方に向かい、再び精力的に探偵小説を執筆するようになった。
（→"諏訪"参照）

月琴【げっきん】

満月のように円い胴を持つことからこの名がある、中国の伝統的な撥弦楽器。日本には長崎経由で輸入され、幕末から明治にかけて流行した。「女王蜂」は伊豆の南方にあるという架空の月琴島が舞台で、物語の冒頭から謎めいた月琴が登場する。

月琴

満月のように
まあるい胴に

琴を思わせる
音色

結合双生児【けつごうそうせいじ】

別名・シャム双生児。「悪霊島」の「プロローグ」は最初の犠牲者が、腰のところで骨と骨がくっついたふたごの存在を示唆しながらこと切れる描写から始まる。それは"平家蟹の子孫"とも形容されており、蟹の喩えはエラリー・クイーン『シャム双生児の謎』を連想させるものだ。金田一と磯川が結合双生児について議論する場面、作者は金田一に「二、三の作家がそれを題材として探偵小説を書いている」と言わせている。クイーンのほかにもう一作挙げるとすれば江戸川乱歩『孤島の鬼』だろう。

原形作品【げんけいさくひん】

横溝正史には、一度発表した作品に何度も手を入れ改稿するクセが

あった(→"改稿癖"参照)。現在角川文庫で読める金田一耕助シリーズの長編と原形作品とでは、殺人の数や犯人さえ異なる場合がある。近年は原形作品の見直しも積極的に行われ、出版芸術社や論創社から刊行されている。また原形作品のみを集めた短編集『金田一耕助の帰還』『金田一耕助の新冒険』(光文社文庫)もあり、ぜひ読み比べていただきたい。

『鯉つかみ』【こいつかみ】

歌舞伎の演目。「幽霊座」では鯉つかみの上演中に舞台上で役者が失踪し、また毒殺される。本物の水を使ったり、善玉と悪玉を一人二役で早変わりを演じるなど、ケレン味にあふれたお芝居である。横溝はこの演目の仕掛けを演劇評論家の安藤鶴夫から聞き着想を得た。作中に安藤によく似た名前の佐藤亀雄なる劇評家が登場するのは、横溝のせめてものお礼心であろう。

交換台【こうかんだい】

離れた場所にある電話機同士を接続したり切ったりする業務を行う場所。これの大き

集合住宅における交換台

金田一先生につないで頂けますか

はいただいま

やあ警部さん

管理人さんへ

各部屋へ

管理人

電話局の交換台と同じ仕組み

オペレーターが手動で切り替え

皆さまよりお電話です

スイッチ

手動式交換機

なものが電話局であり、小さなものが、集合住宅などで外からかかってきた電話を住宅内の特定の電話につなぐ交換台である。現在は自動交換機で相互接続される方式が一般的だが、金田一耕助が探偵事務所で電話を使用するときなどには、手動で接続作業を行う係の交換手とまずやり取りする必要があった。

広告塔 【こうこくとう】

ポスターを掲示する円柱形の野外広告。ドイツではリトファスゾイレ、フランスではコロン・モリスと呼ばれている。日本でも昭和20年代から30年代にかけ銀座の日劇前などに設置されていた。「幽霊男」で広告塔の放送設備が殺人予告に利用された。

こちらは みなさま 御存じの 幽霊男で ございます

ややっ!?

耕三寺 【こうさんじ】

広島県尾道市に属する瀬戸内海の生口島にある寺院。平等院鳳凰堂や日光東照宮陽明門など、日本各地の歴史的建築物を精巧に模した堂宇が建ち並び、瀬戸内海の観光名所となっている。「蜃気楼島の情熱」の志賀泰三が建てた竜宮城のような御殿は、この耕三寺から思いついたのであろうといわれている。

神戸 【こうべ】

兵庫県神戸市。横溝正史が生まれ育った町。生家があった場所は現在川崎重工業の敷地内となっており、隣接する東川崎公園内に「横溝正史生誕地碑」が建てられている。横溝にとってなじみの深い土地だけあり、金田一耕助シリーズには「八つ墓村」「悪魔が来りて笛を吹く」など神戸が登場する作品が実に多い。「本陣殺人事件」でアメリカのカレッジを卒業した若き金田一耕助が、故国の地を踏んだのも神戸だった。

蝙蝠 【こうもり】

金田一耕助はその見た目から蝙蝠に例えられることがある。「蝙蝠と蛞蝓」のタイトルになっている蝙蝠とはまさに金田一耕助のことである。「黒蘭姫」でも金田一は「蝙蝠みたいなかんじのする貧相な男」と形容されている。「女王蜂」や「蝙蝠男」でも蝙蝠は重要なキーワードとなっている。

わははははははは

『コージ苑』【こーじえん】

相原コージが1985年～1988年に発表した4コマギャグコミック。毎週五十音順にタイトルが割りふられ、辞書風の解説が添えられていた。隙あらば入水しようとする太宰治や、立てこもり犯のムチャ振りに快感を覚え始める本田刑事部長などクセの強いキャラクターが並みいる中、第三版の「よ」の回で満を持して「横溝正史」を立項。次々と犠牲者が出るのを頭をかきながら傍観する金田一が、犯人が自殺したとたん「犯人は初めからわかっていました」と述べる「金田一あるある」4コマ漫画を発表した。

相原コージ編『コージ苑 第三版』(小学館)

コーヒー【こーひー】

コーヒーは第二次大戦中には敵国の飲料とみなされ輸入が制限された。昭和19(1944)年に完全に輸入が停止し昭和25(1950)年に再開されるまで、コーヒー豆は正規の方法では日本国内には一粒も流通していなかった。戦時中の隠匿物資や横流し品が闇で取引されることもあったが、質量ともに安定せすべて「代用コーヒー」だった。その原料は大豆、チコリ(キク科の植物・別名キクニガナ、アンディーブなど)、たんぽぽ、ゆりの根、オクラの種などで、焙煎または煮汁を飲んだ。「黒蘭姫」では喫茶室で青酸カリが入ったコーヒーを飲ませて毒殺する描写があるが、昭和22(1947)年という時節柄代用コーヒーだろう。輸入が再開された昭和25年以降、コーヒーは再び庶民の味として普及した。「不死蝶」でブラジルのコーヒー王の養女鮎川マリが来日したのも、そんなタイミ

ングでのことだった。

「『獄門島』犯人当て100万円クイズ」
【ごくもんとうはんにんあてひゃくまんえんくいず】

映画『獄門島』(1978)公開前に開催されたプロモーション。映画は原作と犯人が異なることを前面に打ち出し、原作ファンにも映画館へ足を運んでもらおうとの告知キャンペーン。「原作と映画では犯人が違います。映画の犯人(女性)を当てて下さい。」という問題に応募し正解すれば合計28名に総額で100万円が当たる内容だった。専用のポスターも制作され、今でもまれにネットオークションに出品されている。

五時の影【ごじのかげ】

「five o'clock shadow」の日本語訳。朝、洗面時にひげをそった男性が、夕方の5時頃になるとひげがはえ始めて影のように見える状態。1930年代にアメリカのカミソリの会社が広告に使用、その効果もあり仕事を終え夜の社交に出かける前にもう一度ひげをそることが身だしなみとされた。「死神の

矢」では被害者の五時の影をめぐって金田一耕助が推理をはたらかせる。

五時の影

お一

『ゴジラ』【ごじら】

昭和29 (1954) 年に公開された特撮映画。水爆実験の影響で目覚めた古代怪獣が東京に上陸、破壊のかぎりをつくす。制作会社の東宝では同時期に『幽霊男』を撮影、公開しており、『幽霊男』の劇中、銀座の場面で、『ゴジラ』のポスターが貼り出されているのが一瞬だけ映る。

小平事件【こだいらじけん】

第二次大戦末期から戦後にかけて起きた連続強姦殺人事件。昭和21 (1946) 年8月17日、東京芝増上寺の裏山で女性の死体が発見され、直前に被害者と会っていた小平義雄が犯行を自供、逮捕された。小平は有罪となった件だけでも7人の若い女性に食糧や就職の世話をすると持ちかけ、山林などに誘い出し暴行の上殺害していた。「悪魔が来りて笛を吹く」の芝増上寺の境内で死体が発見される場面で「一年ほどまえにも、さる凶悪な変質者の殺人が行われた場所」と書かれているのがこの事件。

ゴットン【ごっとん】

強盗を表す岡山の方言。「車井戸はなぜ軋る」で村を飛び出した小野昭治がK市でゴットンをしていると噂になる。強盗で生業がたつはずもなく、閉鎖的な社会でいつまでも噂だけが漂っている雰囲気をうまく表現している。

琴【こと】

日本の伝統楽器。「本陣殺人事件」「犬神家の一族」などに重要な小道具として登場する。特に「本陣殺人事件」は琴糸、琴柱、琴爪などの小道具がトリックに用いられている。横溝正史の姉富重が娘の頃に琴を習っており、横溝自身も稽古を見学したり、琴爪をはめてでたらめにかき鳴らした経験があるなど、琴の知識があった。西洋の楽器と異なり、琴は約30年〜50年で音が響かなくなり寿命を迎えるという。「本陣殺人事件」で江戸期から一柳家に伝わる名琴「おしどり」も、年数を考慮すればすでに音が鳴らない丸太と化していたはずである。(→"岡山一中琴の怪談"参照)

（混同されて呼ばれていますが）琴柱のある場合は、「琴」ではなく「箏」が正しい名称なんだとか。

『孤島の鬼』【ことうのおに】

江戸川乱歩が1930年に発表した探偵小説。後半の洞窟の冒険や宝探しの展開が、「八つ墓村」にも影響を与えている。また横溝正史が岡山県に疎開する際、本書や『パノラマ島綺譚』から自分も瀬戸内海の島を舞台にした探偵小説を書いてみようと意気込んだという。

小町娘【こまちむすめ】

「悪魔の手毬唄」に登場する鬼首村手毬唄の歌詞の一部。小町とは、絶世の美女とうたわれながら、一切男性になびこうとしなかった伝説を持つ小野小町を「穴なし小町」と揶揄したことになぞらえ、性的な欠陥を持っている状態を暗示している。錠前屋という屋号にかけて「小町娘の錠前が狂うた」というのは、性交渉ができない女性の意味。

コミカライズ【こみからいず】

金田一耕助シリーズでは影丸譲也『八つ墓村』(1969) から2000年代に至るまで、約80作品近くのコミカライズ作品が発表されている。JET、長尾文子、つのだじろうなど特徴的な漫画家は本書でも個別に紹介しているが、他にも児嶋都、高橋葉介、小山田いくなどがコミカライズを発表している。漫画化された回数が多い原作は「八つ墓村」と「犬神家の一族」が確認できる範囲で各5作品。続く「獄門島」「悪魔の手毬唄」が4作品と、代表作が多いのは映像化作品と同様である。映像化と異なるのは、単発読切形式が多いため、短い作品がほぼまんべんなくコミカライズされていること。意図的に原形短編を原作とするケースも多い。雑誌に発表されたきり単行本化されていない作品も多く、体系的な復刊が望まれる。

ゴムまり【ごむまり】

金田一耕助シリーズには、毒針を仕込んだゴムまりで狙った相手を毒殺する事件がある。エラリー・クイーン『Xの悲劇』に登場する、ニコチンを塗った針をコルクに50本も刺した凶器にヒントを得たと思われるが、ゴムまりに偽装している分タチが悪い。

女たれが良い
錠前屋の娘

錠前屋
器量よしじゃが
小町でござる

毒針ゴムまりは
素手で触っては
いけません

ぐにっ

か

ジュース1ケース、味噌と砂糖ね

まいどあり！

三河屋の店員
ご用聞きの
キンちゃん
in 悪魔の百唇譜

ご用聞き【ごようきき】

小売店の店員、店主がお得意の家を一軒一軒訪ね歩き注文を取り、配達する制度。冷蔵庫が普及する以前には、魚や野菜、味噌などの食品を毎日使う分だけ届けてもらえるので重宝した。食品だけではなくクリーニング屋、氷屋、炭屋などのご用聞きも定期的に訪れた。「睡れる花嫁」の清水浩吉や「鞄の中の女」の安井友吉は酒屋の小僧、すなわちご用聞きである。酒屋は味噌、醤油、酢などの醸造品を扱っており家庭には欠かせない存在だった。また「悪魔の百唇譜」「仮面舞踏会」「日時計の中の女」などにもご用聞きが登場する。ご用聞きは昭和40年代には姿を消したが、現代でも宅配業者などに制度が残されている。

米の飯【こめのめし】

戦後、本格探偵小説一本で勝負しようと決意した横溝正史は、本格への渇望を米の飯に例えて訴えている。「巧妙な雰囲気だとか、描写だとか、新鮮味だとかさういふ調味料は一応饑餓がみたされてからでよい。私はいま何よりも米の飯が食ひたいのである」と。その思いが「本陣殺人事件」として結実し、引き続き『宝石』誌に「獄門島」を連載するにあたり、横溝は再び新連載への意欲を米に例えて語っている。「探偵小説に対する飢餓が満されたいまでは、米の飯だけでは物足りなくなってゐる。そこに程よい味つけと、出来れば食欲を刺戟するに足る副食物さへ欲しいと思ってゐる」。一作ごとに目標を高く設定し、果敢に挑戦する横溝の闘志が表れていることばである。

コルサコフ【こるさこふ】

コルサコフ症候群の略称。脳の機能障害から健忘や虚言などを起こす症状。「帝銀事件」(P.117参照)の容疑者、平沢貞通がコルサコフ症候群に罹患していると報じられたことから流行語となり、「死仮面」でも女の死体と暮らしていた野口慎吾について金田一耕助がコルサコフの疑いを呈している。

挿画ギャラリー

雑誌の挿画は基本的にどれも掲載時かぎりのもの。その意味では単行本や文庫のカバー画以上に貴重かもしれない。作画担当者がバラエティ豊かなのも特徴だ。ちなみに金田一耕助の姿が初めて視覚化されたのは、『宝石』第1巻第4号掲載、松野一夫・画「本陣殺人事件」においてだった（本書綴込み付録"パタパタ着せかえ　金田一さん"参照）。

『物語』昭和24年6月号掲載、村上松次郎・画「死仮面」。写実的な画風で現代小説から冒険小説まで幅広く活躍した挿絵画家。暗い窓から覗き込む生気のない女の顔が怖い。

『宝石』昭和26年11月号掲載の「悪魔が来りて笛を吹く」。怪奇ムード満点の挿画は、菊池寛や林芙美子等の諸作も手がけた高木清。

『宝石』第3巻第9号（昭和23年10月）別冊付録掲載、嶺田弘・画「獄門島」。明治33（1900）年生まれの嶺田は黒田清輝に師事した挿絵画家。『新青年』で「八つ墓村」も手がけている。

『読切小説集』昭和29年11月号掲載、冨賀正俊・画「妖獣」（「睡れる花嫁」原題）。おどろおどろしい挿画の横には「人間の仕業か?!　はたまた妖獣か?!　総毛立つような怪事件」のコピーがつけられている。

『キング』昭和26年9月号掲載、富永謙太郎・画「女王蜂」。淫靡さのなかに独特の華を感じさせる富永は、岩田専太郎、志村立美とともに挿絵界の三巨匠と称された。

『週刊東京』昭和33年5月3日号掲載、三井永一・画「赤の中の女」。海水浴場のテラスで寛ぐ金田一の目に映った男女のやりとりと、それを憎悪の眼差しで見つめる男が描かれている。

『婦人公論』昭和32年2月号に掲載された、福沢一郎による「憑かれた女」(「女の決闘」原題)の一場面。旧軍人や外国人、作家たちが集まるパーティーにも金田一は袴姿で出席。髪はさっぱりと整っている。

『野性時代』昭和50年12月号掲載、小泉孝司・画「病院坂の首縊りの家」。シュルレアリスムを想わせる作風で、どの回も手のモチーフが印象的だった。

『別冊週刊大衆』昭和35年9月号掲載、堂昌一・画「雌蛭」。堂は『面白倶楽部』昭和33年11月号掲載の「悪魔の寵児」でも淫靡な挿画を描いている。

『面白倶楽部』昭和31年3月号掲載、戸上英次郎・画「死神の矢」。キャッチ文は「意外な発端から、続発する殺人、しかも心臓を射る矢に、秘められた謎は?!」だった。

さ

「さあ、これからだ！」【さあこれからだ】

昭和20 (1945) 年8月15日、昭和天皇が太平洋戦争の無条件降伏を告げる「玉音放送」を聞いた直後の横溝正史の心象。戦争によって探偵小説を書くことを抑圧されていた横溝が、これでいよいよ探偵小説が書けると意気込んだ心の叫びである。疎開生活で「戦争は私から仕事をうばったかわりに健康を返してくれた」と実感していた横溝は、気力、体力とも充実した状態で終戦を迎え、堰を切ったかのように本格探偵小説の傑作群を立て続けに発表していく。

サード・ディグリー【さーどでぃぐりー】

「蜃気楼島の情熱」では一種の誘導尋問と述べられているが、現在では過酷な取り調べや拷問をさすスラングとして知られる。日本では大正末から昭和初年にかけて小酒井不木が「第三等」と訳して紹介。容疑者を心理的に追い込み、自白を促す手法であると説明。濫用されるうちに拷問と同一視されるようになったが、発案者であるバーンスの手法は堂々として巧妙であったと擁護している。

財産税【ざいさんぜい】

敗戦後のインフレ抑制のため政府が打ち出した政策。生活必需家具や墓地などを除いた10万円以上の全財産に課税するもので、1500万円を超える財産には90%の税が課せられた。「本陣殺人事件」の一柳家や「迷路荘の惨劇」の古舘家など、戦前からの資産家は軒並み財産税で落ちぶれていった。

斎藤澪【さいとうみお】

(1944〜)

作家。昭和56 (1981) 年に『この子の七つのお祝いに』で第1回横溝正史賞(現・横溝正史ミステリ&ホラー大賞)を受賞。横溝正史は同年死去のため、直接横溝から賞を授けられた唯一の受賞者となった。同作の探偵役である母田耕一の名を分解すると、金田一耕助から三文字をいただいて、それを母としているとも解釈できる。横溝正史賞から出るべくして出た作品だった。

坂口良子【さかぐちりょうこ】

(1955〜2013)

俳優。映画『犬神家の一族』(1976)、『獄門島』(1977)、『女王蜂』(1978)に出演。金田一を胡散臭げな目で見るかと思えば甲斐甲斐しく世話もする、好奇心旺盛な田舎娘のキャラクターを確立した。『金田一耕助の傑作推理 水神村伝説殺人事件』(2002)で約四半世紀ぶりに横溝映像作品に出演した。

行きづまると
ひらりと
軽やかに
逆立ち

逆立ち【さかだち】

『横溝正史シリーズ　犬神家の一族』で古谷一行の金田一耕助は、冒頭から逆立ちで歩く姿で視聴者の前に現れた。まったく関係ないことに熱中しながら推理を行いたいとの古谷の提案から、ギターを弾いたり知恵の輪を解くなど様々なアイデアが出た中で逆立ちに決まった。物事を逆さに見ながら推理する金田一として、古谷金田一のトレードマークともなった。

桜日記【さくらにっき】

横溝正史が疎開中につけていた日記が、住んでいた地区の名称をとって「桜日記」として公開されたことがある。『新版横溝正史全集18　探偵小説昔話』(講談社)では昭和21年3月からの日記が、『幻影城増刊　横溝正史の世界』(幻影社)、『横溝正史の世界』(徳間書店)では昭和22年の日記が掲載されている。『本陣殺人事件』『獄門島』など制作の過程が記されており、昭和21年4月24日の日記には金田一耕助初登場を示す「本陣の新しき登場人物　金田一氏」の記述がある。横溝の日記は他にも昭和40年分が『横溝正史読本』(角川書店／単行本のみ)に、昭和51年8月〜昭和52年8月分が『真説金田一耕助』(毎日新聞社／単行本のみ)に掲載されている。

『桜姫東文章』【さくらひめあずまぶんしょう】

大南北と呼ばれる四世鶴屋南北作による歌舞伎の演目。文化14(1817)年初演。桜姫は、盗賊に犯され子をなしながらも、その男が忘れられずに探し求める。男の腕に見えた釣鐘の刺青を自分の腕にも彫るが、細腕のため「風鈴お姫」とあだ名される。高頭と名乗る男に凌辱され、ともに逃亡生活を送り「女賊オトネ」にまで身を落とす「三つ首塔」のヒロイン宮本音禰は、桜姫をモチーフに造形されたとの指摘があるが、それもうなずける。他にも稚児趣味の僧侶が登場するなど、『桜姫東文章』と「三つ首塔」とは共通する要素が多い。

柘榴【ざくろ】

ミステリでは、殴殺された遺体を柘榴に例えることがある。柘榴の実は熟すと樹になったまま自然に裂け、赤い果肉がはみ出る。遺体の状況が熟した柘榴に似ていることから。「犬神家の一族」では、犬神佐清のマスクの下の傷の状態を柘榴に例えている。

確かに
よく似てますなぁ

ぱっくりと

笹の雪【ささのゆき】

豆腐、また豆腐料理のこと。「獄門島」で鬼頭嘉右衛門の見立て遊びに付きあわされた分鬼頭の儀兵衛が、床屋の清公の入れ知恵で出した料理。豆腐の白さを笹の葉に積もった雪のように美しいと表現したことから。

さ

ささやななえこ 【ささやななえこ】

漫画家。旧名ささやななえ名義で1977年に『獄門島』『百日紅の下にて』をコミカライズしている。当初、金田一耕助作品の漫画化の打診を受けた際には、興味がないと「一笑のもとに付して」いる。その後『悪魔の手毬唄』を読み、あまりの面白さにささやの側から編集者に逆オファーを行った。ささやの描く金田一は、ナイーブさの中に叡智を秘めた二枚目で、なるべく原作を活かそうとした展開も見事である。

ささやななえ著『獄門島』
（フラワーコミックス）

座敷牢 【ざしきろう】

明治から戦前にかけ、日本の精神医療は主に監禁する方法がとられていた。病院においても手錠や足枷が用いられていた時代である。精神疾患の発症者が出た家では、座敷や離れなど自宅の一画を柵で囲い幽閉するための座敷牢をこしらえた。「獄門島」や「八つ墓村」では座敷牢が登場し、重苦しい

鬼頭与三松の
座敷牢
in 獄門島

雰囲気づくりに一役買っているが、当時の日本の家庭には、おびただしい数の座敷牢が合法的に存在していた。座敷牢は戦後昭和25(1950)年の精神衛生法施行により患者の私宅監置が禁じられるまで続いた。

『サスペリアミステリー』 【さすぺりあみすてりー】

秋田書店が2001年〜2012年に発行していた漫画雑誌。ホラー漫画誌の『サスペリア』(1987年創刊)が前身。2001年12月号〜2005年10月号にかけ、金田一耕助をはじめとする横溝正史原作のコミカライズ作品を毎号掲載していたことは、横溝コミックを語る上でも特筆に値する快挙である。長尾文子の金田一シリーズは長期連載となり、また他誌で金田一コミックを発表経験のあるたまいまきこや影丸穣也の新作を掲載するなど、ファンにとっても嬉しい企画を連発した。

殺人防御率 【さつじんぼうぎょりつ】

雑誌『本の雑誌』(本の雑誌社) 1993年11月号において、ミステリの探偵が殺人を防ぐ「防御率」を比べるというお遊び企画を行い、金田一耕助がダントツで殺人を防げない探偵との結果が出た。選考基準は主要10作品で探偵が事件に関与してから解決するまでの間に起きた殺人数をタイトル数で割るというもので、エラリー・クイーンが0.7という好成績だったのに対し、金田一耕助は4.2という不名誉な記録となった。単に作風の違いでしかないのだが、インパクトある情報のため「金田一耕助は連続殺人を防げない」という言い回しが独り歩きし、今なおネタとして語られることが多い。

里村典子 【さとむらのりこ】

「八つ墓村」の登場人物。里村慎太郎の妹で田治見家の分家の一人。主人公の寺田辰弥の第一印象は散々なもので、発育不良で感情も乏しい「醜い女」ときめつけている。しかしこの典子が物語の中で恋を知り、美し

く成熟し後半では大活躍する。健気でまっすぐで勇敢で、作品の希望の象徴ともいえる存在である。横溝ファンの間でも非常に人気の高いキャラクターだが、映像化の際には多くの登場人物に押されてか、カットされたり役が小さくなってしまったりする傾向にある。筆者が見聞した限りでは、ヘロヘロQカムパニーの舞台公演『八つ墓村』(2008)で沢城みゆきが演じた里村典子が、もっとも原作通りの活躍をしているようだ。

「八つ墓村」
キーパーソンのひとり!

里村典子

お兄さま
行きましょう!

猿も滑るよ
百日紅

さ

サマータイム【さまーたいむ】

夏時間。太陽が出ている時間を有効に利用するため時刻を1時間進める制度。日本でも昭和23(1948)年〜26(1951)年の5月〜9月の間に実施されたが、国内の実情に合わず廃止された。当時の表記はサンマー・タイムまたはサムマー・タイム。金田一耕助がかかわった事件のうち「夜歩く」「八つ墓村」「女怪」「女王蜂」はサマータイム中の事件となるが、時計の針が1時間進むことによるアリバイトリックなどはなく、作中でサマータイムについて言及しているのも「女怪」のみである。

百日紅【さるすべり】

7月〜10月の間に白やピンク、紅色などの花を咲かせる花木。樹皮がつるつるしており、猿でも登れずに滑ってしまうどいわれることからサルスベリと名付けられた。花が長持ちし、病気にも強く育てやすいため庭木に用いられることが多い。日当たりのよい場所を好み、「夢の中の女」「日時計の中の女」では同じく日なたに設置される日時計のそばに植えられている。

サロメ【さろめ】

新約聖書をもとにオスカー・ワイルドが著した戯曲。囚われの預言者ヨカナーンへの恋を拒まれた王女サロメは、ヘロデ王にヨカナーンの首を所望する。銀の皿に載り運ばれてきたヨカナーンの首にサロメは口づけをする。「病院坂の首縊りの家」で、風鈴に見立てられた生首を見た等々力警部がサロメを思い出し、松井須磨子の『サロメ』を見たことがあると告白する。松井須磨子が『サロメ』を演じたのは大正2(1913)年〜大正5(1916)年の間であり、等々力警部はこの頃にはものごころついていたことが類推される。

三角ビル 【さんかくびる】

金田一耕助が戦後の一時期に探偵事務所を
開いていたビル。正式名称は他にあるが、立
地の都合で三角形をしているので通称三角
ビルという。銀座と京橋の裏通りの一角に
建ち、戦前は化け物屋敷と悪口を言われる
ほどみすぼらしい建物だったが、戦災に遭
わず焼け残ったところからたちまち都内一
流物件となった。そのビルの最上階、5階
の隅の三角形になっているせまい部屋が金
田一耕助の事務所。屋根も外側に向かって
傾斜しているので、まるで表現派の芝居の
舞台装置のような部屋である。三角ビルで
開業していた時期に手がけた事件には「黒
蘭姫」「死仮面」がある。結局金田一はこの
事務所を3か月ばかりで閉じてしまった。
（→P.10 "金田一耕助住居図解" 参照）

山椒魚 【さんしょううお】

「悪魔の手毬唄」で多々羅放庵が甕に生けて
おいた。映画のセリフなどから鳥目に効果
があるような解釈をされることが多いが、放
庵は離縁した妻が戻ってくるのを機に、暗
がりで目が見えないほど衰弱した体力を回
復するための精力剤として食すつもりであ
った。

ボク、山椒魚です。
岩屋から出られなくなったり、
人類と戦争を始めたこともありましたね。
え!? 沢桔梗ですって？

さぁてねぇ。
うっふっふっ。

サンドイッチマン 【さんどいっちまん】

身体の前後に宣伝用の看板をつけ、街を練
り歩く人。大型ビジョンやウェブ広告など
が存在しなかった時代には、広告宣伝も人
力で行っていた。探偵小説ではサンドイッ
チマンが配るチラシに暗号や脅迫状が書か
れているのはおなじみの展開だった。金田
一耕助シリーズでも「金色の魔術師」や「蠟
面博士」に怪しいサンドイッチマンが登場
している。

サンドイッチマン

大売り出し
●西口デパートにて。
●九月六日→十五日迄。

サントリー 【さんとりー】

「夜歩く」冒頭で仙石直記が鯨飲していたウ
イスキーのブランド。昭和4 (1929) 年、日
本で初めてウイスキーを発売した壽屋が名
付けたブランド名が「サントリー」だった。
戦後、急造焼酎のカストリ酒や工業用アル
コールを用いたバクダンなど粗悪な酒や、猛
毒のメチルアルコールを使用した密造酒ま
で出回っていることを憂いた壽屋は、モル
ト原酒の比率を下げた低価格のブレンデッ
ド・ウイスキー「トリス」を昭和21 (1946)
年に発売、普及した。同社が社名をサント
リーに変更するのは、昭和38 (1963) 年のこ
とである。

サンフランシスコ 【さんふらんしすこ】

アメリカ合衆国カリフォルニア州にある都市。アメリカ西海岸部では、19世紀末から20世紀初頭にかけ日本人移住者の町が形成された。最盛期にはカリフォルニア州だけで40か所以上もの日本町ができ、サンフランシスコにも5000人規模の日本町があった。昭和7 (1932) 年頃、アメリカを放浪していた金田一耕助はサンフランシスコの日本人間で起きた奇怪な殺人事件を解決し、当地に居合わせた久保銀造と出会って私立探偵への前途が開けた。

City and Country of San Francisco

建設中の
ゴールデンゲート
ブリッジ

いやー

久保銀造の支援で
カレッジに通う金田一耕助
（1932〜'35年）

GHQ 【じーえいちきゅー】

連合国軍最高司令官総司令部 (General Head quarters, the Supreme Commander for the Allied Powers) の略称。第二次世界大戦終戦後、日本で占領政策を実施した連合国軍機関。横溝正史の「本陣殺人事件」「蝶々殺人事件」を映画化する際、GHQの干渉によりタイトルに殺人の文字が使用できず、それぞれ『三本指の男』『蝶々失踪事件』と改題された。他にも日本刀など軍国主義を想起させる小道具の使用が禁じられ、『三本指の男』では凶器が日本刀から大きな刺身包丁へと変更された。

CM 【しーえむ】

昭和50年代の横溝ブーム時には、金田一さんが様々な商品のCMに起用されていた。といっても金田一耕助ではなくパロディとしての出演である。タケヤ味噌のCMでは森光子が「おみおつけとお味噌汁はどう違うのか」を金田一さんに尋ね「同じですよ〜」との声が返ってくる。シャープのワードプロセッサ『書院』のCMでは、「金田一先生、事件です」のナレーションで登場するのは言語学者の金田一春彦。その後1997年に木村拓哉が金田一風の探偵役でOCNのCMに、2000年には田辺誠一が角川映画の許諾を得て正真正銘の金田一耕助として証券会社のCMに登場し、ついには石坂浩二が2006年にANA「SKiP搭乗システム」のCMに、古谷一行が2016年に日清食品カップヌードルのCMに金田一耕助の衣装をまとい出演した。

ジー・パンツ 【じーぱんつ】

「白と黒」で姫野三太が履いているズボン。昭和中頃にはジーンズのことを「ジーパン」と略しており、それを横溝正史が正式な名称はきっとこうであろうと想像して記したと思われる。

ジー・パンツを
はいて自転車に
またがる
姫野三太
in 白と黒

G町【じーまち】

「黒猫亭事件」の舞台となった架空の町。横溝正史は本作を疎開先の岡山県で執筆しており、戦災を受けた東京の現状を知らなかった。そこで横溝はモデルとなる土地をあえて求めず、「どこにも存在しない町」を創造し本作の舞台とした。渋谷から私鉄に乗り換える、坂が多い、近所に大きな軍需工場ができ発展したなど、作中に手がかりが書かれている。本書ではその場所をどこに推定したか、後ろ見返しの「金田一耕助事件簿MAP東京編」でぜひご確認いただきたい。

JET【じぇっと】

漫画家。1990年に『獄門島』を発表し、以降2004年まで断続的に横溝作品を多数コミカライズ。金田一耕助だけではなく由利麟太郎シリーズや『面影双紙』のような戦前の幻想ミステリ

JET著『睡れる花嫁』(角川書店)

も手がけており、総タイトル数は20作にのぼる。金田一コミックを手がける以前から、ホラー漫画『綺譚倶楽部』の主人公に金大中小介と、金田一をもじった名をつけるほどの横溝正史ファン。原作はもちろん映像作品も頭に入っており、どのようにビジュアル化すれば横溝ファンが嬉しいかを熟知しているのが強み。好きな作品に東京の通俗もの、特に『悪魔の寵児』をあげ、2003年にコミカライズも果たしている。

『時機を待つ間』【じきをまつあいだ】

横光利一が昭和8 (1933) 年に発表した短編小説。横溝正史が「悪魔の手毬唄」構想のヒントに参照した。主人公の宮木は、葡萄畑が広がる寒村で対立している二大豪農の一方にパナマ帽製造の新規事業を売り込むが、利益が出ず村を去る。宮木の事業を手伝う範平は、妻を13人も変えてきた村の名物男だが、13番目の妻おりんが隣家の男とねんごろになり揉めている最中に、12番目の妻から復縁を求める手紙が届く。山椒魚や村の小町娘なども登場し、まさに「悪魔の手毬唄」の前日譚ともいえる作品。同じ横光の長編『家族会議』には仁礼泰子という女性が登場し、「悪魔の手毬唄」の登場人物仁礼文子と由良泰子の命名のヒントになったと思われる。余談であるが、『家族会議』が1936年に映画化された際、仁礼泰子を演じた女優、及川道子は、横溝の盟友である渡辺温と将来を誓い合いながら周囲の反対に遭い別れた元交際相手。横溝家で行われた温の通夜には及川も駆けつけたという。

試写状【ししゃじょう】

映画の試写会の案内状。マスコミやスポンサーなど一部の関係者に送られることが多く、期限が過ぎれば処分されるため一般にはあまり出回ることがない。『悪霊島』(1981)の試写状はソノシートになっており、横溝正史の肉声が聴ける仕様になっている。横溝は本作の公開直後に亡くなっており、ソノシートの音源が遺作ならぬ「遺声」となった。

映画『獄門島』ソノシート付試写状

「ジッチャンの名にかけて」
【じっちゃんのなにかけて】

『金田一少年の事件簿』(P.69参照) の主人公、金田一一の決めゼリフ。ジッチャンとは作中で彼の祖父とされている金田一耕助を指す。「金田一少年」ブーム時には、孫のヒットにあやかって金田一耕助のコミックや謎本が刊行されたが、それらの本では耕助をジッチャンと呼んだり「孫には負けられん」などのキャッチコピーが使用された。

自転車【じてんしゃ】

金田一耕助が調査のため乗り回す。原作では「本陣殺人事件」と「悪魔の手毬唄」で、磯川警部と時には二台連ねて走り、時には二人乗りで使用された。映画『悪魔の手毬唄』(1977)でも石坂浩二の金田一と若山富三郎の磯川警部が自転車の二人乗りをする場面があるが、冒頭でブレーキの壊れた自転車で爆走する金田一の印象が強い。ドラマでは、古谷一行の金田一が調査といえば自転車を乗り回していた。『横溝正史シリーズ悪魔が来りて笛を吹く』(1977)では、石段に行き当たった金田一が自転車を担いで駆け上るシーンがある。『金田一耕助の傑作推理獄門岩の首』(1984)では、自転車のブレーキに細工をされ、下り坂で止まれず事故を起こすシーンが登場。

あっはっは、自転車くらいは乗れるよ。

支那鞄

櫃の形をした、木でできた中国製の鞄。外側には革や紙が貼られている。

支那鞄【しなかばん】

木製で外側に革や紙を貼って仕上げられた鞄。もともと中国で作られたものであることから、この名がある。左右に持ち手があるのが普通で、鞄とはいっても手に提げて気軽に持ち歩けるものではなく、蓋が上方に開く大型の箱(櫃)である。「トランプ台上の首」では、西銀座にある稲川商事の社長室に置かれた、「大きくて頑丈そうな」支那鞄から、第一の殺人の重要な参考人と思われていた男性が遺体となって発見されている。従業員がそこに死体のあることに数日気づかなかったのは、鍵がかかっていて被害者以外は誰も開けることができなかったからだ。

『シナリオ悪霊島』【しなりおあくりょうとう】

角川文庫緑三〇四シリーズ(P.161参照)の整理番号98として発売された映画『悪霊島』のシナリオ。なぜか古書価が高騰しており、緑三〇四のコンプリート収集を目指すマニアには入手しづらい状態が続いている。シナリオ自体は謎解きの手前までだが『キネマ旬報』No.821(1981年10月上旬号)にも掲載されている。

「死ねい、死ねい、死におれい」
【しねいしねいしにおれい】

「迷路荘の惨劇」である人物が恨みを込めてつぶやくことば。金田一耕助シリーズ全編を通しても、これほど呪詛の念が凝縮されたセリフはほかに見当たらない。

篠田秀幸 【しのだひでゆき】
（1958〜）

推理作家。代表作の名探偵弥生原公彦シリーズで横溝作品へのオマージュを包み隠さず打ち出している。『幻影城の殺人』では瀬戸内海の孤島に作られた角川映画テーマパーク「ハルキ・ワールド」に横溝正史ゾーンを設置し、『鬼首村の殺人』では『悪魔の手毬唄』に登場する村のモデルとなった土地で童謡殺人を起こすなど実にやりたい放題である。登場人物名も「屋代歌名雄」「一柳菊江」と横溝作品の登場人物名をシャッフルして用いる徹底ぶり。『悪夢街の殺人』ではとうとう「犬神佐清」「青沼静馬」など同姓同名の事件関係者が登場する。

シベリア抑留 【しべりあよくりゅう】

第二次世界大戦後、ソビエト連邦に投降した多くの日本軍捕虜らが極寒地のシベリアに送致され、長期にわたって過酷な環境下での労働を強いられた。抑留者数57万5千人に対し、現地での死者は約34万人ともいわれる。またシベリア抑留者は復員が遅れ、昭和30年代以降もなお引揚者がいた。「人面瘡」の貞二、「病院坂の首縊りの家」の本條直吉、「悪魔の手毬唄」の由良敏郎、「猫館」の上條恒樹などがシベリアからの帰還者である。

島田警部補 【しまだけいぶほ】

緑ヶ丘署の警部補。「毒の矢」で金田一耕助と知り合い、橘貞之助緑ヶ丘警察署長指揮のもと「黒い翼」「女の決闘」「スペードの女王」とともに事件を追ううち金田一耕助に心酔したらしく、「悪魔の降誕祭」では金田一耕助に捜査の指示を乞うたり、口調が金田一に似てきたことを等々力警部にからかわれている。ふかし饅頭のようにかわいくふとって満月のようにまんまるい顔、赤ん坊のような手、小羊のようにやさしい目どあいくるしい外見をしており、ガニ股でせかせかと歩くのがクセ。「蝙蝠男」では、金田一の住む緑ヶ丘町で事件が起きながら、なぜか所轄署が碑文谷署に変更され登場していない。

金田一先生！そちらになにも変わったことはありませんか!?

緑ヶ丘署 島田警部補

「しまった！」 【しまった】

金田一耕助といえば犯人に自殺をされて「しまった！」と叫んでいるイメージがあるが、原作では「犬神家の一族」にその場面がある程度で、ほとんどは映画やドラマが作り上げたイメージである。

しまった!!

・思いがけず！
・先手を打たれ!!
・取り返しのつかない!!!

畜生！畜生!!

志村けん 【しむらけん】

（1950〜2020）

コメディアン。TBS系列で放送された公開バラエティ番組『８時だヨ！ 全員集合』に1974年からザ・ドリフターズの正式メンバーとして出演、数々の名物コント／ギャグを生み出した。横溝ブーム真っただ中の1976年〜1983年にかけて演じた"迷探偵金田一耕助"もその一つだ。志村金田一はターザンのようにロープにぶら下がって登場。メンバー扮する他の刑事や警官が舞台からはけて彼が取り残されると殺人現場の死体が動き出すくだりは、探検隊やお化け屋敷のコントと共通のネタで、客席から「志村〜！ 後ろ！ 後ろ！」の掛け声が飛んでも気づかないのがお約束だった。

志村 けん

何言うんだか全然忘れちゃたよ

この登場直後にステージに落下、ちょっとパニックになる志村金田一さん

指紋 【しもん】

「本陣殺人事件」で駆け出しの頃の金田一耕助は、新聞の取材に「足跡の捜索や、指紋の検出は、警察の方にやって貰います」と語っていたが、「三つ首塔」では「指紋鑑別にゃ自信があるんだ」と豪語している。事実、「病院坂の首縊りの家」や「迷路の花嫁」では独自に指紋鑑定を行い真相にたどり着いている。

シャーロック・ホームズ

【しゃーろっくほーむず】

アーサー・コナン・ドイルが創造したイギリスの私立探偵。金田一耕助シリーズではしばしば名探偵の代名詞として登場。「本陣殺人事件」ではホームズ作品の「ソア橋事件（ソア橋の難問）」に言及している。「犬神家の一族」では、信州の警察に知名度がないことを「金田一耕助はシャーロック・ホームズではない」と例えている。「悪魔の百唇譜」では、探偵に興味津々な古川ナツ子から、ホームズみたいにコカインは注射しないのかと尋ねられ、ホームズほど偉くないからやらないと妙な言い訳をしている。

SHERLOCK HOLMES
シャーロック・ホームズ

"THE PIPE WAS STILL BETWEEN HIS LIPS"

週刊誌 【しゅうかんし】

昭和31（1956）年、『週刊新潮』の創刊を機に週刊誌ブームが訪れた。『週刊朝日』や『サンデー毎日』など新聞社系の週刊誌は戦前から存在したが、新潮社が週刊誌発行に乗り出したことで、多くの出版社が追随した。「スペードの女王」は昭和29（1954）年の事件と作中に書かれているが、舞台となっているのは出版社発行の週刊誌戦争が激化している頃なので、時代設定としては昭和30年代半ばととらえたほうが自然である。

『週刊東京』【しゅうかんとうきょう】

東京新聞社が昭和30（1955）年に創刊した週刊誌。当時東京新聞文化部に在籍していた横溝の長男亮一が『週刊東京』の編集も兼務することになり、その縁で昭和32（1957）年〜33（1958）年に金田一耕助の連作短編が連載された。掲載作品は、「泥の中の顔」（のちに「泥の中の女」と改題）を除きすべて「〜の中の女」の通しタイトルが使われた。霧、泥、鞄、鏡、傘、檻、壺、渦、扉、洞、柩、赤、瞳の13編が掲載され、長編化されたものを除いて短編集『金田一耕助の冒険』にまとめられた。

衆道【しゅどう】

男性の同性愛を意味することば。「犬神家の一族」の犬神佐兵衛は若い頃に庇護者の野々宮大弐と衆道の関係にあった。

ジュヴナイル【じゅうないる】

少年少女向けに書かれた作品。金田一耕助シリーズは「大迷宮」「仮面城」「黄金の指紋」「金色の魔術師」「迷宮の扉」の5作の長編と「燈台島の怪」「黄金の花びら」の2作の短編がある。金田一は従来通りよれよれの着物にもじゃもじゃ頭だが、読者層を考慮してピストルを手に敵のアジトに乗り込んだり、袋詰めにされ海中に投げ込まれてもナイフで脱出したりと大活躍する。後に「夜光怪人」の由利先生、「蠟面博士」の三津木俊助が金田一に書き換えられ、現在もその版が流布している。2021年より刊行予定の『横溝正史少年小説コレクション』（柏書房）では、探偵役が金田一に書き換わる以前の原形作品が収録される予定である。

聚楽ホテル【じゅらくほてる】

「幽霊男」に登場した駿河台（東京都千代田区）のホテル。「東京で一流とまではいかないが、二流のなかでもまずよいほうのホテル」だが、幽霊男の悪だくみに巻き込まれる。駿河台に隣接する神田淡路町にほぼ同名のホテルが実在するが、そちらの開業は昭和56（1981）年。昭和29（1954）年に発表された「幽霊男」とはまったく関係ない。

消音ピストル【しょうおんぴすとる】

銃口部分に筒状のサイレンサー（消音器）を装着し、発射音を抑えた拳銃。射撃時に銃口から噴き出すガスを分散させることで減音効果をもたらすが、完全な無音になるわけではない。「支那扇の女」では犯人が消音ピストルで狙撃するが、引き鉄を引く「カチッ」という音しか聞こえないということは実際にはない。

松旭斎天勝【しょうきょくさいてんかつ】

（1886〜1944）

明治から昭和初期にかけて一世を風靡した女流奇術師。金田一事件の記録者である「先生」によると、「女怪」に登場する「虹子の店」のマダムが、この天勝にちょっと似ているという。先生自身、中学生の時分天勝に惚れていたそうで、「いかにも金田一の好みにかないそうな女」であるマダムは、その天勝を少しきゃしゃにして、近代的な知性をつけ加えた女性と形容されている。

初代
松旭斎天勝

松月【しょうげつ】

大森にある割烹旅館。獄門島からの帰りに同窓の風間俊六と再会した金田一耕助が、戦災で住むところがないと伝えたところ、彼は自分の愛人節子に経営させている「松月」の離れを提供した。以来、金田一は松月の離れを約10年の間住居兼事務所とした。節子のほかに女中頭のおちか、女中のお清などがおり、深夜の電話の取次ぎや依頼人の案内など、居候にしては身にあまる扱いを受けたのも、旦那である風間の友人という威光であろう。なお松月は、「風間がお得意さきを饗応するために」建てたとあるが、大森という土地柄や離れの間取りなどからいわゆる待合だったと思われる。

鍾乳洞【しょうにゅうどう】

水の浸食により石灰岩にできた地下の空洞。

金田一シリーズには多くの洞窟や地下迷宮が登場するが、厳密に鍾乳洞に分類できるのは「八つ墓村」「不死蝶」「大迷宮」のみである。「迷路荘の惨劇」の鬼の岩屋は富士風穴と同じく溶岩洞窟と思われ、「悪霊島」の紅蓮洞は花崗岩の断層によってできた断層洞で、成立過程により内部の様相も異なる。「八つ墓村」「不死蝶」では鍾乳石で刺殺する場面が描かれるが、つらら状に尖っているとはいえ岩であり、服の上から人体を刺し貫くことは相当難しい。むしろその鍾乳石で相手を殴ったほうが勝負が早い。

1977年映画『八つ墓村』ロケ地の満奇洞

ライトアップされていて美しいね。

少年助手【しょうねんじょしゅ】

ジュヴナイルで読者の代表ともいうべき少年主人公が金田一耕助とともに活躍するなか、唯一複数の作品に登場するのが立花滋。「大迷宮」「金色の魔術師」で活躍し、「燈台島の怪」では金田一の避暑旅行にも同行している。少年助手にはほかに野々村邦雄（黄金の指紋）、竹田文彦（仮面城）など。「仮面城」に登場した孤児の三太は、金田一に引き取られ少年探偵になったと書かれているが、以降の作品には登場しない。横溝作品の代表的少年探偵である御子柴進と金田一が共演している「夜光怪人」「蠟面博士」はともに探偵役を変更したリライト作品のため、横溝の原作ではこの二人は一度も顔を合わせていない。（→ "ジュヴナイル" 参照）

さ

『笑福亭鶴光のオールナイトニッポン』
【しょうふくていつるこうのおーるないとにっぽん】

ニッポン放送の深夜放送『オールナイトニッポン』枠で、落語家の笑福亭鶴光がパーソナリティを担当したラジオ番組。放送期間は1974年〜1985年。番組内コーナーのひとつとして、鶴光が探偵金玉二個助（きんたまに・こすけ）に扮し、ゲストのアイドル歌手をヒロインに迎えた推理ドラマを放送していた。命名のモデルはもちろん金田一耕助で、金玉二探偵が映画『犬神家の一族』のテーマ曲をBGMに推理を語るのがお約束だった。

城昌幸【じょうまさゆき】

(1904〜1976)

小説家。詩人。編集者。探偵小説からショート・ショート、"若さま侍捕物手帖"シリーズをはじめとする時代小説など多作。詩作時には城左門の名義を使用した。昭和21(1946)年には推理小説雑誌の『宝石』を創刊し、編集長に就任。同誌は横溝の『本陣殺人事件』初出誌としても知られ、このときの城のいでたちが和服の着流し、角帯姿だったことから、金田一耕助のモデルの一部となった。「病院坂の首縊りの家」には、成城の先生の友人で探偵小説専門雑誌『ジ

元祖　和服党　城昌幸

ュエル』を主宰している張潮江、別名張嘉門という作家が登場するが、もちろん探偵小説専門雑誌『宝石』を主宰している城昌幸、別名城左門がモデルである。

勝利のラッパ【しょうりのらっぱ】

「湖泥」で金田一耕助が犯人に対して行った勝利宣言。決定的な証拠を発見し、「そのとたん、ぼくは勝利のラッパが耳の底で、鳴りわたるのを聞いた」という。実は横溝正史のもう一人の名探偵、由利先生も「蝶々殺人事件」の謎解き場面で、「そう気がついたとたん、私は勝利のラッパを耳にきいた」と語っている。名探偵は解決の瞬間には同じことばを発するものらしい。

常連俳優【じょうれんはいゆう】

金田一耕助映像作品は、制作シリーズごとに常連出演の俳優がおり、それらの俳優によってシリーズの特色が作られていた。たとえば市川崑の金田一シリーズであれば加藤武、大滝秀治、草笛光子、小林昭二、三木のり平、坂口良子、白石加代子らを、片岡鶴太郎の金田一シリーズなら平幹二朗、牧瀬里穂を思い浮かべることだろう。シリーズの枠を越えもっとも多くの金田一耕助と共演した俳優といえば渥美清、西田敏行、古谷一行、小野寺昭、片岡鶴太郎の作品に出演した夏八木勲、次いで片岡千恵蔵、石坂浩二、古谷一行、西田敏行の作品に出演した小沢栄太郎となるだろうか。

昭和50年の帰国【しょうわごじゅうねんのきこく】

『横溝正史読本』で小林信彦との対談中に横溝の口から飛び出した発言。「病院坂の首縊りの家」のラストで渡米した金田一耕助が昭和50年に帰国していたという説。「四十八年にアメリカに行って、五十年に帰ってくるんだ。……目下「野性時代」に連載中の『病院坂の首縊りの家』。事件は解決したが、それを発表する意思はないわけなの、耕

助は。それでアメリカに逃げてしまうの。帰ってこないんじゃないかって心配してたら、最近帰ってきたっていうの」。「病院坂の首縊りの家」連載初期段階では、金田一耕助最後の事件という構想はまだなく、事件の発表が遅れたのは、金田一が資料の提供を拒んでアメリカまで逃げたからという設定だった。その後、クリスティ（P.17参照）がエルキュール・ポアロ最後の事件『カーテン』を生前に用意していた故事を踏まえ、「病院坂の首縊りの家」を金田一耕助最後の事件にすることとなり、金田一耕助昭和50年の帰国は幻となった。

昭和56年12月28日
【しょうわごじゅうろくねんじゅうにがつにじゅうはちにち】

横溝正史の命日。奇しくもこの日には『犬神家の一族』のテレビ放送が予定されており、そのまま追悼放送となった。横溝正史の長男亮一はこの偶然に対し「これも、おやじのサービス精神かなあ」としみじみつぶやいたという。

昭和35年【しょうわさんじゅうごねん】

金田一耕助の事件簿には、「白と黒」「仮面舞踏会」「夜の黒豹」など昭和35（1960）年の事件が多い。そこには金田一耕助に歳をとらせたくないとの横溝の意図があった。横溝は雑誌の座談会で次のように発言している。「金田一耕助さんもだんだんとしとってきたから、（昭和）三十五年までで止めなければいけないのですよ」（『ヒッチコックマガジン』宝石社1962年8月号）。

昭和7年【しょうわしちねん】

金田一耕助シリーズには、昭和7（1932）年の出来事が戦後まで尾を引いて新たに事件を起こすケースがみられる。「女王蜂」で日下部青年が月琴島で謎の死を遂げたのが昭和7年。「悪魔の手毬唄」で恩田幾三が鬼首村にモール作りの副業を持ち込んだのもまた昭和7年で、この事件に関連して誕生したのが大道寺智子、大空ゆかりら鬼首村の娘たちだった。宮本音禰や法眼由香利もまた昭和7年生まれである。

昭和12年【しょうわじゅうにねん】

横溝正史が戦後発表した「本陣殺人事件」「蝶々殺人事件」の2作品がそろって昭和12（1937）年を舞台としていたことについて、横溝は次のように述べている。「昭和十二年に日華事変が起こったでしょ、それからだんだん書くことも窮屈になっていったでしょ。だから窮屈の前のリミットが十二年だと思ったんですね。それで両方共十二年にしちゃったわけです」（『OUT』みのり書房1977年5月号）。この年、日本は隣国で戦争を起こしており、トリックを弄して人を殺す物語が成立しえない時代となっていったことに対する静かな抗議であった。

助手【じょしゅ】

金田一耕助は基本的に探偵の助手を持たないが、必要なときは多門修（P.112参照）に依頼する。人物の調査を行う際は新日報社の宇津木慎介（女王蜂）、毎朝新聞の宇津木慎策（白と黒、夜の黒豹）を使うこともある。また事件関係者を即席の助手として簡単な聞き込みや尾行、張り込みなどを代行させる場合があり、「幽霊男」「迷路の花嫁」「夜の黒豹」「金色の魔術師」などで見ることができる。映像作品では、片岡千恵蔵と高倉健の金田一耕助シリーズで「本陣殺人事件」の登場人物だった白木静子が作品をまたいで金田一の秘書となっている。中井貴一、役所広司のドラマ版でも池田明子なる秘書が登場。映画『病院坂の首縊りの家』では、草刈正雄演じる日夏黙太郎が石坂金田一の助手的な役割を果たしている。『犬神家の一族』では那須ホテルの女中おはるが探偵の助手をかって出ていることも忘れてはならない。
（→"少年助手"参照）

書生【しょせい】

他人の家に住み込みで家事や雑務を手伝いながら勉学に励む学生のこと。戦後も資産家の家には書生がおり、犬神家にも大道寺家にも目立たないが書生の存在が描かれている。金田一耕助の和服姿は書生風と称されることもある。

女中【じょちゅう】

①旅館や料亭で客の給仕や雑務を行う女性。須磨の三春園のおすみや映画『犬神家の一族』那須ホテルのおはるなど。金田一耕助が寄食していた「松月」にも女中頭のおち

か、お清などの女中がいた。②一家の家事の手伝いや子守りなどをする女性。電子レンジも洗濯機もお風呂の追い炊き機能も存在しなかった時代には、家事は一日仕事だった。一柳家にも椿家にも犬神家にも女中はいるが、実際にはもっと中流の家庭にまで女中は普及しており、身近な職業だった。

掃除、洗濯、料理、繕い物などなど何でもござれ！

あ、お清さん灰皿かえてくれませんか

白木静子【しらきしずこ】

「本陣殺人事件」の登場人物。原作では被害者である久保克子の友人という設定だったが、片岡千恵蔵の金田一耕助シリーズではその後も金田一の秘書としてレギュラー化した。演じる女優は作品ごとに変更し、『三本指の男』の原節子をはじめ喜多川千鶴、相馬千恵子、千原しのぶ、高千穂ひづるがつとめている。また高倉健が金田一を演じた『悪魔の手毬唄』でも、同じ東映製作の伝統として白木静子が登場、北原しげみが演じている。

屍蠟 【しろう】

死体が水分を多く含み空気の流れの悪い場所に置かれると、腐敗の進行が止まり脂肪が分解して脂肪酸を生成する。この脂肪酸がカルシウムイオンやマグネシウムイオンと結合すると、石けん状の物質に変化し、屍蠟化する。石けん状はあくまで例えであり、実際には強烈な臭気を発する。「八つ墓村」では、鍾乳洞に安置されていた田治見要蔵の遺体が屍蠟化していたが、現在でも屍蠟化された遺体は比較的頻繁に発見されているという。有名な例では、改葬のため70数年ぶりに福沢諭吉の墓を掘り起こしたら、遺体が地下水に浸かっており屍蠟化していたという。

屍蠟化した遺体

表情も結構残る

新宮利彦 【しんぐうとしひこ】

「悪魔が来りて笛を吹く」の登場人物。元子爵という特権階級をフルに活用した自己中心的な言動や、クライマックスで明らかになる過去の所業のあまりのえげつなさに読者もドン引き。横溝作品の登場人物の中でもっとも人のためにならない人間の屑であると、ファンの間で意見がほぼ一致している。本人にはまったく自覚症状がないのもまた、憎たらしさを増大させている。

『真珠郎』 【しんじゅろう】

横溝正史が1936年に発表した探偵小説。殺人美少年真珠郎の謎を由利先生が追う。「真珠郎はどこにいる」から始まる書き出しは横溝作品でも一、二を争う美文。これまで3度ドラマ化されているが、すべて探偵役が金田一耕助に変更されている。

そう……「真珠郎」はこの私、由利麟太郎が手がけた事件なのだよ。

『新世紀エヴァンゲリオン』
【しんせいきえゔぁんげりおん】

平成7（1995）年に放送されたアニメーション作品。各話のサブタイトル画面は、黒バックに白い太明朝体の文字をL字型に折り曲げて表示しており、市川崑監督の金田一耕助シリーズのクレジットへのオマージュとなっている。また第九話では、敵である使徒との戦闘で吹き飛ばされたエヴァ初号機と弐号機が、「犬神家の一族」の犬神佐清の死体のように脚から上を露出させた逆立ち状態で突きささっている場面が映し出される。

『新青年』【しんせいねん】

大正9 (1920) 年に博文館より創刊され、発行元を変えながら1950年まで続いた雑誌。当初は地方青年向けの誌面で、1920〜30年代に流行したモダニズムを積極的に取り入れたのは2代目編集長の横溝だが、海外の探偵小説を日本に紹介することは初代編集長の森下雨村の頃から盛んだった。それに刺激を受けて多くの若手が探偵小説の実作を試みるようになり、1921年には横溝が処女作「恐ろしき四月馬鹿」で同誌の懸賞に応募。佳作を獲った。

袴姿の横溝編集長とシルクハットにモーニングの渡辺温のコンビが作った『新青年』は

おんちゃん

こんにちは

SHINSEINEN
新青年

すこぶる　モダン!!

1927(昭和2)年
3月号

新聞【しんぶん】

金田一耕助は5種(扉の影の女、夜の黒豹。悪魔の降誕祭では3種)の新聞をとっており、毎朝寝床で各紙の記事を読み比べている。金田一シリーズには虚実交えて様々な新聞名が登場しており、その中でどの新聞をとっていたかは不明だが、横溝正史の長男亮一は実生活から「朝日、毎日、読売、東京、日刊スポーツ」であろうと推定している。金田一シリーズに登場した新聞名は新日報、毎朝新聞、毎夕日日など。「毒の矢」では珍しく「朝日、毎日、読売」と実在する新聞名が登場する。また毎日放送で制作された『横溝正史シリーズ』では、事件を報じる新聞に系列の毎日新聞のロゴが入っていることもあった。新聞といえば、活字を切り貼りした脅迫状も金田一シリーズにはたびたび登場した。

人面瘡【じんめんそう】

人体にできた傷や腫物が人間の顔に似た形状となり、物を食べたり話をするようになる架空の病気。江戸時代初期の奇談集『伽婢子』にすでに人面瘡の逸話が紹介されている。殺した相手が人面瘡となってとり憑くといった因果ものとして語られる場合が多く、「人面瘡」で身体に人面瘡ができた当人である松代も、生きているはずの妹を殺した報いであると原因不明の罪業感にとらわれていた。従来の物語がひざや肩など突出している個所に人面瘡ができると書いているが、横溝は人には見えない腋の下に表れていると描写。これは横溝が江戸期の奇談ではなく「寄生性双生児」を扱った最新の新聞記事に材をとったためと推察される。

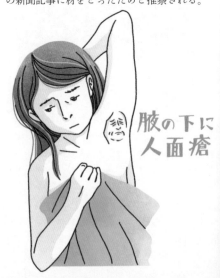

腋の下に
人面瘡

神門一族の冤罪事件
【しんもんいちぞくのえんざいじけん】

「貸しボート十三号」で金田一耕助が解決したと書かれていながら、実作化には至っていない「語られざる事件」のひとつ。神門一族の重要メンバーが殺人の容疑者として検挙され、当人も犯行を自供した状況から、金田一耕助が冤罪であることを証明した。容疑者が「冤罪」で真犯人は他にいると結末まで明かされているが、金田一耕助の推理で鮮やかな逆転劇が繰り広げられる激アツな展開なので、ぜひともパスティシュで読みたい事件である。

神門貫太郎【しんもんかんたろう】

金田一耕助のパトロンの一人。神門産業の総帥。「神門一族の冤罪事件」(前項参照)以来金田一耕助に絶対の信頼を置いており、身内が巻き込まれた「貸しボート十三号」の際にも事件の処理を金田一に委ねている。

神門産業【しんもんさんぎょう】

神門貫太郎(前項参照)が総帥をつとめる企業グループ。ところが「仮面舞踏会」の飛鳥忠煕もまた神門産業の総帥として辣腕を振るったと書かれており、設定に矛盾が生じる。横溝正史は同じ名前を何度も使用するクセがあるため、同名の別企業と考えればまったく問題ないのだが、金田一マニアとしては二つの神門産業をどうにか関連づけたいところ。さらに「悪魔の百唇譜」には、神門財閥の傍系会社の神門土地という不動産が登場するのでややこしい。

信頼できない語り手【しんらいできないかたりて】

物語を叙述する際の技法のひとつ。アメリカの文芸評論家ウェイン・ブースが『フィクションの修辞学』(1961)で初めて定義したが、手法そのものは以前から使われていた。登場人物の一人称で進む物語では、意識的か無意識かによらずその人物の知る範囲で語られるが、そこに予断や誤った知識、嘘の情報が入ると、読者をミスリードしてしまう可能性が生じる。ミステリでいえば、語り手が「あの人は悪そうだから犯人に違いない」と思いながら語っていれば読者も幻惑されることになる。「三つ首塔」の語り手宮本音禰は、金田一耕助を油断のならない相手と警戒する一方で、行動を共にする高頭を悪人と決めつけている。「蝙蝠と蛞蝓」の湯浅順平は、金田一耕助がいけ好かない人物であると断定して物語を語ったため、事件の全体像を見誤った。「八つ墓村」の寺田辰弥は、自分が知る範囲内の情報しか語ることができず、読者を不安に陥れた。(→ "一人称"参照)

八つ墓村の事件に関する記録をぼくに書くようすすめたのは、あのモジャモジャ頭の、小柄で奇妙な探偵さんなのです……

「八つ墓」語り手・寺田辰弥

書きなさい、書きなさい

心霊現象【しんれいげんしょう】

映画『八つ墓村』(1977)開始5分頃のシーンで、萩原健一演じる寺田辰弥の背後にある窓の外側にいきなり女性の腕があらわれる。もちろん本筋にはまったく関係ないため、映画に映ってしまった幽霊としてWEBサイトや雑誌に紹介されたこともある。しかしよく見ると腕時計をはめており、死角に隠れていたスタッフの腕が映りこんでしまったエラーであることがわかる。

さ

水上生活者【すいじょうせいかつしゃ】

貨物の輸送・荷揚げなどを生業とし、陸上に家を持たず船の上で生活をしている人。水運が主流だった1960年代までは、都市部の運河や河川のいたるところで岸に係留した艀に居住する人が見られた。1950年代には隅田川沿岸だけで約1400世帯もの水上生活者がいたという。「檻の中の女」では刑事が水上生活者にも聞き込みを行い、勝鬨橋近辺に住む家族から有力な証言が得られた。「トランプ台上の首」の飯田屋は、水上生活者を相手に総菜を売る商売をしていたが、あながち突飛な職業ではないことがわかる。水上生活者は、陸上交通網の発達や貨物の大型化の影響で1960年代後半にはほぼ消滅した。

艀(積荷運搬用の小舟)の上で日常生活を営む人々

マーケットもありました

推理の積み木【すいりのつみき】

金田一耕助の推理法を表現していることば。頭の中で推理に必要な材料を積み木のように組み上げていき、それが完成した時事件の謎が解明する。初登場の「本陣殺人事件」から晩年の「夜の黒豹」まで、全年代の事件にたびたび登場する。

スキー【すきー】

金田一耕助が得意としたスポーツ。「犬神家の一族」で「スキーは下駄よりなれて」いると豪語するだけあってかなりの腕前だが、日本における近代スキーの発祥は明治44(1911)年とされており、これは金田一耕助が生まれるわずか2年前のことである。当時最新のスポーツであり、耕助が生まれ育ったとされる岩手県内でも盛岡市近郊の岩山にしかスキー場施設がなかった。しかし新しもの好きの若者たちが流行りの娯楽を見逃すはずもなく、大正から昭和初年にかけて旧制盛岡中学の学生たちが岩山に押しかけスキーに熱中したという。若き耕助青年もこの一群に混じって白銀の斜面をスイスイと滑降していたのだろう。

杉本一文【すぎもといちぶん】

(1947〜)

イラストレーター。銅版画家。角川文庫の横溝正史シリーズで数多くの表紙を担当。幽玄と陰惨が細密なタッチや鮮烈な色彩で表現された彼の画風は、原作や映画にも劣らぬブームの立役者であった。2017年にはファン待望のカバーアートを集めた画集『杉本一文『装』画集〜横溝正史ほか、装画作品のすべて』(書苑新社)を刊行。また近年は個人の注文に応じて角川横溝文庫の装画を銅版画の蔵書票にリメイクするプロジェクトを稼働、すでに20点以上のカバーアートが蔵書票として生まれ変わっている。

杉本一文／銅版画『蝶』

スケキヨ【すけきよ】

「犬神家の一族」の二本足の死体について
SNSでは「佐清と言われているが実は〇〇」
と、さもトリビアのように語られる風潮が
あるが、それはただのネタバレでトリビア
ではない。死体に課せられたトリックから
も「スケキヨ」と呼んで何の間違いもない。

「佐清、頭巾をとっておやり」
【すけきよずきんをとっておやり】

「犬神家の一族」序盤のクライマックス、犬
神佐兵衛の遺言状公開の場面で、顔を隠し
て復員した犬神佐清に対して、一族から顔
を見せろと追及された犬神松子が我が子に
かけたことば。続く「仮面をめくっておや
り」は、原作や映像作品それぞれで言い回
しが異なるが、頭巾に関してはほぼ一様で
ある。片岡鶴太郎版のドラマ(1994)では、舞
台が岡山になっていることから岡山弁で「頭
巾をとっちゃりね！」と叫んでおり、中井
貴一版のドラマ(1990)ではこのことばをか
ける間もなく、犬神佐智がいきなり頭巾を
むしり取る。

ストリップ【すとりっぷ】

昭和22(1947)年に「額縁ショー」と称して
女性の裸体を興行にして以来、大衆の娯楽

として定着した。金田一耕助シリーズでも
「幽霊男」「堕ちたる天女」「三つ首塔」「魔
女の暦」「トランプ台上の首」「火の十字架」
「蝙蝠男」などストリップ劇場やストリッパ
ーが登場する事件は数多い。

浅草・紅薔薇座
殿方のオアシス・楽しいレビュー
女怪メジューサ in 魔女の暦
TOMOKO YUUKI

酢のもの【すのもの】

野菜、魚介類、海藻などを酢で和えた料理。
「八つ墓村」では酢のものに毒物が混入され
殺人の道具となった。その後金田一耕助が
現場で誰が酢のものに箸をつけたか、「酢の
ものチェック」を行うなど印象に残る場面
が続くせいか、横溝ファン同士で食事をす
る際、献立に酢のものが入っていると異様
に盛り上がる。入っていなければなかった
で「酢のものはないの？」と盛り上がる。

諏訪【すわ】

長野県諏訪市。昭和9 (1934) 年〜昭和14 (1939) 年の間、横溝正史は結核療養のため上諏訪に移り住んでいた。横溝はこの地で「鬼火」「蔵の中」など耽美的な作品を発表する一方、由利先生・三津木俊助シリーズや人形佐七捕物帳を生み出した。「犬神家の一族」「廃園の鬼」の那須、「不死蝶」の射水は諏訪をモデルにしている。

成城【せいじょう】

横溝正史が疎開から帰京してから住んだ町。金田一耕助シリーズでも「壺中美人」「悪魔の百唇譜」「白と黒」「仮面城」などよく事件の舞台となっている。

成城の先生【せいじょうのせんせい】

金田一耕助の伝記作家。Y先生とも。横溝正史をモデルとし、後には随筆で横溝自身が成城の先生を名乗るなどほぼ同化するが、作中では実名を出しておらず、現実と虚構の距離を保っている。昭和21 (1946) 年秋、疎開先の岡山県の農村で戦前に起きた殺人事件を「本陣殺人事件」として雑誌に連載中、金田一の訪問を受けた。その際正式に金田

一の伝記作家と認められ、「獄門島」「黒猫亭事件」など一連の事件記録を提供された。帰京後は成城に居を構え、さっそく「女怪」で金田一耕助が訪ねてくる場面が登場する。金田一との年齢差を「ひとまわり」(12歳差) と述べている。

精神病院火災【せいしんびょういんかさい】

「瞳の中の女」で、記憶喪失の杉田弘が入院している精神病院が火事に見舞われるが、これは実際に起きた精神病院火災をモデルにしたと思われる。昭和30 (1955) 年6月18日午前1時頃、千葉県市川市の式場精神病院の病棟から出火。老朽化した木造建築のため火の回りが早く、4棟が全焼した。精神病院という特殊性から窓、出入口、非常口等はすべて施錠されており、また当直人が少なく消火・避難誘導に手間どって消防署への通報が遅れるなど悪条件が重なり18名もの入院患者が焼死した。

静養【せいよう】

金田一耕助は、静養中に事件に巻き込まれることが多い。頭脳を酷使する職業だからか、時間の自由が利くショウバイだからか、金田一は頻繁に静養に出向いている。そもそもデビュー作の「本陣殺人事件」から、骨休めかたがた久保銀造の果樹園に身を寄せていたときに起きた事件だったし、それ以降の岡山や海水浴場、信州などで起きた事件も大半が金田一耕助の静養が犠牲となっている。「悪魔の百唇譜」ではとうとう静養に出かけるタイミングで事件が起き、等々力警部と新井刑事に拉致同然に事件現場に連れ出される始末。「蜃気楼島の情熱」では、毎年久保銀造の果樹園に静養に訪れているとあり、事件簿に書かれない静養期間もあったらしいことがわかる。「悪魔の手毬唄」では鬼首村の事件を解決した金田一耕助と磯川警部が、約三週間の静養をともにしたことが語られている。この二人が三週間も

行動をともにしていながら、何も事件が起きなかったはずはなく、語られざる事件の発見が待たれる。

世界【せかい】

歌舞伎で特定の人物や時代など、物語のベースとなる設定を示す用語。江戸時代には実際の社会的事件をそのまま演じることが禁じられており、たとえば赤穂浪士の討ち入りをそのまま元禄の事件として芝居にはできないので、「太平記の世界」に仮託して劇化するということが行われていた。横溝正史もまた、「芝居の言葉でいう『世界』がきまらないと、書けない作家である」(『白と黒』あとがき)と語っており、「悪魔が来りて笛を吹く」では太宰治の『斜陽』の世界、「白と黒」では団地の世界というように事件の舞台や環境を決めてから執筆に臨んだ。

関口台町【せきぐちだいまち】

東京都文京区に存在した地名。現在の関口、目白台、音羽にまたがる台地。等々力警部の自宅が関口台町にあった(スペードの女王)。

関智一【せきともかず】

(1972〜)

声優。俳優。主宰する劇団ヘロヘロＱカムパニーで『八つ墓村』(2008)、『悪魔が来りて笛を吹く』(2010)、『獄門島』(2013)、『犬神家の一族』(2017)と立て続けに舞台化。金田一耕助役を演じるばかりではなく脚本、演出も手がけている。そもそも劇団設立の理由の一つが、横溝作品をできるだけ原作に忠実に上演したかったからと語っており、舞台化する際にもアレンジは最低限にとどめ、原作に忠実な展開となっている。金田一シリーズの次回公演は『本陣殺人事件』を企画中である(公演日未定)。

節子【せつこ】

大森の割烹旅館「松月」のおかみ。愛人の風間俊六の頼みで金田一耕助を松月のはなれに住まわせる。金田一より年下だが、姉のようになにくれとなく面倒を見てくれる。金田一が緑ヶ丘荘へと引っ越してからは登場しないのが残念である。

石膏像【せっこうぞう】

石膏で作られた立体像。水に溶かした石膏を型に流し込み乾燥させて作る。その製法からミステリでは中に死体を塗りこめて隠す趣向がたびたび登場する。金田一耕助シリーズでも「堕ちたる天女」「柩の中の女」などで石膏像から死体が発見されるが、石膏像は古典美術品から型を取り大量に複製するのに向いており、芸術家がオリジナルを制作する目的ではあまり用いられなかったようだ。デスマスクなど型取りを行う制作物にはうってつけで、型が存在する限りいくつでも複製できたであろう。

石膏像と事件は相性がいい

『絶対に笑ってはいけない名探偵24時』
【ぜったいにわらってはいけないめいたんていにじゅうよじ】

平成27(2015)年12月31日に日本テレビ系で放送されたバラエティ番組。同局の『ダウンタウンのガキの使いやあらへんで！』のスペシャル番組で、出演者のダウンタウン（浜田雅功、松本人志）、ココリコ（遠藤章造、田中直樹）、月亭方正が数々の仕掛けに対して笑ってしまったら罰ゲームを受けるスタイル。出演者たちは探偵事務所の探偵という設定で、探偵事務所の所長として石坂浩二が金

田一耕助に扮した。また板尾創路演じる犬神佐清が登場した。年末年始の番組らしく、スケキヨマスクの上にミカンを乗せた鏡餅スタイルの佐清だった。

セル【せる】

金田一耕助の着物の定番素材として知られる毛織物の生地。戦前には男女問わず普段着の生地として広く愛用されていた。春から夏への季節の変わり目に着る機会が多く、「セルの頃」という季語があった。洋服地で羊毛織物をさす「サージ」が日本流に「セルジ」と発音されていたのを「セル地」と誤解されセルと略されるようになったといわれている。

『千社札殺人事件』
【せんじゃふださつじんじけん】

横溝正史が「悪霊島」執筆後、「女の墓を洗え」のさらに次回作として予定していた金田一耕助シリーズのタイトル。横溝の死去により未発表となった。昭和44(1969)年、定年を迎え西国巡礼の旅に出た等々力警部だが、実は現職時代に取り逃がした事件の犯人を追っていた。岡山県警の磯川警部もこれに協力し、東京まで出張する大事件となるはずだった。(→『女の墓を洗え』参照)

金田一耕助 with 磯川常次郎 等々力大志

横溝正史末執筆作 2 千社札殺人事件

全身タイツ
【ぜんしんたいつ】

頭部からつま先まで全身を覆う薄手のコスチューム。独特の着用感を楽しむ愛好者がおり、「ゼンタイ」と称され海外にもファンが多い。そんなゼンタイファンの間で『三つ首塔』がバイブルとして読まれている。良家の子女が一人の男に翻弄され、タイツ姿で秘密クラブのパーティーに連れ込まれたり、その場から監禁されるなど苦難を受ける描写が、マニア心をくすぐるという。

「1000人の金田一耕助」
【せんにんのきんだいちこうすけ】

岡山県倉敷市で2009年から毎年行われている横溝正史ファンイベント。「本陣殺人事件」で金田一耕助が初登場した11月27日直前の土曜日に開催される。参加者は金田一耕助や横溝作品にちなんだ登場人物のコスプレをし、JR清音駅から横溝正史疎開宅や千光寺を経由し、真備ふるさと歴史館までの約5kmの道のりをウォーキングする。ルートの途中では、地元有志による「本陣殺人事件」や「黒猫亭事件」の一部を再現した寸劇や、横溝作品にちなんだパロディ標識など参加者を飽きさせない工夫があちこちに仕掛けられている。イベントには全国から横溝正史ファンが集い、1年ごとに旧交を温めるなど横溝ファンの同窓会的な一面もあわせ持っている。年々参加者が増えつつあり、2019年の第11回目のイベントには過去最高の143名が参加。さらに累計1000人目の参加者が誕生し、表彰された。

総社【そうじゃ】

映画『悪魔の手毬唄』ラストシーンで金田一耕助が磯川警部に別れを告げる駅の名前。このシーンで金田一は磯川にあることを尋ねるが、蒸気機関車の騒音で磯川の耳には届かない。ところが汽車が動くとともにカメラが引いていくと、駅名のプレートに「そうじゃ」と書かれている粋な演出である。ただし監督の市川崑は、その演出は意図したものではないと述べている。ロケ撮影は大井川鐵道家山駅で行われた。総社の地名は原作にも登場するが、実在する岡山県総社市とは場所が異なり別の町である。

106

「そうです、そうです」【そうですそうです】

金田一耕助がよくうつ相づち。強い同意を表すと同時に、ですます調をくり返して殺気だった現場を和らげる効果がある。「毒の矢」では、ご丁寧にも「そうです、そうです、そういうわけです」と三度繰り返している。

あの娘は金田一さんに
なにをもとめていたんですか。
つまり、姉を殺した
犯人を探してほしいと……？

そうです、そうです。
それに、あの娘は妙な
夢をもってましてね。

Yeah,
That's
right!

ソドミア【そどみあ】

「堕ちたる天女」で登場し、読者にもっともインパクトを与えたことば。男性同士の同性愛。ゲイやホモセクシュアルよりも前に言い習わされてきた。『旧約聖書』に登場する都市ソドムから、背徳的な行為を行うものに名付けられた。戦前の日本では獣姦の意味合いがメインだったが、戦後再び同性愛を示すことばに引き戻された。

「それ、みんな犯人ですか」【それみんなはんにんですか】

とある作品の構想を練っていた横溝正史が、登場人物の整理がてら孝子夫人に設定を話していたところ、夜で疲れて眠かった夫人の口をついて出たのがこのセリフ。はじめこそ「犯人がそんなによけいいるか」と憮

然としていた横溝だったが、いつの間にか夫人のことばを取り入れ前代未聞の犯人像を作り上げたことは本書の読者ならご存じのとおり。犯人の設定に関する部分だからか、横溝がこのエピソードを語るたびにことばのニュアンスが変わり、「犯人というのは──なのね」「一人ずつ犯人なのね」などのバリエーションがあるが、夫人自らが回想した項目のセリフがもっともとぼけていて味わい深い。

『ソロモン王の洞窟』【そろもんおうのどうくつ】

イギリスの小説家H・R・ハガード（1856〜1925）が1885年に著した探検家アラン・クォーターメンが活躍する冒険小説。横溝はハガードの冒険小説を胸を躍らせながら読んだ経験があり、作中にもその影響がみられる。『ソロモン王の洞窟』には、突然「血だ！血だ！血だ！」と不吉な予言を叫ぶ老婆が登場するが、横溝はこの魔女ガグールをヒントに「真珠郎」の老婆や「八つ墓村」の濃茶の尼を創造したとみられる。

KING
SOLOMON'S
MINES

血だ！
血だ！
血だ！
いたる
ところ
血だ。

魔女
ガグール

各国版金田一耕助本 Ⅰ ……欧米編

木コレクション
魚庵

欧米では英語やフランス語で書かれた名作の人気が圧倒的なぶん、日本のミステリが翻訳される機会はそれほど多くなかった。横溝作品も80年代のフランス版は比較的早い方で、多くは2000年代以降に刊行されたもの。日本的土壌を背景としたミステリに新鮮さを感じていることは表紙からも明らかだが、スペイン版「犬神家の一族」のエビは、さすがに驚く。

『犬神家の一族』
2008年

『本陣殺人事件』
2017年

『八つ墓村』
2018年

『犬神家の一族』
2003年

『本陣殺人事件』
2019年

『犬神家の一族』
2020年

『犬神家の一族』
1985年

『悪魔の手毬唄』
1990年

『犬神家の一族』
2004年

『仮面舞踏会』
2006年

『白と黒』
2006年

ダイイングメッセージ【だいいんぐめっせーじ】

ミステリ用語。被害者が死の間際に書き残すメッセージのこと。多くは犯人の手がかりを示しており、ミステリでは探偵がそのメッセージを読み解いて犯人を推理する。横溝作品にはダイイングメッセージの使用例が少なく、金田一耕助シリーズでは「幽霊座」「暗闇の中の猫」「華やかな野獣」などにとどまる。

こんな現場にはちっとも遭遇できやしませんよ。

大団円【だいだんえん】

物語の終章の題。どんなに後味の悪い結末であっても「大団円」でめでたく収めるのが横溝流。金田一耕助も「病院坂の首縊りの家」で苦言を呈しているが、それは解決したはずの事件から新たな悲劇が生まれる場合もある「事件の連鎖」への指摘だった。

大日坂【だいにちざか】

東京都文京区小日向に実在する坂。昭和33(1958)年9月10日、金田一耕助が連続殺人魔「雨男」に狙撃され負傷した場所。横溝正史は編集者時代に小日向台町に住んでおり、大日坂をはじめ小日向台周辺が作中にしばしば登場する。「怪獣男爵」でも大日坂に怪獣男爵が出没し、事件が起きる。

タイプライター【たいぷらいたー】

文字盤を叩いて直接紙に印字する機械。「悪魔が来りて笛を吹く」では椿美禰子がスイス・ヘルメス会社のロケットという小型タイプライターを所持していた。実際にはヘルメスはブランド名で、元は時計・オルゴールなど精密機器のメーカーだったパイヤール社が、1920年にタイプライターを製造する際に名付けた。作中で問題となるキーの配列はパソコンのキーボードに引き継がれているが、ドイツ語圏のキーボードは現在でもYとZの位置が英語圏とは逆になっている。

太陽族【たいようぞく】

作家、石原慎太郎が発表した『太陽の季節』(1955)の大ヒットを受け、作中の不良青年をまねた若者たちを太陽族と呼ぶようになる。著者の石原の前髪を長めに額にかけ、サイドを刈り上げた「慎太郎刈り」が大流行。夏の海には慎太郎刈りにサングラス、アロハシャツを着た太陽族であふれたという。「鏡が浦の殺人」では夏の海辺で若者たちの「太陽族的行為」を双眼鏡で探す人物が登場。「華やかな野獣」では、乱交パーティーの主催者高杉奈々子が「太陽娘」と呼ばれている。

慎太郎刈り
サングラス
丸首シャツ
アロハシャツ
とある探偵の変装
細身のズボンまたは短パン

高木元子爵失踪事件
【たかぎもとししゃくしっそうじけん】

昭和23(1948)年7月8日、元子爵高木正得（まさなり）が失踪、4か月後の11月1日、奥多摩の雲取山七ツ石付近の山中で自殺体で発見された。高木元子爵は三笠宮妃殿下の父親で、義理の弟は昭和天皇の侍従長だった入江相政と、皇族の中枢に近い立場で、戦後も好きな生物学を生かして副校長をつとめるなど、家族も家出をする理由がないと考えていたが、華族制度の廃止により特権階級から転落し絶望したものと思われる。横溝正史はこの報道を知り、またこの人物が帝銀事件の犯人のモンタージュ写真に似ているため取調べを受けたとの記事も読み、「斜陽族の痛ましさに大いに同情した」と書いている。この事件は「悪魔が来りて笛を吹く」の椿子爵のモデルとなった。

高倉健【たかくらけん】
(1931〜2014)

俳優。1961年版映画『悪魔の手毬唄』に金田一役で出演。当時30歳の健さんは、英国製オープンカーを颯爽と乗り回す短髪、スーツ姿で登場する。警察嘱託の私立探偵と無駄にハイスペックで、同じ東映の片岡千恵蔵以来の伝統、秘書の白木静子も登場。

宝井其角【たからいきかく】
(1661〜1707)

江戸時代前期の俳諧師。芭蕉門人。「獄門島」の金田一が千光寺で目にした屏風に書かれている3つの句のうち「一つ家に遊女も寝たり萩と月」が其角の作である。金田一はもう一つ判読できた芭蕉の句とともに中学の読本でこれを習った記憶があった。

滝【たき】

切り立った崖や川の段差から垂直方向に落下する水の流れ、またはそれがある場所。特異な景観から名所になったり、伝説が残されたりすることも多い。短編「首」に登場する"名主の滝"は、300年前の忌まわしき名主殺しの事件が不気味な因縁のように絡む殺人の舞台として描かれる。「夜歩く」「悪魔の手毬唄」でも陰惨な殺人現場として滝が登場する。

た

田口久美【たぐちくみ】

（1952〜）

女優。日活ロマンポルノをはじめ『江戸川乱歩の陰獣』(1977)、『白昼の死角』(1979) などに出演。横溝映画やドラマへの出演歴はないが、映画『悪魔が来りて笛を吹く』(1979) のイメージキャラクターである悪魔は、田口の顔から原型をとった。ある意味もっともインパクトを与えた横溝女優だ。

田治見要蔵【たじみようぞう】

「八つ墓村」登場人物。田治見家先代。郵便局の事務員だった年若い井川鶴子につきまとった挙句、暴力を行使して妾とするなど、偏執的で独善的な性格の持ち主である。その後身の危険を感じた鶴子が息子の辰弥と神戸に逃亡すると、発狂して村人32人を虐殺。行方をくらましました。

凶行時の田治見要蔵

- 点けっぱなしにした棒型の懐中電燈
- 白鉢巻
- 詰襟の洋服
- 点けっぱなしにしたナショナル懐中電燈
- 洋服の上から締めた兵児帯にぶち込まれた日本刀
- 猟銃
- 脚絆
- 草鞋

ダスター・シュート【だすたーしゅーと】

高層建築にあるゴミ捨て用の設備。金属の蓋を開けると竪穴があり、そこからゴミを投げ入れる仕組みだ。団地を舞台とした「白と黒」では、ダスター・シュートからタール塗れの死体が発見される。1950年代半ば

に日本住宅公団によって建設が始まった公団住宅は、近代的な機能を備える清潔な家屋として庶民の憧れの的。昭和35年に時代が設定されたこの作品でも、都市部における当時の日本の典型的な風景として公団住宅が舞台となった。（→ "団地" 参照）

「たたりじゃ」【たたりじゃ】

映画『八つ墓村』(1977) で任田順好演じる濃茶の尼のセリフ。予告編やCMで流され流行語となった。テレビ番組『8時だョ！全員集合』で志村けん(P.91参照)が「八つ墓村のたたりじゃぁ〜！ ひえぇ〜！ ひえぇ〜！ ひえぇ〜！」とギャグとして用い、それを見た子どもたちが一斉にマネをしたことも流行の一端を担っている。1996年に公開された映画『八つ墓村』でも、「たたりじゃ！」はキャッチコピーとして使われている。ちなみに、原作の濃茶の尼は「たたり」ということばは一度も口にしていない。

大流行じゃった たたりじゃ のセリフは、原作にはないんじゃ！

橘署長【たちばなしょちょう】

那須警察署長。原作では「犬神家の一族」「廃園の鬼」に登場。満月のように円い顔で髪はごま塩、ずんぐりとした体形をしている。1976年映画版では加藤武、『横溝正史シリーズ 犬神家の一族』ではハナ肇、2018年の加藤シゲアキ版『犬神家の一族』では生瀬勝久がそれぞれ演じた。稲垣吾郎の金田一シリーズでは塩見三省が演じたが、偶然にも金田一の行く先々に転属しておりレギュラー化した。

田辺信一【たなべしんいち】

(1937〜1989)

1977年版『獄門島』ほか3作の金田一映画で音楽を担当した作編曲家(『悪魔の手毬唄』の編曲/指揮も担当)。メランコリックな弦の調べは多くの金田一映画と共通するものだが、『病院坂の首縊りの家』では設定に合わせジャズ色も多彩に打ち出している。

田辺誠一【たなべせいいち】

(1969〜)

俳優。2000年に証券会社のCMで金田一耕助を演じた。角川映画に許諾をとった正真正銘の金田一で若尾文子、夏木マリら大女優を相手に資産運用の重要さを説いた。加藤武も警部役で登場、お得意の「よし、わかった！」も惜しみなく披露した。

田辺誠一

谷啓【たにけい】

(1932〜2010)

コメディアン。ミュージシャン。俳優。『金田一耕助の傑作推理』第20作「悪魔の唇」(1994)以降、シリーズ最終作「神隠し真珠郎」(2005)まで河合警部役を演じた。同シリーズでは長年、谷が在籍していた「ハナ肇とクレージーキャッツ」のリーダー、ハナ肇が等々力警部(日和警部)を演じていたが途中で死去したため、ハナの後を引き継いだ形となった。

谷崎潤一郎【たにざきじゅんいちろう】

(1886〜1965)

作家。横溝正史がもっとも影響を受けた作家のひとりとしてしばしば語られる。「本陣殺人事件」では、その語り口を『春琴抄』にならった。「百日紅の下にて」では『痴人の愛』の設定をモチーフとし、「七つの仮面」の同性愛描写は『卍』をモデルとしている。他にも「火の十字架」では『鍵』、「仮面舞踏会」では『春琴抄』など、多くの事件で谷崎作品を引き合いに出している。

谷譲次【たにじょうじ】

(1900〜1935)

小説家。翻訳家。本名は長谷川海太郎。林不忘、牧逸馬とともに、彼が使い分けたペンネームの一つ。北海新聞主筆の父親について北海道に渡り、そこで知り合った水谷準の紹介で1925年から『新青年』に、アメリカ放浪時代のことを書いた"めりけんじゃっぷ"シリーズを寄稿するようになる。若き日の金田一耕助がアメリカを放浪しているのは、同シリーズの影響だった。

ダブルベッド【だぶるべっど】

二人用の寝台。元来は男女が同衾するため幅広に作られたもので、金田一耕助シリーズでもしばしば性愛空間を象徴するアイテムとして登場する。「火の十字架」では、部屋に据えつけられたダブルベッドが事件解決のカギとなった。「病院坂の首縊りの家」では、山内敏男と小雪の兄妹が結婚し、夫婦生活を始めるにあたり、ダブルベッドを買いこんだ。また独身者が自室やアトリエに備えつけていることで愛人の存在を暗示する場合もある。晩年に発表された「迷路荘の惨劇」では、性愛空間としての意味合いは薄れ、ホテルの客室で贅をこらした内装を代表する調度として登場した。

「食べなさい、食べなさい」
【たべなさいたべなさい】

映画『犬神家の一族』(1976／2006)中のセリフ。探偵の助手をつとめた那須ホテルのおはる(坂口良子／深田恭子)に金田一(石坂浩二)がうどんをふるまいながら調査結果を尋ねる。自分が質問攻めにしているせいでなかなかうどんを口にできないおはるに対し「どうしたの、食べないの?」と追い打ちをかける無神経ぶりがいかんなく発揮されている。汎用性が高いため横溝ファンが顔を合わせるとほぼ必ずロマネされる。

玉蟲公丸 【たまむしきみまる】

「悪魔が来りて笛を吹く」の登場人物。本来は「玉蟲」の字を用い、『新版横溝正史全集』(講談社)や『横溝正史自選集』(出版芸術社)でも「玉蟲」となっているが、角川文庫だけは「玉虫」と簡略化されている。たとえば「渡邊」姓を独自に「渡辺」と簡略化することはご法度だが、時の角川書店社長の角川春樹は、横溝作品を文庫化するときに若い読者が読みやすいよう積極的に難しい漢字をやさしい漢字やひらがなに直した。その影響で登場人物の名前が持つ凄みも軽減された感がある。

田村亮 【たむらりょう】

(1946～)

俳優。舞台『探偵 金田一耕助の恋』(1995)で金田一耕助を演じる。原作は『悪魔の手毬唄』で、原作の磯川警部は鬼首村の駐在に変更となり、金田一が恋をする物語に脚色されている。1988年の初演時の金田一役は古谷一行だったが、青池リカ役の草笛光子が脚本を気に入り、金田一を田村に変更して再演した。田村はTVドラマ『犬神家の一族』『吸血蛾』にも出演。兄の高廣、正和も横溝映像作品に重要な役で出演した。

多門修／六平太 【たもんしゅう／ろくへいた】

金田一耕助がもっとも信頼をおく助手。元愚連隊で前科数犯の凶状持ちだが、ある殺人事件に巻き込まれて犯人にされかけたところを金田一に救われて以来、彼の股肱をもって任じている。普段は赤坂のナイト・

クラブ「K・K・K」の用心棒兼バーテンをつとめているが、金田一の要請があれば何日でも対象の家に張り込むなど労苦をいとわない。登場作品は「支那扇の女」「扉の影の女」「病院坂の首縊りの家」のみなのにファンの間で人気が高いのは、金田一への忠誠心の高さゆえであろう。「雌蛭」には多門六平太なる人物が登場するが、その履歴から多門修とほぼ同一人物とみられる。

誕生日【たんじょうび】

金田一耕助の誕生日は作中に記述がないため不明である。映画『悪魔が来りて笛を吹く』(1979)公開前の告知資料では、早稲田大学のワセダ・ミステリ・クラブによりふたご座の6月13日との見解が示されていたが、原作から手がかりを求めたものではなく占星術から導き出したとあり、そうとう怪しいものである。横溝正史は座談会で金田一耕助は早生まれ、すなわち1月から3月の間に生まれたと明言したが、これだけでは誕生日の確定には至らない。シャーロック・ホームズの誕生日が1月6日というのが、個人の研究者の説であるにもかかわらず支持を集めているのは、その典拠を原典に求めたことによる。金田一耕助の誕生日もやがて原作の記述からゆるぎない説が導き出されることを期待する。

団地【だんち】

昭和30(1955)年に設立された日本住宅公団(現・都市再生機構)や自治体により計画的に造られた集合住宅。「集団住宅地」の略称。ダイニングキッチンを中心として各部屋を配した2DK、3DKという間取りが特徴的だった。「白と黒」の舞台となる日の出団地のモデルは、東京都世田谷区大蔵に昭和34(1959)年に建造された大蔵団地(平成30年解体)。横溝正史が住む成城から見下ろす場所に位置し、作中に登場する池に該当する湧水池もあった。

チッキ【ちっき】

駅の窓口で預かった荷物を、届け先の駅まで鉄道便で輸送するサービス。荷札をチェッキ(check)と言い慣わしたことから。金田一耕助シリーズでは「チッキ」ということばこそ使われていないが「鏡の中の女」「傘の中の女」ではチッキが犯行に利用された。また「花園の悪魔」「霧の中の女」では駅の手荷物一時預かりで重要な証拠物件が発見された。しかし、チッキを犯行のトリックに用いた横溝作品といえば「蝶々殺人事件」が筆頭にあげられるだろう。民間の宅配サービスの台頭などにより、昭和61(1986)年に廃止された。

『チャーリー・チャン最後の事件』
【ちゃーりーちゃんさいごのじけん】

E.D.ビガーズが1932年に発表したミステリ。原題は『KEEPER OF THE KEYS』。横溝正史が「仮面舞踏会」執筆のヒントにしたと語った作品。横溝は本作を「過去に何人も妻をかえた男が、元妻を一堂に集めた場で女たちが順に殺される事件」と記憶し、男女を入れ替えたという。ただしこれは横溝の記憶違いで、実際の概要は「仮面舞踏会」より「廃園の鬼」のほうが近い。

茶木みやこ【ちゃきみやこ】

(1950〜)

歌手。『横溝正史シリーズ』『横溝正史シリーズⅡ』の主題歌『まぼろしの人』『あざみの如く棘あれば』を担当。『まぼろしの人』は金田一耕助を、『あざみの如く棘あれば』は犯人の立場をイメージして作られた。ライブ活動を全国で精力的に行い、『横溝正史シリーズ』の2曲もよく演奏するという。

「チャクイ」【ちゃくい】

「悪魔の寵児」「仮面舞踏会」で金田一耕助が放ったひと言。チャクイとはずるい、せこいといった意味。一説には「横着い」を省略したもの。事件の手がかりを得るため金田一を監視した新聞記者の水上三太や、自己の身分を明かさぬ事件関係者に接触した等々力警部に対し、「チャクイですね」と冷やかす。芥川龍之介『父』(1916)では学生たちが友人や教師の噂話で盛り上がる場面で、あいつはちゃくい、こいつもちゃくい、となんでもそれで済ませている。大正時代の若者たちに流行った言葉なのだろう。

応接室兼書斎で電話を取ったり調べものしながら朝食を摂る金田一さんの方がよほどチャクイですぜ

あっはっは

チャブ屋【ちゃぶや】

横浜の港町で外国人や船員を相手に営む小料理屋のこと。売春婦を抱えている店が多かった。神戸や函館などの港町にも同様の店が存在した。「黒猫亭事件」ではG町の「黒猫」酒場をはじめとする店をチャブ屋と呼んでいるが、G町が港町だったという記述はなく、単に娼婦も置いている飲食店という意味合いで用いたと思われる。

調査旅行【ちょうさりょこう】

金田一耕助は、事件の合間に現場をほったらかして地方に調査旅行をするイメージがある。原作では「悪魔が来りて笛を吹く」で須磨・淡路に、「悪魔の手毬唄」で神戸に、短編では「女怪」「トランプ台上の首」で調査旅行に出ているが、それ以外の作品では旅先で事件に巻き込まれることはあっても事件現場を離れて調査に出ることはない。先述の2長編の映画化作品を含めた一連の横溝映画で登場人物の過去をたどるオリジナルの演出があり、映像作品で定番化した。

『蝶々殺人事件』【ちょうちょうさつじんじけん】

横溝正史が1948年に発表した本格推理小説。世界的ソプラノ歌手の原さくらがコントラバス・ケースに入った他殺体で発見された事件に由利先生と三津木俊助が挑む。「病院坂の首縊りの家」で登場人物が読んだことのある探偵小説として名をあげていた。ド

「病院坂の首縊りの家」における
この蝶々は誰が書いた蝶々なんだ問題

由利先生!この本に出てくる『蝶々殺人事件』は僕・三津木俊助が書いた本でしょうか?

いや、まちたまえ。それは読者諸兄が手にしている『蝶々』かもしれないぜ

ええ!?

作者名の表記がないんです

ココです

どのみち私が活躍する内容にかわりはないんだがね

そんな、先生!?

ラマ『横溝正史シリーズ 獄門島』(1977) では、金田一耕助が過去に解決した密室殺人事件として名をあげられていた。

貯金封鎖【ちょきんふうさ】

戦後のインフレを抑制するため、昭和21 (1946) 年2月に政府が行った政策。貨幣価値を一新する新円に切り替えるための準備として、文字通り銀行の旧預金を封鎖して一定額しか引き出せないようにした。「蝙蝠と蛞蝓」に登場する姿のお繁は、貯金封鎖とインフレで経済が逼迫して一種の恐慌状態に陥った。

コレートに毒物が混入されており、事件に発展する。特に「幽霊座」では、まかり間違えば金田一耕助が毒入りのチョコを食べていたかもしれない。

陳隆芳【ちんりゅうほう】

横溝正史が作中に怪しげな中国人を登場させる際、よく用いられる名前。「瞳の中の女」では麻薬を扱う香港出身の男、「スペードの女王」ではヘロイン密輸団のボス、「悪魔の百唇譜」では台湾出身の関西実業界の大物、そして「壺中美人」の原形「壺の中の女」では寄席芸人が名乗る芸名と似たり寄ったりの人物として登場する。「壺の中の女」を除いては他人の会話に名前が出るので、物語に登場すらしていない。設定上はすべて赤の他人のはずだが詳細は不明。

チョコレート【ちょthese-と】

横溝正史は『真説金田一耕助』で昭和52 (1977) 年2月に発生した青酸入りチョコレート事件に言及し、前もってそのニュースを知っていたらバレンタインデーにもらったチョコレートを食べる勇気があったかどうかと書いている。しかし、金田一耕助シリーズにおいてチョコレートは毒殺の道具として登場する機会が多い。「女王蜂」「幽霊座」「三つ首塔」といずれも贈られたチョ

「つかあさい」【つかあさい】

広島県を中心とした中国地方全般に用いられる方言。「遣わす」から転化し、「〜してください」の意味。「悪魔の手毬唄」で鬼首村の方言として多用されているが、鬼首村が位置している兵庫県と岡山県の県境ではあまり使われない。横溝ファン同士の会話でも意図的に語尾に混ぜて使うことが多い。

「つねにわが側なる江戸川乱歩に捧ぐ」
【つねにわがそばなるえどがわらんぽにささぐ】

『仮面舞踏会』巻頭で江戸川乱歩（P.37参照）に向けた献辞。「仮面舞踏会」は昭和30（1955）年の『書下ろし長篇探偵小説全集』のラインナップでタイトルが予告されたものの未刊。『宝石』昭和37（1962）年7月号から連載が始まった。このとき乱歩に「横溝はえらいものである、このトシ（還暦）で長篇に手をつけている」と奨励されたが連載8回目で中絶、未完のままであった。12年ぶりに稿を改め『新版横溝正史全集17 仮面舞踏会』（1974）として刊行するにあたり、横溝は乱歩の励ましにようやく答えることができる喜びを伝えたかったのだろう。なお、本書が1976年に文庫化された際、献辞の前半が割愛され「江戸川乱歩に捧ぐ」と修正されている。この修正が著者によるものか、編集部の判断かは不明である。

つのだじろう【つのだじろう】
（1936〜）

漫画家。映画『犬神家の一族』（1976）と時期を一にしてコミカライズ作品『八つ墓村』『犬神家の一族』『悪魔の手毬唄』を富士見書房から刊行。原作から大きく乖離したオカルト的展開で知られるが、富士見書房は角川書店の関係会社で、実はこのコミカライズもまた角川書店のメディアミックスの一端だった。

爪長娘【つめながむすめ】

「悪魔の手毬唄」に登場する鬼首村手毬唄の歌詞の一部。爪長とは爪の先に灯をともすため、爪を長く伸ばすほどのケチという意味。

秤屋の娘が 器量よしじゃが 爪長娘 女たれが良い 秤屋の娘

津山事件【つやまじけん】

別名・津山三十人殺し。昭和13（1938）年5月21日未明に岡山県津山市近郊の寒村で発生した。犯人は当時21歳の青年で、結核による徴兵検査の丙種合格（入営不適）や、それにともなう近隣との人間関係破綻などから、猟銃や日本刀を入手して自身の祖母を含む30名の殺害に及んだ（重軽傷者は3名）。横溝正史は岡山県に疎開中にこの事件の詳細を知り、「八つ墓村」の発端の因縁話に採り入れた。「八つ墓村」のモデルといわれることが多いが、全体ではほんの数ページの挿話にすぎない。

吊り鐘【つりがね】

寺院に吊るしてある青銅で鋳造された大きな鐘。第二次大戦中の昭和16（1941）年に「金属類回収令」が制定され、吊り鐘も文化財などの例外を除いて供出され鋳潰された。一

説には日本国内の9割以上もの梵鐘がこの時に失われたという。獄門島の千光寺の鐘は奇跡的に消失を免れ返還されたが、この鐘の復員が事件の引き金となる。作中で鐘の重量は45貫（約169kg）とあるが、重量から鐘の外口径（直径）を計算すると1尺8寸（約55cm）、鐘身（高さ）は2尺4寸（約72cm）となり、小柄な女性でも中に入るのは難しい。

『提灯に吊り鐘』の
この棒を使えば
吊り鐘の力学で
持ち上がりまさあ

千光寺

帝銀事件【ていぎんじけん】

東京都豊島区長崎町にあった帝国銀行椎名町支店で起きた集団毒殺強盗事件。昭和23(1948)年1月26日、防疫消毒班の腕章を巻いた中年男が現れ、支店内にいた行員ら16人を集め、近所で発生した集団赤痢の予防薬と偽って青酸化合物とみられる毒物を飲ませた。行員たちが苦しみ倒れると男は現金と小切手を奪って逃走。16人中12人が死亡する犯罪史上例を見ない惨事となった。類似した未遂事件の遺留品の名刺から、画家平沢貞通が逮捕され、犯行否認のまま死刑の判決が下された。日本で初めてモンタージュ写真を作成し全国に手配したことから、写真に似ている者がいるとの通報が相次いだという。横溝の知人も密告され取り調べを受けたことから「悪魔が来りて笛を吹く」の構想が生まれた。作中では天銀堂事件として登場する。

ディクスン・カー【でぃくすんかー】
(1906〜1977)

ジョン・ディクスン・カー。別名カーター・ディクスン。アメリカの推理小説作家。学生時代に推理小説を書き始め、『夜歩く』(1930)で本格デビュー。1932年にイギリス人女性と結婚してからは同国に長く住み、作品舞台もイギリスとすることが多かった。日本にも戦前から翻訳が紹介されていたが、抄訳のためあまり評価されていなかった。戦時中、井上英三からその面白さを力説された横溝は、怪談や伝説を巧みにトリックと融合させた作風に啓発を受ける。戦後「本陣殺人事件」「獄門島」などで本格探偵小説を目指した時も、カーの筆法を取り入れている。

JOHN DICKSON CARR
CARTER DICKSON
ディクスン・カー

ディスカバー・ジャパン
【でぃすかばーじゃぱん】

日本国有鉄道が、昭和45(1970)年から始めたキャンペーン。古い日本、伝統的な日本を見直そうという動きが若者を中心に起こり、個人旅行や女性旅行客が増加した。角川春樹はこのブームから土俗的な物語が流行すると確信、海外のオカルトブームの到来も見込んで横溝正史作品に白羽の矢を立てたという。

ディケンズ【でぃっけんす】

チャールズ・ディケンズ（1812〜1870）。イギリスの小説家。代表作に『クリスマス・キャロル』『オリバー・ツイスト』など。「女怪」で墓あらしに遭遇した語り手の成城の先生（P.102参照）が、「ディケンズの小説かなにかで、墓をあばいて、そこから得た死人の骨格を、標本用として医学校へ売りつけるのを、職業としている人物」を思い出すが、これはディケンズ『二都物語』に登場するジェリー・クランチャーのことと思われる。

定年退職【ていねんたいしょく】

「病院坂の首縊りの家」によると等々力警部は昭和43、44年頃に警視庁を勇退しているが、当時警視庁は定年制度がない代わりに、警部職なら55歳までに勇退すれば退職金を5割増する仕組みになっていた。つまりその制度を利用しない限りは現職にとどまっていられた。最後の岡っ引きと呼ばれた伝説の刑事平塚八兵衛は、満61歳6か月まで退職を引き延ばしており、等々力警部もこれにならったと思われる。

テープレコーダー
【てーぷれこーだー】

磁気テープを用いた録音・再生機。日本では昭和25（1950）年に東京通信工業（現ソニー）が初の国産型を開発。昭和29（1954）年に「幽霊男」で幽霊男が殺人予告に用いた。「鞄の中の女」によれば金田一耕助は緑ケ丘荘で探偵事務所を開いた当初、電話の内容をテープレコーダ

ーに録音することがあった。また「悪霊島」では青木修三の断末魔のつぶやきを、偶然テープレコーダーを持ち合わせた旅行客の機転により録音。

手紙のトリック【てがみのとりっく】

金田一耕助が活躍した戦前戦後には電話や電報も存在したが、もっとも一般的な通信手段はなんといっても手紙である。依頼状、警告文、脅迫状、遺書、書き置きなど、郵送の有無を問わず手紙は数多く登場する。手紙に関するトリックも多数登場するが、横溝が得意としたのは、「毒の矢」「白と黒」などに登場する中傷の手紙（ポイズンレター）や長い手紙の数枚を抜き取り内容を隠匿するトリックであろう。後者は複数作品に登場するので読者自身で発見していただきたい。

デスペレート【ですぺれーと】

desperate。絶望して自暴自棄になっているさま。古くは久米正雄の短編「受験生の手記」（1918）などにも出てくる言葉である。「デスパレート」と表記されることもあるが、大

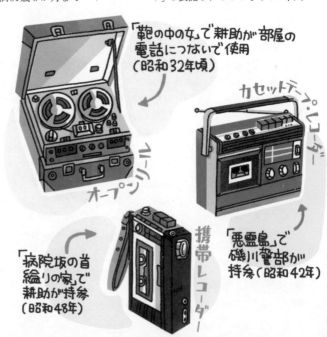

「鞄の中の女」で耕助が部屋の電話につないで使用（昭和32年頃）

オープンリール

カセットテープレコーダー

「悪霊島」で磯川警部が持参（昭和42年）

「病院坂の首縊りの家」で耕助が持参（昭和48年）

携帯レコーダー

たとえマダムが、人殺しであろうがなんであろうが構わんのです。ぼくはマダムに同情こそすれ、決して憎む気になれません。持田恭平という男は人間の豚でした。いや、野猪といったほうが当たっているかも知れません。

こっ、耕さん!?

デスペレートな耕助 in 女怪

正文学の薫陶を受け、自らその時代に小説家として立った横溝はデスペレートの表記をとる。金田一耕助も、密かに思いを寄せる未亡人で殺人の疑いがかかる「虹子の店」のマダムが、生前の亡夫から非道なふるまいを受けていたことに言及する時など、デスペレートな気分に陥っている。そういうときの彼の言葉は、事件の記録者でその人懐こい性質をよく知る「先生」でさえも不安におののくほどだった。

鉄如意【てつにょい】

「獄門島」で千光寺の了然が提げていた仏具。

鉄如意を持つ了然和尚

如意とは僧侶が読経や説教のときに手に持つ柄の長い棒状の道具。元は孫の手が転じたもので、自由自在にかゆいところが掻けることから「如意」と呼ばれるようになったとも。木製、漆器、動物の角など材質は様々だが、了然和尚は鉄製を用いた。

鉄のカーテン【てつのかーてん】

その向こうで何が行われているか、秘して明かされない様子。昭和21（1946）年にイギリス元首相チャーチルが、閉鎖排他的な姿勢をとるソビエト連邦（当時）勢力下の東欧諸国を非難する際、鉄のカーテンに例えた演説を行ったことから。「壺中美人」では、被害者の井川謙造が使用人を遠ざけ、自らのアトリエにこもって乱倫を繰り広げているさまを「鉄のカーテン」にたとえた。

テレビ放送【てれびほうそう】

昭和28（1953）年2月1日、NHK東京テレビ局がテレビ放送を開始した。当初は1日4時間放送で、受信契約数はわずか866件だった。「生ける死仮面」は昭和28年9月の事件と推定されるが、吉祥寺から三鷹にかけて建ち並んだ高級住宅にはすでにテレビのアンテナが設置されていた。

1977年4月 横溝正史シリーズ放送開始

なかなか上背のあるぼくじゃありませんか警部さん

カッコイイ役者さんでイイですなぁ金田一先生

た

天銀堂【てんぎんどう】

「悪魔が来りて笛を吹く」に登場する銀座の宝石店。天銀堂事件の舞台となる（→ "帝銀事件" 参照）。「日時計の中の女」にも同名の宝飾店が登場するが、同じ店かどうかは不明。

伝言板【でんごんばん】

携帯電話がない時代には、駅の改札口周辺に黒板が掲げてあり、待ち合わせや伝言などの連絡を行っていた。「扉の影の女」で恐喝者とのやりとりに新宿駅の伝言板が使用された。

おや、これは!?

電子書籍【でんししょせき】

角川文庫の横溝正史作品は、ブームの頃に比べて絶版が多いが、Kindleをはじめとする電子書籍では今なお配信されており手軽に読むことができる（一部の作品を除く）。また講談社からは『探偵小説五十年(新装版)』、『探偵小説昔話』が電子書籍で復刊されており、貴重な横溝正史のエッセイも読むことができる。JETや長尾文子のコミカライズ作品や、変わったところでは横山まさみちがコミカライズした『どくろ検校』も電子書籍で配信されている。(2020年7月現在)

電波兵器【でんぱへいき】

電波を利用した兵器。レーダー、無線通信装置、ミサイルなどを誘導する電波装置など。第二次大戦末期の旧海軍では、強力な電波で敵国の戦闘機を撃墜する「殺人光線」も研究されていたという。「女怪」の登場人物持田恭平は戦争中、電波兵器の製造で儲けていた。

電報【でんぽう】

今では慶弔のメッセージを送るときに利用されるのみとなったが、スマートフォンや携帯電話はもちろん、固定電話も普及していなかった時代には、電信を受けた局員が直接届ける方式の電報はもっとも短時間で届く通信方法だった。「本陣殺人事件」から「悪霊島」まで、事件簿全般に登場する。「本陣殺人事件」では、事件に直面した久保銀造が金田一耕助を呼び寄せるために利用した。「悪魔が来りて笛を吹く」では、椿家に住む事件関係者たちが偽電報に呼び出された。「悪霊島」では、金田一耕助が捜査の任を解かれた磯川警部を呼び戻すために電報が使用された。横溝正史自身、江戸川乱歩名義で「トモカクスグコイ」という電報を受け取り上京し、そのまま家業の薬局を放り出して東京で編集者として働くことになったエピソードが知られている。

郵便局に電話をかけて口頭で文案を伝える

「トモカクスグコイ」じゃなくて……

磯川警部に打つ電報の内容を考えている金田一耕助

電話帳【でんわちょう】

NTT（1985年までは日本電信電話公社）が発行する、電話番号が載った名簿。日本で電話帳が職業別と人名別（50音別）に分かれたのは1951年のことだ。1983年には一般公募で前者を「タウンページ」、後者を「ハローページ」と改称。電話以外の通信手段の発達や個人情報保護の観点から電話帳の需要は次第に減り、ハローページは2021年10月以降に発行されるものが最終版となることが決まった。しかし、昭和の電話帳は個人、法人の別なく必須の情報源で、それゆえに分厚く、重かった。「雌蛭」の金田一も、聚楽荘アパートの住人に電話をかけるため電話帳を小卓の下から取り出そうとするとき「やっこらさ」と気合を入れなければならないほどだった。

トイレ【といれ】

古今東西星の数ほどミステリは書かれ、数知れないほどの名探偵が生まれてきたが、金田一耕助ほど用をたす描写が多い名探偵は珍しい。「夜歩く」と「人面瘡」では、トイレで用をたしているときに窓から不審な女性を目撃する。「悪魔の百唇譜」では、事件を報じる新聞記事をトイレで読んでいる。ち

なみに緑ヶ丘荘のそのトイレは、「悪魔の降誕祭」で依頼人が殺されていた殺人現場である。「夜歩く」では依頼人の家に行く道すがら立ち小便をしているが、これも名探偵としては前代未聞の行動である。

東京文芸社【とうきょうぶんげいしゃ】

出版社。戦後、貸本向けの大衆小説を発行。1954年以来、判型を変えながら常に横溝作品を刊行し続け、横溝の休筆時代を支えた。横溝は同社に、雑誌掲載作品を改稿の上提供することが多く、昭和30年代以降の金田一作品の定本は東京文芸社から集中的に刊行されている。1975年には書き下ろし長編『迷路荘の惨劇』を同社から刊行。社長角谷奈良雄の弟、角谷徳男も浪速書房という出版社で雑誌『推理界』を発行していたが、後にチャンスコミック社を創業し、掛布しげをらの横溝コミックを掲載した。

峠【とうげ】

山道を登り切って下りにさしかかる場所。峠は隣接する集落との境界線であり、異界と通じる場所とされてきた。「悪魔の手毬唄」では、お盆の時期の逢魔が刻に仙人峠に金田一耕助と謎の老婆がすれ違い、これで何か起きなければ逆におかしい雰囲気を演出している。

渡り廊下にトイレがずらりと並ぶ 風間欣吾郎 in 悪魔の寵児

トイレだらけの間取りよりも他に気になっていることがある 東都日報・水上三太

戦後来の怪物・風間欣吾（風間俊六とは知り合い）

峠の老婆 と探偵♪

おりんでごさりやす……

東西ミステリーベスト100
【とうざいみすてりーべすとひゃく】

1985年に『週刊文春』が企画した推理小説のオールタイムベスト。推理作家や推理小説愛好者ら約500名がアンケートに回答し、結果は『週刊文春』1985年8月29日号および9月5日号に発表された。また、文藝春秋編『東西ミステリーベスト100』として文春文庫より1986年12月に刊行された。2012年にも同様の投票が行われ、投票結果は、1985年版、2012年版ともに1位は『獄門島』だったほか、横溝作品はどちらの版にも計5作がランクインしている。ちなみに海外編の1985年版1位はエラリー・クイーン『Yの悲劇』、2012年版1位はアガサ・クリスティ『そして誰もいなくなった』だった。

同姓同名 【どうせいどうめい】

横溝正史はネーミングの好みに偏りがあるらしく、同じような役回りの人物に似た名前を付けるケースが多い。「生ける死仮面」にて彫刻家のアトリエで恐ろしい発見をした巡査の名前は山下敬三。同姓同名の巡査が「瞳の中の女」にも登場している。別項で解説した陳隆芳(P.115参照)も同姓同名キャラクター。「七つの仮面」に登場する山内りん子もその一人で、原形作品でも何でもない「裏切る時計」にも山内りん子が登場する。「仮面舞踏会」の田代信吉も「びっくり箱殺人事件」の登場人物と同名である。また実在の人物と偶然同名になる場合もあり、「病院坂の首縊りの家」には著名な日本画家と同名の加山又造が運転手として登場。「睡れる花嫁」には水木加奈子の養女しげるがおり、フルネームが実在した漫画家と同姓同名となる。また金田一シリーズではないが、少年探偵の御子柴進も実在の野球選手に同名が存在する。

徳永フランク 【とくながふらんく】
(1888〜1967)

映画監督。俳優。大正年間にブロードウェイやハリウッドで俳優、通訳として活動した。大正末年に帰国後は映画監督、脚本、俳優と多方面で活躍。戦後は日本に住みながら散発的にハリウッド映画などにも出演した。成城に住んでいた頃に横溝正史と交流があり、「女の決闘」の登場人物ジャック安永のモデルになったと思われる。作中の安永は『九月十三日の朝の料理屋』という映画に出演のため渡米するが、その頃徳永は『八月十五夜の茶屋』という沖縄を舞台にしたアメリカ映画に出演している。また野本瑠美(P.135参照)の回想によれば「上海氏の蒐集品」主人公の上海太郎は徳永をモデルとしているという。

刀自 【とじ】

年配の女性に対する古風な尊称。横溝作品では主に女家主につける場合が多い。糸子刀自(本陣殺人事件)、槙刀自(車井戸はなぜ軋る)、五百子刀自(悪魔の手毬唄)、篤子刀自(仮面舞踏会)、お糸刀自(迷路荘の惨劇)など。

五百子刀自の卵とじ

うぅちのうぅらのせんざいにー♪

それはいいが、金田一先生、あなたそれで税金をおさめていらっしゃるんですか

本庁の古狸
等々力大志警部

土曜ワイド劇場【どようわいどげきじょう】

1977年〜2017年に放送されたドラマ番組。一話完結型長時間ミステリ・ドラマの先駆け的存在である。横溝ドラマでは愛川欽也、小野寺昭の金田一耕助ものや『鬼火』『蝶々殺人事件』などを放送。1997年〜2004年に放送されたオープニングは、佐藤嗣麻子が監督をつとめ横溝・乱歩の世界観をモチーフとしたものとなっており、金田一耕助を彷彿とさせる袴姿の男性が走ってくる場面が挿入されていた。

た

等々力警部【とどろきけいぶ】

警視庁捜査一課の警部。金田一耕助とはともに協力しあう仲。「病院坂の首縊りの家」第二部ではじめて「大志」という名前だったことが明かされた。身長は170cmを越える大柄、ひげは生やしていない。捜査中はほぼ制服を着用しているため、私用や内偵調査の際には、あえて「目立たぬよう平服」を着ていると描写されている。性格は温厚で、部下や所轄の警官にも慕われている。松井須磨子の「サロメ」を見たことがあると発言しており、それが本当なら須磨子が没した大正8(1919)年頃にはすでにものごころがついている計算になる。戦前の由利先生や三津木俊助とともに活躍した等々力警部と同名だが、同一人物か別人かは定かではない。両者とも小鬢を掻く癖が共通している一方で、金田一耕助シリーズに登場する等々力警部は「蝶々殺人事件」で用いられたトリックに思い至らないなど、どちらともとれる描写が混在している。

豊川悦司【とよかわえつじ】

(1962〜)

俳優。映画『八つ墓村』(1996)で金田一耕助を演じる。製作発表の記者会見で「黄金バットの肩に乗っているコウモリのように不思議だけどかわいい金田一を演じたい」と発言、日本アカデミー賞授賞式にも金田一の衣装で出席するなど役への意欲を見せた。豊川の金田一は市川崑監督ならではの天使のような存在で、人あたりはよいが本心をオブラートに包み、謎を秘めていた。

豊川悦司

トランプ台 【とらんぷだい】

一般にはカードテーブル、ゲームテーブルなどと呼ばれる小型のテーブル。18世紀前期にヨーロッパで流行した。半円形、長方形、正方形など形は様々。台上でカードや牌を頻繁に出し入れするため、天板に革や布を張っているものもある。生首をのせる台としては広すぎずせますぎず、手ごろ。

『TRICK』 【とりっく】

2000年7月より放送開始されたテレビ朝日系列のドラマ・シリーズ。またはその劇場版。自称天才マジシャンと物理学教授のコンビが不可解な事件の謎を解くミステリだが、コメディやパロディが満載で、とくに金田一愛を感じるネタをふんだんに潜り込ませている(主人公・山田奈緒子の母・里見の生まれ故郷は「黒門島」。刑事の矢部は短絡的に「よし、わかった!」と叫ぶ。第2シリーズのepisode 1は「六ッ墓村」、新作スペシャルには逆さ死体や酒樽が出てくる、等々)。多くのドラマ版とすべての映画版を演出しているのは『金田一少年の事件簿』監督でも知られる堤幸彦。

「取るに足らぬ男です」 【とるにたらぬおとこです】

ある事件で名前を問われた金田一耕助が、続けて付け加えたことば。わざわざ取り上げるほどの価値はないと謙遜している。高倉健が言う「不器用ですから」のようなもので、実際は取るに足る男であることはご存じのとおり。(→「きみはぼくが金田一耕助ということを忘れたのかね」参照)

泥棒 【どろぼう】

「支那扇の女」「スペードの女王」には、成城や緑ヶ丘といった高級住宅街を立て続けに狙う泥棒の存在が書かれている。どちらも手口は似通っており、広い屋敷の敷地内に潜んで、夜が明けるのを待って立ち去るため警察に捕まらないという。昭和36(1961)年9月20日未明、成城の横溝正史宅に泥棒が侵入し、現金を盗んでいった事件があった。泥棒は冷蔵庫を物色してなんとマーガリンをつまみに缶ビールを空け、逃げ際に次女の瑠美と鉢合わせしたという。

ドン・キホーテ 【どんきほーて】

スペインの作家セルバンテスが書いた小説『才智あふるる郷士ドン・キホーテ・デ・ラ・マンチャ』(会田由訳)の通称またはその主人公。騎士道小説を耽読しているうちに妄想にとらわれたアロンソ・キハーノが、この世の不正を正すべく自ら名乗った遍歴の騎士の名がこれだった。無謀にも単身で巨大な不正に挑みかかる道化的なキャラクターというのが、古典的なドン・キホーテの解釈である。金田一耕助をはじめ様々な登場人物がドン・キホーテを自称し、またたとえられるが、場の空気を読まずに道化の役割を演じる点で同じニュアンスと思われる。

私の名は金田一耕助、取るに足らぬ男です。

木コレクション
魚庵 各国版金田一耕助本 **Ⅱ** ……東アジア編

アジアで90年代から2000年代にかけて金田一シリーズの翻訳が相次いだのに
は、コミックとアニメで『金田一少年の事件簿』がヒットしたことにより、
その元ネタである横溝作品に関心を寄せる人が増えたという事情もあった。
ここでは、韓国、中国、台湾の各版を紹介しよう。いずれも日本と地理的あ
るいは文化的に近い地域だが、それぞれに解釈の違いが想像できて面白い。

韓国 版

『獄門島』
2005年

『八つ墓村』
2006年

『三つ首塔』
2010年

『本陣殺人事件』
2011年

中国 版

『八つ墓村』
1999年

『犬神家の一族』
2000年

『迷路荘の惨劇』
2000年

『悪霊島』
2002年

台湾 版

『夜歩く』
1977年

『獄門島』
1991年

『本陣殺人事件』
1997年

『獄門島』
2006年

ナイト・クラブ 【ないとくらぶ】

夜間に営業する高級飲食店。ダンスやショーなどを楽しむ社交場。キャバレーと異なるのは、男女同伴を建前としていたこと。金田一耕助シリーズでは多門修が用心棒をつとめていた赤坂の「K・K・K」が有名だが、地方を除けばナイト・クラブはなぜか赤坂に集中している。「X・Y・Z」（スペードの女王）、「赤い風車」、「スウィート・ハート」（扉の影の女）、「紅雀」（悪魔の百唇譜）、「ポン・ヌフ」（白と黒）、「ローズマリー」（蝙蝠男）など、すべて赤坂にある設定である。

ナイフ 【ないふ】

金田一耕助は懐にナイフを忍ばせていることがある。「死仮面」では懐から大きな海軍ナイフを取り出している。海軍ナイフとは、折り畳み式で刃先がとがっておらず直角になっているナイフ。帝国海軍が採用していたのでそう呼ばれているが、一般にも普及していた。「女王蜂」では、錐がついた小さなナイフ（アーミーナイフのようなものか）を薬口に入れ持ち歩いていた。その一方で「蜃気楼島の情熱」では持ち合わせがなかったのか、同行の久保銀造からナイフを借りている。また「大迷宮」でもどこからかナイフを取り出し窓のカギをこじ開けている。

中井貴一 【なかいきいち】

（1961〜）

俳優。ドラマ『犬神家の一族』(1990)でキャスケット帽をかぶり蝶ネクタイにダブルのスーツ、丸メガネと斬新なスタイルの金田一耕助を演じる。中井の金田一は「本陣殺人事件」「黒猫殺人事件」を解決した名探偵だが、近所の子どもたちとかくれんぼに興じるなど心優しい性格で、そのせいかどうか事件の依頼はまったくない。秘書の池田明子には頭が上がらない。

海軍ナイフ

広げると
全長30〜40cmほど

ナイフは
木箱を開けたり
窓の鍵をこじ開ける
ときなどに活用

武器として使
うことは、あんまり
ない……かな

中尾彬 【なかおあきら】

（1942〜）

俳優。映画『本陣殺人事件』(1975)で金田一耕助を演じた。製作費が低く抑えられていたため、時代を公開当時の昭和50年に設定し、金田一もジーンズをはいたヒッピー姿だったが、横溝正史は本作をたいへん気に入り、中尾についても「非常にさわやかな感じのする人」とベタ褒めしている。1981年には『本陣殺人事件』と同じ高林陽一監督作品『蔵の中』に主演。同時上映の『悪霊島』にも出演していたが、こちらも『本陣』の頃のさわやかさからは見違えるほど

こってりとした役柄だった。その後は悪役を演じる機会が増え、『金田一耕助の傑作推理 薔薇王』『同 迷路の花嫁』では事件の発端となる真のワルを演じている。

中尾彬

長尾文子【ながおふみこ】

漫画家。2001年から2006年にかけコミック誌『サスペリアミステリー』(秋田書店)で金田一耕助シリーズを相次いでコミカライズした。そのラインナップは『睡れる花嫁』『迷路荘の怪人』(原形作品)『不死蝶』『犬神家の一族』『本陣殺人事件』『獄門島』『悪魔の手毬唄』『八つ墓村』『鴉』。どれも原作を忠実に再現しており、安定感がある。同誌で金田一耕助シリーズの長編作品を連載で発表したのは長尾のみである。長尾の描く金田一は、眼光鋭くクールな顔立ちで、立ち姿なども耽美で美しく、ときおり見せるとぼけた表情とのギャップが魅力である。

長尾文子作画『犬神家の一族』(秋田書店)

中島河太郎【なかじまかわたろう】

(1917〜1999)

ミステリ評論家。国文学者。『真説金田一耕助』「屍をかぞえる人びと」によれば、様々な媒体から請われるままに執筆していた横溝は、旧作の管理にまで気を配る余裕がなかったため、横溝ブームが到来し古い作品まで次々と文庫化された際には「そういう探偵小説の旧作を丹念に蒐集し、保存している」中島に頼むことが多かったという。角川文庫『七つの仮面』も、雑誌発表以来単行本に未収録だった、忘れられた金田一作品を中島が集めてできた短編集である。角川文庫から刊行された90冊以上の横溝作品のうち、57冊に解説を寄せている。また金田一耕助の事件簿を年代順に整理し、発表した。掲載誌の一部が見つからなかった「死仮面」では、欠落部分をあらすじをもとに補筆、刊行にこぎつけた(『死仮面』は後に完全版が春陽文庫から刊行された)。

中島河太郎

長瀬智也【ながせともや】

(1978〜)

歌手。俳優。オリジナルドラマ『明智小五郎VS金田一耕助』(2005)で金田一耕助を演じる。やたら強く鼻をすするのと、下駄の歯を合わせて持ち、その隙間から真実をのぞき込むようなしぐさがクセ。松岡昌宏演じる明智小五郎に疎まれながらも、警視庁内の権力闘争にかかわる連続殺人事件の謎を共に追う。

な

長門勇 【ながといさむ】

(1932～2013)

俳優。コメディアン。ドラマ『横溝正史シリーズ』で金田一耕助の相棒となる日和警部を演じる。岡山県倉敷市の出身で、芝居のセリフも岡山弁を交えて話す芸風で有名。コメディ番組『スチャラカ社員』でのセリフ「おえりゃあせんのう」が流行語となった。岡山県を舞台にした事件が多い金田一シリーズのドラマ化への起用は必然だったといえよう。コミカルな芝居から切れ者の警部の凄みまで演じ分ける振り幅の大きさが、役をいっそう魅力的なものにした。テレビドラマに先駆け、ラジオドラマ『悪魔の手毬唄』(1976) で磯川警部を演じている。

中村進治郎 【なかむらしんじろう】

(1907～1934)

文士。雑誌『新青年』にファッション記事を連載。雑誌編集を行ったり挿絵も描くなど多才だった。昭和7 (1932) 年、ムーラン・ルージュ新宿座の歌手高輪芳子と心中事件を起こし高輪は死亡、中村は蘇生した。心中に先がけ関係者に送った挨拶状が「それでは行ってまいります」と簡素な文面だったため、受け取った横溝正史は旅行でもするのかと誤解した。この手紙は「悪魔の寵児」冒頭に登場する怪しい挨拶状のモデルとなった。貴公子のようないい男で、親しくなった女性に面倒を見てもらうジゴロのような生活をしていたという。『真珠郎』に登場する美少年真珠郎は中村がモデルとの説もある。また「百日紅の下にて」の川地謙三は横浜生まれで女性にかけては凄腕という経歴だが、キャラクター造形に中村の影響を受けているとみられる。

ナショナル懐中電燈

【なしょなるかいちゅうでんとう】

「八つ墓村」で田治見要蔵が発狂して村人を

プンラルナヨシナ　昭和2年

買って安心、使って徳用

新聞広告のキャッチコピーでした

自轉車手提兼用

光力強大　電池持久

襲撃した際、胸から提げていたとする角型ランプ。要蔵の32人殺しが大正年間 (推定大正12年) だったのに対し、ナショナルが角型懐中電燈を売り出したのは昭和2 (1927) 年のことであり、時代が合わない。要蔵の服装は「津山事件」(P.116参照) の犯人の姿を模しているが、昭和13 (1938) 年に起きた事件を15年も前倒ししたために起きた食い違いである。

那須 【なす】

「犬神家の一族」の舞台となった架空の町。横溝が結核の療養生活を送った長野県諏訪市をモデルとし、登場する地名もそれぞれ那須湖は諏訪湖、那須神社は諏訪大社、豊畑村は豊田村 (現諏訪市豊田)、雪ヶ峰は霧ヶ峰と実在するものを言い換えている。

夏目漱石 【なつめそうせき】

(1867～1916)

小説家。横溝正史は登場人物の名前を漱石作品から借りるケースがまま見受けられる。例として三四郎 (三四郎→真珠郎、蔵の中)、野々宮 (三四郎→犬神家の一族)、美禰子 (三四郎→悪魔が来て笛を吹く)、常次郎 (それから→磯川警部の名前)、代助 (それから→鬼火) など。横溝は影響を受けた作家に漱石の名をあげたことはないが、それ以上に深く傾倒している様

な

子がわかる。(→『草枕』参照)

七つ墓村 【ななつはかむら】

『八つ墓村』構想時の仮題。『新青年』編集長だった高森栄次によれば、横溝正史は同誌に連載する作品の題名を『七つ墓村』にしようと考えていたが、「ナナツバカムラ」と読まれてしまうことを危惧して『八つ墓村』に変更したという。当時、岡山県には八束村という村があり、横溝はその地名にヒントを得て『八つ墓村』を書いたという憶測がインターネットを中心に流れているが、そもそも横溝が八束村に言及した典拠は存在せず、発想の経緯も前述のとおりなので、真実味は薄い。

生首半斬り擬装心中事件
【なまくびはんぎりぎそうしんじゅうじけん】

「貸しボート十三号」で発見された男女の死体があまりにも異常な状況だったため、金田一耕助と等々力警部が当惑気味に名付けた事件名。結局、死体の首を半斬りにし、心中に擬装した理由が本作を貫く最大の謎となる。

「ナナツバカムラ」……確かに語感はよろしくないわなぁ——。

七つ墓村考

だけど先生、被害者の人数が八の倍数から七になって減るのはいいと思いますけどね。

いや ダメ だろ。32人のインパクトは重要だぜ〜。

ひと晩であの人数はキツいぞな

な

といった会話があったという記録は存在しません。

生首風鈴 【なまくびふうりん】

「病院坂の首縊りの家」で、風鈴に見立てて生首が吊り下げられた事件。またその状態。作中では昭和28年の時点では地の文に2度しか登場しないが、昭和48年に時代が移ると、この呼び方がすっかり定着して登場人物のセリフにまで出てくる。

「生卵」 【なまたまご】

映画『犬神家の一族』(1976／2006) 中の金田一耕助のセリフ。那須ホテルで食事をとりながら犬神家の家系図作りに没頭する金田一が、「どれがいちばんおいしかった？」と女中のおはるに問いかけられ、たとえ上の空でもいちばん選んではならないメニューを答えてしまう。石坂浩二演じる金田一は、ほかにも「食べなさい、食べなさい」(P.112参照) や「紅茶いただけませんか」などご空気を読まないフレーズを連発するが、中でも金田一の性格が端的に表されている屈指の名シーンである。

生首半斬り事件ですかね

生首半斬り心中事件はどうです？

だけど警部さん、これ心中でしょうかね？

それじゃ生首半斬り擬装心中事件ですか

ガッ シーン ガッ

現場はツライよ

『楢山節考』【ならやまぶしこう】

深沢七郎が昭和31(1956)年に発表した、姥捨伝説がテーマの小説。かねてより童謡殺人に使えるような歌を探していた横溝は、「楢山節」をはじめ作中に登場する歌が深沢自身の作詞作曲であることを知り、ふさわしい歌がなければ自分で作ればよいとのひらめきを得、「悪魔の手毬唄」執筆に結びついた。「悪魔の降誕祭」で関口たまきの伯母梅子が、クリスマスパーティーに参加せず部屋で読んでいたのが『楢山節考』だった。また横溝が自身の健康状態に不安を覚える内容の随筆に「贋作楢山節考」と名付け、その中で金田一耕助の年齢を「私より十一歳年少」と明かしている。

なんでも見てやろう族
【なんでもみてやろうぞく】

「悪霊島」で金田一耕助と磯川警部が鷲羽山で出会った三津木五郎のことを、彼のシャツに書かれた文字「I WIILL SEE EVERYTHING ONCE」から「いちどはなんでも見てやろう族」と渾名した。作家で政治運動家の小田実が、昭和36(1961)年に帰りの航空券だけを手に1日1ドルの貧乏旅行でアジア、ヨーロッパを巡った体験記『何でも見てやろう』を出版、若者に絶大な支持を得た。書名は流行語となり、三津木五郎もその影響を受けた一人だったようだ。

新見市【にいみし】

岡山県の北西部に位置する市。八つ墓村は新見の近くに存在している設定で、名産の千屋牛などを共有する。満奇洞、井倉洞など多くの鍾乳洞があり、「八つ墓村」を映像化する際には新見市でロケ撮影を行うことが多い。市の広報活動として新見市移住を促進するPR動画『牛神家の一族』(2018)、『新見に来りてピオーネをつくる』(2019)を公開。タイトルの通り全編横溝映画のパロディでストーリーが展開する。

二号【にごう】

妾。住む家から生活費まで面倒を見、法的には妻ではないが妻のような関係の相手。正妻を一号と数えて二号、三号と称した。金田一耕助によれば風間俊六には多くの愛人がおり、寄食している「松月」のおかみだって二号だか、三号だか、四号だか、五号だかわかったものじゃないとのこと。

西浅草黒猫亭【にしあさくさくろねこてい】

東京都台東区西浅草にあるカフェ&バー。店名は「黒猫亭事件」に登場するバーの名前から。昭和モダンをコンセプトに店内の装飾を統一。パティシエールの店主が作るスイーツと、甘いものに合う日本酒のマリアージュが楽しめる。店内には角川文庫や横溝正史の珍しい本がずらりと並び、横溝作品にちなんだメニューを加えるなどの工夫がされている。また横溝作品の朗読イベントや読書会を行うなど全国の横溝ファンにとって憩いの場として定着しつつある。

にしおかすみこ【にしおかすみこ】
(1974〜)

芸人。平成19(2007)年にSM女王風ボンデージコスチュームで自虐ネタを行う漫談でブレイクした。ダンスで鍛えた体幹を生かし、三点倒立の姿勢から両脚を水平近くま

で広げ、「犬神家！」と叫ぶギャグが有名。

西岡善信【にしおかよしのぶ】

(1922〜2019)

美術監督・プロデューサー。制作プロダクション映像京都代表。映画『本陣殺人事件』(1975)、『横溝正史シリーズ』(1977・1978)などの美術を手がけた。『本陣殺人事件』では、低予算にもかかわらず本陣一柳家にふさわしい堂々たる旧家で撮影が行われたが、実は奈良にある西岡の実家だった。一方で『横溝正史シリーズ 本陣殺人事件』では、事件現場となる雪に覆われた一柳家のはなれと中庭をセットで再現し、映画ではかなわなかった雪の密室の全景を俯瞰で映し出した。

虹子【にじこ】

「女怪」の登場人物。金田一耕助が激しい恋に落ちた女性。銀座裏の酒場「虹子の店」のマダムで、その前身は軍需成金持田恭平の未亡人である。奇術師の松旭斎天勝に似ており、華奢でなよなよとして、どこか頼りなげな眼つきをしているが、その下に強靭な意志と情熱をつつんでいる女性と描写されている。物語の中盤で金田一は虹子が夫の持田の死に関与していると確信するが、それでもなお虹子を「許すことが出来る」と断言する金田一に、語り手である成城の先生は不安を覚える。昭和50年代のブーム

耕助の想い人
虹子

当時、横溝正史は虹子を女優に例えるなら若い頃の新珠三千代と回答しているが、「女怪」は新珠の映画デビュー以前の作品であり、新珠が虹子のモデルという意味ではない。(→"松旭斎天勝"参照)

西田敏行【にしだとしゆき】

(1947〜)

俳優。映画『悪魔が来りて笛を吹く』(1979)で金田一耕助を演じる。その風体は歴代金田一の中でもトップクラスのだらしなさである。また事件関係者に感情移入するあまり、重要人物が書き残した文字を勝手に消したり、犯人の心情を思い優しい嘘をつくなど、かなりの人情家。風間俊六の庇護のもと、割烹旅館「松月」の離れ座敷に居候しているのは原作の設定を踏襲している。

西田敏行

西村賢太【にしむらけんた】

(1967〜)

作家。『苦役列車』で第144回芥川賞受賞。横溝正史の大ファンであることを公言し、日記エッセイ『一私小説書きの日乗』シリーズでは創作の合間に金田一耕助ドラマのDVDを鑑賞したり金田一耕助フィギュアで遊ぶ様子を描いている。また自著『どうで死ぬ身の一踊り』『二度はゆけぬ町の地図』の文庫版で表紙イラストに杉本一文(P.100参照)を起用している。

二重瞳孔 【にじゅうどうこう】

ひとつの眼球に二つの瞳孔がある症例。多瞳孔症。「車井戸はなぜ軋る」では、本位田家の当主大三郎と秋月家に生まれた伍一がともに二重瞳孔だったため、実の親子であることが露見した。二重瞳孔は貴人に表れる吉相として尊ばれる伝承があり、作中でも本位田大三郎の誕生時に喜ばれたとある。

瞳孔がふたつ以上ある瞳

ちょうど重瞳とも言います

二重回し 【にじゅうまわし】

金田一耕助が愛用している外套。トンビとも。「黒猫亭事件」から「病院坂の首縊りの家」までほぼ全年代の事件に登場する。秋口から春先にかけ夏以外ほとんどの季節で着用している。「悪霊島」は7月の事件だが、寒冷所の鍾乳洞を探検する際に二重回しを着用している。つまり夏でも旅先に持ち歩いているのだ。映画やドラマでは黒い二重回しをマントのようにはためかせているが、原作の二重回しは「鼠色」(迷路荘の惨劇、病院

二重回し

合いの二重回しは春・秋に

ケープの背中がコートと一体化しているタイプもあります

坂の首縊りの家)。くわしくは巻末の綴込み付録を参照のこと。

二松學舍大学 【にしょうがくしゃだいがく】

東京都千代田区一番町に本部を置く私立大学。横溝正史旧宅から発見された約2600点の資料及び約4000冊の蔵書なぢ、いわゆる「横溝正史旧蔵資料」を平成19(2007)年に購入、文学部の江藤茂博、山口直孝両教授と横溝正史研究家の浜田知明を中心に研究が進められた。未発表作品「霧の夜の出来事」の発見や家庭小説『雪割草』の発掘、「首」「香水心中」の長編改稿版の発表、作品構想の過程の解明なぢの成果がみられ、横溝正史研究の促進に多大な貢献をした。(→"横溝正史旧蔵資料"参照)

日記 【にっき】

現在はブログやSNSなぢにとってかわられた感があるが、WEBに公開する文章と異なり、日記は人に見せないことを前提とした個人の記録である。記録者の本心や人には言えない秘密が赤裸々に書かれているため、ミステリではトリックや小道具としてよく用いられる。「本陣殺人事件」「八つ墓村」「悪魔が来りて笛を吹く」「夜の黒豹」なぢで日記が重要な役割を果たした。「犬神家の一族」や「悪霊島」には金田一耕助が日記をつける場面もある。(→"桜日記"参照)

『日本沈没』 【にっぽんちんぼつ】

小松左京原作のSF小説を原作として2006年に製作された映画。急激な地殻変動により日本列島が「沈没」する危機に直面するパニックを描く。劇中、加藤武(山城教授役)が石坂浩二(山本総理大臣役)と豊川悦司(田所博士役)を向こうに回して丁々発止のやりとりを行うシーンがあるが、監督の樋口真嗣は、警部役の加藤と新旧の金田一耕助が対峙する構図を意識したと語っている。

な

似ている人【にているひと】

横溝正史は読者に登場人物のイメージがつかみやすいよう、同時代の有名人に似ていると引き合いに出すことがある。「女王蜂」の加納弁護士は「白頭宰相」こと原敬元首相を思わせる風貌をしていた。同様に大道寺欣造は「近衛公」、すなわち近衛文麿元首相に似た端麗な容貌だった。「悪魔の手毬唄」の本多医院の大先生は白髪姿が横山大観に似ているとあり、大空ゆかりはストレートに京マチ子に似ていると書かれている。また現在の改稿版では削除されているが、「白と黒」(初稿版)では、焼けたタールをかけられ顔がわからなくなった被害者、片桐恒子の似顔絵を高峰三枝子に似たグレーシャスな感じと表現している。

日本刀【にほんとう】

日本固有の製法で作られた刀。「本陣殺人事件」「夜歩く」「八つ墓村」「犬神家の一族」「迷路荘の惨劇」など地方の素封家の屋敷にはだいたい日本刀が転がっていた。「本陣殺人事件」で凶行に用いられた日本刀は貞宗、「夜歩く」では村正が用いられた。「犬神家の一族」の日本刀の銘は不明だが、犬神佐兵衛の趣味で「かなりたくさん」集められていたという。

『人形佐七捕物帳』
【にんぎょうさしちとりものちょう】

横溝正史が昭和13(1938)年から晩年にかけて書き継いだ捕物帳。神田お玉が池に住む岡っ引き、ひと呼んで人形佐七が難事件に挑む。横溝の改稿癖は時代や主人公を超えて行われ、時代小説である人形佐七ものから現代を舞台にした金田一耕助ものへと改稿した作品も数多い。例をあげれば「遠眼鏡の殿様」→「猟奇の始末書」、「銀の簪」→「扉の影の女」、「当たり矢」→「毒の矢」など。また逆に「黒蘭姫」→「万引き娘」

のように、金田一ものから佐七ものへと改稿された作品もある。全180編を収録した『完本 人形佐七捕物帳』(全10巻 春陽堂書店)が刊行中である。

「鵺の鳴く夜は恐ろしい…。」
【ぬえのなくよはおそろしい】

映画『悪霊島』(1981)公開時のキャッチコピー。原作の冒頭に登場するダイイングメッセージ「鵺の鳴く夜に気をつけろ」をアレンジしている。鵺とは『平家物語』に登場する怪物のことではなく、その名のもとになったトラツグミのこと。本作でもトラツグミの鳴き声が事件のカギとなっている。

抜け穴【ぬけあな】

部屋の一部に隠し扉などがあり、外部に通じる経路が敷かれていること。戦時の防空壕の名残だったり、他者からの襲撃を避けるために作られることが多い。「八つ墓村」「迷路荘の惨劇」「悪魔の寵児」「悪霊島」、そしてジュヴナイルなど金田一耕助シリーズには抜け穴が登場する作品もあるが、さすがに密室なのに抜け穴があったなどとアンフェアな使われ方はされていない。「迷路荘の惨劇」では、長年メンテナンスが施されていない抜け穴での追走劇が、物語の山場の一つとなっている。

猫【ねこ】

金田一耕助シリーズには「猫」がついたタイトルが「黒猫亭事件」、「暗闇の中の猫」「猫館」と３作品あり、いずれも"猫"が重要な役割を果たしている（ただし「暗闇の中の猫」に動物の猫は登場しない）。ほかにも「本陣殺人事件」「獄門島」「迷路の花嫁」に猫が登場する。ほとんどの作品で猫はトリックに利用され、殺され、凄惨な殺人現場に放たれる。作家の井上雅彦は、そんな猫たちの恨みを晴らすかのように、猫が登場する金田一耕助作品をリミックスしたホラー・ショート「黒猫キネマ」を発表している。

猫じゃ猫じゃとおっしゃいますが

『猫田一金五郎の冒険』
【ねこだいちきんごろうのぼうけん】

とり・みきが2003年に刊行した探偵パロディコミック。名探偵猫田一金五郎が助手の小咄少年や宮入警部らとともに、宿敵怪人二〇〇一面相の挑戦や「犬家の一族」「美容院坂の罪つくりの馬」「百八つ墓村」などの難事件に挑む！　猫田一探偵は外見は明智小五郎のようなダンディな風貌だが、登場時にはアップで金田一耕助風の帽子をかぶっているように見せかけ、実は金魚鉢のふちだったり真珠貝の殻だったり女子高生のスカートのひだだったりというギャグを繰り返す。

とり・みき著『猫田一金五郎の冒険』（講談社）

鼠【ねずみ】

金田一耕助シリーズでは、犬や猫に比べると鼠の出番はそれほど多くないが、その分インパクトの強い登場の仕方をしている。「迷路荘の惨劇」では名琅荘から続く抜け穴に多数の鼠が生息しており、事件に凄絶な展開をもたらす。「首」では鼠が悪さをして、大切な手紙を人目につかない鼠穴に引き込んだ。なお、金田一耕助が着用している二重回しは「鼠色」である。

農地改革【のうちかいかく】

戦後、GHQの指令により行われた農地制度改革。不在地主が所有している小作地を政府が買い取り、小作人に売り渡す制度。財閥解体と共に戦後の二大改革に数えられる。昭和20年に政府主導で第一次農地改革が実施されたが実効力が弱く、ザル法といわれた。昭和21年にGHQの勧告を受け第二次農地改革が行われ、総小作地の約80％が耕

作農民に渡った。横溝正史は疎開中の体感として昭和22年頃から農地改革の効果が表れ、村が活気づいたとしている。一柳家や由良家など名だたる地主が農地改革で没落した。「蝙蝠と蛞蝓」の山名紅吉の実家も地主だったが「財産税と農地改革」で二重にいためつけられ、下宿代もままならないほどに困窮した。

脳天から鉄串【のうてんからてつぐし】

金田一耕助シリーズ中、非常に衝撃を受けた人物がその様子を形容するとき、頻繁に登場する表現。その度合いによりバリエーションが豊富である。「脳天から大きな楔をうちこまれたような」、「脳天から真っ赤に焼けた焼き串でもたたきこまれたような」、「重い棍棒で脳天をぶん殴られたような」、「脳天から錐でも揉みこまれるような恐怖」、「真っ赤に焼けただれた鉄串」、「鉛の楔」、「太い楔」、「鋭い楔」、「ぐわんと一撃」、等々。中でも最大の表現は「堕ちたる天女」の「等々力警部はこのせまい第五調室のなかで、水爆が爆発したようなはげしいショックを感じた」であろう。

焼けた
コレが
ブスリと

うまい
ですぜ

野々宮珠世【ののみやたまよ】

「犬神家の一族」の登場人物。信州那須神社の神官の末裔で、早くに身寄りを亡くし犬神家に引き取られていた。金田一耕助シリ

ーズには美女が多く登場するが、中でも群を抜いて美しさを形容することばが書き連ねられている。「金田一耕助も、いままでそのような、美人にお眼にかかったことは一度もなかった」から始まり、「美人もここまでくるとかえって恐ろしい。戦慄的である」とまで賛美されている。一方で、感情を面に出すことをあまりせず、たびたび「スフィンクスのように」無表情を貫いていると描写されている。

ノベルティ【のべるてぃ】

広告・宣伝のため企業名や商品名を記して無料で配布する粗品。古くはマッチやボールペン、最近ではストラップやうちわなど実用消耗品が多く、また受け取った側も気軽に消費するため、後々レアアイテム化する。金田一耕助関連では映画や文庫の宣伝告知が多く、『八つ墓村』(1977)、『悪魔が来りて笛を吹く』『病院坂の首縊りの家』(1979)、『八つ墓村』(1996)などのノベルティグッズが確認されている。変わり種では田辺誠一がイメージキャラクターをつとめた証券会社のQUOカードや携帯ストラップといったノベルティもある。(次ページ"ノベルティになった金田一耕助"参照)

野本瑠美【のもとるみ】

(1939〜)

児童文学作家。横溝正史の次女として、父・正史の思い出を今の読者に語り継いでいる。末っ子の視点から語る家庭人としての横溝、孝子夫人の献身ぶり、成城での交友録などは、それまで孝子夫人や長男の亮一が語ってきた夫として、作家としての横溝正史像とはまた異なる横溝の新たな一面を知ることができ、貴重である。昭和40年代には『人形佐七捕物帳』など戦前戦中の作品を改稿しやすいよう雑誌から原稿用紙に書き写したり、横溝の最晩年には『悪霊島』や『上海氏の蒐集品』の原稿の清書を行っていた。

な

ブックカバー

映画『病院坂の首縊りの家』の公開を記念して作られた不織布製の文庫本カバー。主演の石坂浩二と市川崑監督が描いた金田一がデザインされている。

カバーの折り返し部分には宣伝用に映画公開日も明記されている。

〈金田一シリーズ〉これが最後だ！
病院坂の首縊りの家
公開記念1979年
5月26日 東宝

木魚庵コレクション

ノベルティになった金田一耕助

金田一作品は強烈な視覚イメージの宝庫。
ノベルティグッズにもその個性が活かされている。

ジョーカーが悪魔になっているところもポイント。

トランプ

映画『悪魔が来りて笛を吹く』(1979) の公開記念グッズ。トランプは任天堂製で、映画公開時の劇場でチケット購入者に進呈された。

入浴剤

フジテレビ系列『悪魔の手毬唄〜金田一耕助、ふたたび〜』(2019)の放送を記念して作られた。ドラマの冒頭に金田一の入浴シーンがあり、スーパー銭湯「おふろの王様」とのコラボ企画でもあることから入浴剤がチョイスされている。

カレンダー

映画『悪魔が来りて笛を吹く』(1979)の公開と合わせた、角川書店の横溝正史フェアの広告付きカレンダー。本屋の店頭などで無料配布された。

ポストカード

映画『犬神家の一族』(2006)の公開を記念して作られたポストカード。コンビニエンスストアの店頭などで無料配布された。

携帯ストラップ

2009年に登場した角川文庫のキャラクター「ハッケンくん」。この携帯ストラップは、2013年の角川文庫・夏フェアで対象本を買うと店頭でもらえた。湖面から足が突き出た「犬神家の一族」の有名なシーンを再現している。

箱マッチ

1977年に公開された映画『八つ墓村』と『幸福の黄色いハンカチ』(反対の面)の宣伝用マッチ。箱の側面に「松竹秋の超大作」とある。

パージ【ぱーじ】

一掃するという意味が転じて追放の意。昭和21 (1946) 年の公職追放令に基づいて戦時の指導者や戦争に協力した者が公共性のある職務から排除された。「湖泥」で村長の志賀は、前任者がパージされたことにより、その職を獲得した。

我らが横溝先生は、ご自身がパージに引っかかるのではないかと心配され、乱歩に問い合わせたほどでした。

君は絶対大丈夫!!

よかった

ハートのクイーン
【はーとのくいーん】

金田一耕助シリーズでトランプが登場する際、ハートのクイーンであることが多い。「毒の矢」「死神の矢」「悪魔の百唇譜」ではすべてハートのクイーンがクローズアップされている。「スペードの女王」はさすがにスペード柄が登場するが、原形作品のタイトルは「ハートのクイン」で、登場するトランプの柄も当然ハートのクイーンだった。

「はい、お土産」
【はいおみやげ】

「本陣殺人事件」で金田一耕助が

ある場所で入手した手がかりをハンカチに包み持ち歩いていたが、それを磯川警部に手渡す際に発したセリフ。その中身はとてもここでは書けないものだった。金田一がこの手がかりを見つけた場面に立ち会った久保銀造の心情が、「おそらくかれは何年生きていても、この時の驚きを忘れることは出来ないだろう」と書かれていることからも、どの程度非常識なお土産だったかは察しがつくというものであろう。

ハイヤー【はいやー】

タクシーの一種だが、一般的なタクシーが客を乗せたところから降車までを課金の対象としているのに対し、ハイヤーは、営業所を出庫してから客を降ろし、帰庫するまでが課金の対象となる。したがって、通常のタクシーよりも料金は高くなり、そのぶん黒塗りの高級な車両が使われていることが多い。また、社名表示灯 (行灯) や料金メーターが装備されていないのも特徴だ。「雌蛭」の導入部、依頼人から奇妙な依頼を受けた金田一は、人目につかぬよう変装し、な

すっかりなじみ

プップッ

12-34

都心の移動はもっぱらハイヤー(たまに電車)な金田一さん

じみのハイヤーを電話で呼んでその依頼人が指定したアパートへと向かう。なじみというだけあって金田一のハイヤー利用率は高く、「壺中美人」では、緑ケ丘荘から成城町の現場へとハイヤーで乗りつけ、しかもその途中に成城駅前で刑事を拾うことまでしている。

メイ探偵
金田一耕助を
留置場にぶちこんだ男

いや
そうは言いん
さるがな
警部さん

あんとき一番
怪しかったんは
金田一さん
じゃて

あっはっは

羽織【はおり】

原作の金田一耕助はよれよれの着物の上から羽織をはおっている。初登場の「本陣殺人事件」でも飛白の対の羽織と着物姿が挿絵に描かれており、夏場を除いてはほぼ羽織の記述がある。晩夏の事件である「女の決闘」では、珍しく白絣に夏袴の上に羽織を着ていたが、室内が蒸し暑いので脱ぎすてたとある。金田一の羽織姿が映画やドラマではあまり再現されないのは、初めて着物姿の金田一を演じた石坂浩二が羽織を着用していなかったので、そのイメージに引きずられているとも考えられる。また、羽織まで含めた和装はややフォーマルな印象があり、金田一の持つ飄々とした軽快さが表現しづらいのかもしれない。

歯型【はがた】

「吸血蛾」では怪人狼男が威嚇のため特殊な歯型でかじったリンゴが登場、「支那扇の女」ではチーズについた歯型が証拠物件として扱われる。モーリス・ルブラン『虎の牙』では、被害者が所持していたチョコレートや殺人現場に残されていたかじりかけのリンゴについた、まるで虎の牙のような乱杭歯の歯型が事件の謎を深めている。横溝正史はルブランに多大な影響を受けたと公言しており（→"モーリス・ルブラン"参照）、歯型のトリックも『虎の牙』になぞらえた演出であろう。

「バカ、バカ、清水さんのバカ」
【ばかばかしみずさんのばか】

「清水さん」とは、獄門島に駐在する清水巡査のこと。獄門島で殺人事件が発生した際、金田一耕助を容疑者と思い込み留置場に押し込んでしまう。そこで発した金田一のセリフがこれ。しかし、その間第二の殺人が発生したため、はからずも金田一にアリバイを提供したことになった。

バガボンド【ばがぼんど】

放浪者。「女の決闘」で金田一耕助がジャック安永のことをこう評した。夏目漱石『彼岸過迄』では「漂浪者」に対して「ヴァガボンド」とルビがふられている。

博労【ばくろう】

牛や馬の仲買商人。農家から牛・馬を買い取り、市で売りさばく職業。「八つ墓村」では井川丑松と吉蔵が博労を営んでいた。戦後の秩序の乱れから、得意先を取り合うなどの小競り合いがあったと書かれている。

は

箱根細工【はこねざいく】

神奈川県箱根の伝統的な寄木細工。寄木細工を用いた秘密箱のこともさす。秘密箱とは面を決まった手順でスライドさせて開く、パズル要素を持った箱。寄木の装飾は箱の仕掛け上生じる不自然な継ぎ目をカモフラージュする効果もある。「女王蜂」では、隠し部屋への入り口が箱根細工のような仕掛けになっていた。「仮面舞踏会」の笛小路篤子は箱根細工の箱を肌身離さず持ち歩いていた。横溝正史は秘密箱のからくりに興味があったらしく、「寄せ木細工の家」「建築家の死」など全体に箱根細工のからくりが施された家がテーマの作品も発表している。

箱根寄木細工

開かない

箱根細工の小箱。「秘密筥」とも呼ばれます。

は

橋本治【はしもとおさむ】

(1948〜2019)

小説家。長編『ふしぎとぼくらはなにをしたらよいかの殺人事件』(徳間書店)は、"昭和軽薄体"とも称される冗長で逸脱の多い文体で紡ぎあげたアンチ・ミステリ。中井英夫『虚無への供物』のパスティシュといった趣向のなか、『獄門島』をはじめとする金田一ものも数多く引用され、物語の構造を強固に支えている。

バスクリニック【ばすくりにっく】

「迷路荘の惨劇」で重要な役割を果たした入浴剤。円筒の罐に粉末の入浴剤が入っており、適量を風呂に溶かして用いる。作中ではアメリカからの舶来品として描かれているが、モデルとなった商品バスクリンは純国産である。

パスティシュ【ぱすていしゅ】

贋作。金田一耕助を模した小説は、「湖泥」(『オール讀物』1953年1月号)の犯人当てに小説形式で回答した花森安治・横山隆一・飯沢匡や、発端のみで連載中絶した「病院横町の首縊りの家」の解決篇を担当した岡田鯱彦と岡村雄輔(『宝石』1954年11月号)が、贋作としては未熟ながら嚆矢であろう。その後寺山修司、都筑道夫、斎藤栄、辻真先、吉村達也、山田正紀など名だたる作家がパスティシュにチャレンジ。角川書店のアンソロジー2冊(『金田一耕助の新たな挑戦』『金田一耕助に捧ぐ九つの狂想曲』)に芦辺拓の諸作品が刊行されようやく正統的なパスティシュが書かれ始めた段階である。横溝正史はパスティシュなど新しい挑戦には寛容で、まずは書いてみてまずかったら周囲が「そんなこと、よせ」といい、よければ「大いにやれ」と称揚すればよいと述べている。シャーロック・ホームズに比べれば金田一耕助のパスティシュ作品はまだ数えるほどしかなく、ジャンルの今後の隆盛を期待する。

長谷川博己【はせがわひろき】

(1977〜)

俳優。2016年にBSプレミアムで放送された『獄門島』で金田一を演じた。哄笑し、泣き、

暴れ、犯人を責め立てる言葉も苛烈をきわめる。長谷川金田一は過去に類をみないほど不穏な空気をまとっていた。

長谷川博己

ハットピン【はっとぴん】

帽子が飛ばないよう、髪の毛と一緒に留めるピン。ピンは凶器にもなり得る。女性が身に着けているものが凶器になりうる点は重要で、「扉の影の女」でも、事件のカギを握る遺留物として扱われている。西銀座のバー"モンパルナス"で女給をしている夏目加代子は仕事からの帰り道に殺人者と思しき人物とぶつかり、はずみで落ちたハッ

被った帽子が風で飛ばされないように、髪と一緒に留めつけるピン。

は？

ぼくにですか？

トピンを拾い上げたが、殺されたのが彼女の恋敵だったことから自身に嫌疑がかかるのを恐れ、金田一に救いを求めた。

パトロン【ぱとろん】

出資者、後援者。金田一耕助は生活能力がほとんどないかわりに人たらしの一面を持っているらしく、原作に書かれているだけで久保銀造、風間俊六、神門貫太郎と3人のパトロンを持っていた。いずれも金田一の探偵としての才能を高く評価して投資していたが、金田一はそれぞれ「本陣殺人事件」「黒猫亭事件」「貸しボート十三号」で十分すぎるほどの働きをして報いた。

は

ハナ肇【はなはじめ】

(1930〜1993)

コメディアン。ミュージシャン。俳優。『横溝正史シリーズ』第1作「犬神家の一族」(1977)で那須警察署の橘署長を演じる。その後『金田一耕助の傑作推理 本陣殺人事件』(1983)では、『横溝正史シリーズ』で長門勇の持ち役だった日和警部を引き継ぐ。シリーズ第4作『霧の山荘』(1985)から第18作『迷路の花嫁』(1993)まで、等々力警部に役名を変え1作を除きレギュラー出演。古谷金田一とはもっとも長くコンビを組んだ。

浜田知明【はまだともあき】

(1958〜)

探偵小説研究家。横溝正史研究の第一人者。春陽文庫の横溝正史の巻末解説「金田一耕助の徹底解剖」や『金田一ファミリーの謎』(飛鳥新社／1996)、また中島河太郎没後の横溝正史関連の解説・編集を一手に引き受け、江藤茂博、山口直孝と共に「横溝正史旧蔵資料」を整理、『横溝正史研究』編集に携わった。岡山県倉敷市のイベント『「巡・金田一耕助の小径」大学』(2013)で学長をつとめて以来、横溝ファンからは親しみをこめて浜田学長と呼ばれている。

バラエティ番組の金田一耕助
【ばらえてぃばんぐみのきんだいちこうすけ】

横溝ブーム以来、テレビのバラエティ番組ではパロディが盛んに作られた。いち早くコントに取り入れたのは『8時だョ！全員集合』で、なんと『犬神家の一族』公開直後の昭和51 (1976) 年11月27日に金田一耕助コントを放送している (→"志村けん"参照)。昭和53 (1978) 年には『第15回 新春スターかくし芸大会』で「英語劇・犬神家の親戚」を放送。キャンディーズ扮する三人娘が次々と殺される事件に銀田一耕助(井上順)が挑む。『オレたちひょうきん族』では昭和57 (1982) 年にタケちゃんマンのコーナーでビートたけしが金田一に扮し、超特急さんま号の車内で起きた卵焼き盗難事件の謎を追った。『ウッチャンナンチャンのやるならやらねば！』も平成2 (1990) 年に「ナン魔くん 柿の木屋敷殺人事件」を放送。連続見立て殺人を防ぐべく、ウッチャンこと内村光良が銀田一探偵に扮した。その後もコントだけではなく、情報バラエティやクイズ番組の司会者、レポーター、解答者などが金田一耕助に扮する場面が日常的に見られるようになった。

バレエ 【ばれえ】

昭和21 (1946) 年8月、帝国劇場で「白鳥の

湖」が上演され、大好評を博した。これを機にいくつものバレエ団が結成され爆発的なバレエ・ブームが起きる。バレエ教室は大盛況、映画や文学にもバレエが登場し、手塚治虫『ナスビ女王』(1954) をはじめ少女漫画誌には必ずバレエ漫画が連載されるなどメディアの枠を超えて社会現象となった。「死神の矢」はそんな世相を受け、バレエの世界を舞台に事件が起きる。

『ハンガリアン田園幻想曲』
【はんがりあんでんえんげんそうきょく】

フランツ・ドップラー作曲によるフルートと管弦楽のための楽曲。「悪魔が来りて笛を吹く」で、椿英輔が作曲したフルート曲がどこか同曲に似ていると形容されている。作中でも言及されているフルート奏者モイーズのレコードが戦前の日本で人気を博し、まるで尺八の音色のような冒頭の旋律もあいまって日本の愛好家の間に広まった。一方海外での知名度はそれほど高くなく、来日した海外のアーティストが同曲の演奏をリクエストされ、楽譜を取り寄せて練習したことから世界中に流布したという。

ビートルズ 【びーとるず】

イギリスおよび世界のポップ・カルチャーを牽引したバンド。映画『悪霊島』(1981) で

は「ゲット・バック」「レット・イット・ビー」を挿入歌として使用。劇中での楽曲使用料2000万円とは別にCM使用料も発生したため、その総額は5000万円とも。両曲カップリングのシングル盤レコードは、曲の組み合わせが珍しい上にビートルズが出演していない映画のビジュアルを使用したレア・ジャケットとあって世界のビートルズマニアのコレクション対象となった。楽曲の使用権が切れて以降のDVDやTV放映ではカバー曲に差し替えられている。

ビール【びーる】

金田一耕助は事件の謎解きをビールを飲みながら行うことがある。「黒猫亭事件」「八つ墓村」「湖泥」「悪魔の手毬唄」など、犯人を逮捕した後の慰労の席で事件の説明を行っている。「黒猫亭事件」では刺激がなくてよいからと、気の抜けたビールを延々となめている。長い推理を語る途中で飲み干してしまったのか、「じっとビールのコップを視詰めていた」という記述を最後に、新たにつぎ足すことなくビールを飲む描写は登場しなくなった。「八つ墓村」でも、ビール一杯で顔を赤くそめていることから、金田一耕助は酒はあまりたしなまないというのが従来の定説だった。しかし、昭和40年代に横溝正史が改稿を進めていた「香水心中」では、「飲めば飲めるほうである」との記述が追加され、等々力警部と二人でウイスキーの杯を重ねている。

引揚船【ひきあげせん】

昭和20(1945)年8月14日の日本国政府によるポツダム宣言受諾を受け、外地や占領地で武装解除した日本兵が内地に戻されるのが法的な意味での引揚。引揚船は、その兵士を内地に運ぶために手配された船のことである。船には、旧日本軍の艦船や民間船舶、あるいはアメリカ合衆国政府から貸与された輸送船や病院船なども用いられた。金田一耕助もまた引揚者の一人であり、『獄門島』では、引揚船内で死んだ戦友・鬼頭千万太の死を知らせるために彼の故郷・瀬戸内海に浮かぶ島へと向かう設定だった。引揚者は引揚前の消息に不明な点が多くなるのもやむを得ず、それが人物の特定を難しくするなどストーリーに謎を呼び込む契機となることもある。「黒猫亭事件」に登場する酒場“黒猫”の主人糸島大吾とその妻お繁も中国大陸からの引揚者だった。

ピストル【ぴすとる】

日本刀や弓矢に毒物など、金田一シリーズの事件では多彩な凶器が用いられているが、ピストルが殺人に用いられる機会はほぼない。ただし戦後の世相を反映してか、ピストル自体は頻繁に登場する。その大半は、クライマックスでデスペレート(P.118参照)になった犯人や関係者が、隠し持ったピストルで銃撃戦を展開するというものである。ピストルを持っているなら、遠大な殺人計画を練るより最初から対象を銃殺してしまえば済むのにというツッコミは野暮な話で、欧米と異なり家が密集して建ち並び、開放的な間取りの日本では、ピストルのように大きな音を出す凶器はトリックに向かないとの判断と思われる。

は

銃撃戦の様子 in 支那扇の女

応戦中の服部警部補

応戦中の等々力警部 ※平服

丸腰の金田一耕助 ※洋装

『ビッグコミック』【びっぐこみっく】

小学館から発行されている青年向け漫画誌。昭和50 (1975) 年24号では、「凄艶、横溝美学！」と題した巻頭カラーページで、なんと「八つ墓村」「本陣殺人事件」「悪魔の寵児」の死体に扮したモデルが胸をはだけているヌードグラビアが掲載された。折しも空前の横溝ブームの真っ只中、各誌競うように特集記事が組まれたが、その特異さではトップクラスだろう。

『ビッグコミック』
（昭和50年24号）
巻頭グラビア

引っ越し問題【ひっこしもんだい】

金田一耕助の事件年表を作成する際、もっとも頭を悩ませるのは大森の割烹旅館松月から緑ケ丘荘に移転した時期の特定である。現在は大別して「昭和29年説」と「昭和32年説」の二説が存在する。昭和29年説の主な根拠となっているのは、緑ケ丘荘の描写が登場する「壺中美人」「魔女の暦」「スペードの女王」「扉の影の女」の4事件。それぞれ発生年代が昭和29年〜30年との記述があり、素直に従えば昭和29年には緑ケ丘荘に移転していたことになる。しかし「スペードの女王」に登場する緑ケ丘警察署の島田警部補とは昭和31年の「毒の矢」で、「壺中美人」に登場する成城警察署の山川警部補とは昭和32年の「支那扇の女」ではじめて知り合ったことになっており、相互の事件の年代が矛盾する。また逆に「トランプ台上の首」は昭和3X年との記述がありなが

ら松月が登場するなど、他作品との整合性が複雑にからみあう。一方、昭和32年説はよりシンプルで、横溝正史が緑ケ丘荘を登場させたのが昭和32年発表以降の作品からとなっており、前述の4作品も本来は昭和32年以降に起きた事件を何らかの事情で前倒しに改変しているという解釈である。本書でも昭和32年引っ越し説に沿って事件を説明している。

人が演じる幽霊屋敷
【ひとがえんじるゆうれいやしき】

大阪府吹田市に存在した遊園地「エキスポランド」（2009年閉園）にて、2004年〜2006年の夏季に開催されたお化け屋敷の名称。順に『八つ墓村』『犬神家の一族』『獄門島』をテーマにとりあげ、原作のストーリーに沿って濃茶の尼、田治見要蔵、犬神佐清など作中の登場人物に扮した演者が観覧者をおどかす趣向で、それはそれは怖かった。

一人二役【ひとりふたやく】

「黒猫亭事件」のY先生によれば、一人二役は「顔のない屍体」「密室の殺人」と並んで探偵小説でしばしば扱われる型だという。しかし他の二つが作中で読者に提示される課

題なのに対し、一人二役は読者に見破られないよう最後まで伏せておくトリックであるという。後の金田一耕助シリーズでも、顔のない屍体と一人二役をかけあわせたトリックが用いられている。

日夏黙太郎【ひなつもくたろう】

映画『病院坂の首縊りの家』(1979)の登場人物。草刈正雄が演じた。原作の兵頭房太郎と多門修を合わせたような人物造形で、本條写真館の助手ながら金田一耕助の捜査に協力する。陰鬱な事件の雰囲気を吹き飛ばすほどのコミカルなキャラクターで、石坂浩二も「金田一耕助シリーズは終わっても、今度は日夏黙太郎シリーズとして、続けられるかも」と太鼓判を押している。

秘密の結婚【ひみつのけっこん】

中島河太郎(P.127参照)が『本陣殺人事件』を子供向けにリライトした『三本指の男』(朝日ソノラマ)では、殺人の動機が子供にふさわしくないとして、思いきった改変がされている。被害者の克子は、過去に「秘密の結婚」をしていたことを犯人に知られ殺されたことになっているが、秘密の結婚が何なのかの説明はない。

秘密の結婚が何かを明らかにしたら秘密じゃなくなってしまうじゃありませんか

久保克子嬢 かく語りき!?

百唇譜【ひゃくしんふ】

性交渉を持った女性の唇の紋と、その技巧や特徴を綿密に記した冊子。「悪魔の百唇譜」で重要な役割を果たす。「女王蜂」の九十九龍馬も、同様のメモを残していたとの描写がある。百唇譜の由来は野村胡堂『百唇の譜』(1931)からと思われる。

百本杭【ひゃっぽんぐい】

タバコの吸い殻が林立している様子を、護岸のため隅田川両国岸に打ち込まれた百本杭にたとえている。「壺中美人」では捜査本部の鉄火鉢に吸い殻が百本杭のように突っ立っており、「幽霊男」ではヌードモデルクラブの事務所の大火鉢がまさに百本杭のようだと書かれている。両国の百本杭もタバコを吸いながらの会議も絶えて久しく、絶滅危惧のことばである。

それにしてもわたしらタバコ吹かし過ぎじゃありませんか

いやまったく

もぅもぅ

同感ですな

ピュグマリオニズム【ぴゅぐまりおにずむ】

人形愛を示すことば。「吸血蛾」で登場人物がマネキン人形を汚している場面では「偶像姦」にこのルビがあてられている。ほかにも「幽霊男」「悪魔の寵児」などで事件関係者にそっくりの人形がもてあそばれ、トリックに用いられる。横溝正史には「飾窓の中の恋人」(1926)という初期の作品があるが、これは横溝自身が神戸の呉服店のショーウィンドウに飾られている生き人形に「ある種の感銘」を受けたことがきっかけで書かれたものという。

病院坂 【びょういんざか】

①「病院坂の首縊りの家」に登場する坂。東京都港区高輪にある設定。②東京都世田谷区成城に実在する坂。横溝正史の家の近くにあり、①のモデルとなった。名前の由来については、坂の周囲が御料林(皇室所有の森林)で苗木が多く植えられていたため料林坂^{りょうりんざか}や苗園坂^{びょうえんざか}と呼んでいたのがなまったという説、また近くに伝染病患者の隔離施設が建っていた説など諸説ありはっきりしない。

(→ "岡本一丁目にある坂" 参照)

日和警部 【ひよりけいぶ】

古谷一行が金田一耕助をつとめたドラマシリーズオリジナルの警部。『横溝正史シリーズ』では長門勇が出身の岡山訛りを交えながら軽妙に演じた。第1シリーズでは事件の舞台に合わせて岡山県警と警視庁をいったりきたりしていたが、第2シリーズでは開き直って信州だろうが伊豆だろうが日本全国どこで事件が起きようとも「本庁の日和警部」で押し通した。古谷一行が2時間ドラマシリーズで金田一を演じた時には、ハナ肇が日和警部役を継承、3作目の『獄門岩の首』までは日和警部という役名だったが、4作目以降は等々力警部となった。

そう言えば"お前さん、どこかで"橘"さんとか

等々力さんとか

呼ばれとりゃせんやったかいな?

うぐぐぐぐ

日和対決

広兼邸 【ひろかねてい】

金田一耕助作品を映像化する際の、岡山県における定番ロケ地の一つ。同邸宅が位置する高梁市成羽町は、銅山と酸化鉄顔料のベンガラの一大産地として有名で、広兼邸も江戸後期にその銅山とベンガラ製造で財をなした広兼家の邸宅跡である。現在は吹屋ふるさと村の保存建造物の一つとして有料公開されている。1977年版と1996年版の映画『八つ墓村』、2004年放映のTV版『八つ墓村』のロケ地ともなった。

ピンク映画 【ぴんくえいが】

ポルノ映画やアダルトビデオでは、人気映画のパロディ作品が定番だが、金田一パロディももちろん製作されている。『われめ岩六つ墓村のエロ事件(痴漢探偵 ワレメの TRICK)』(2004)は探偵・銀田一耕助が犬山家の当主腹上死事件の謎を追う。『華麗なるエロ神家の一族―深窓令嬢は電気執事の夢をみるか―』(2011)は、執事型アンドロイド「スケキヨ」と探偵金田ハジメが猫神家の遺産相続問題に巻き込まれるセクシーアクションVシネマである。

ファイター 【ふぁいたー】

金田一耕助は犯人の脅迫や挑戦には一切ひるまない。真理の追求のためには凶暴な犯人を前にしても一歩も引かない。また目の前に立ちはだかる謎が複雑であるほど闘志がわくという。「扉の影の女」で依頼人の金門剛は、そんな金田一をファイターであると評している。横溝は他にも篠崎陽子(迷路荘の惨劇)、畔柳博士(蠟美人)、青池リカ(悪魔の手毬唄)、日比野警部補(仮面舞踏会)など運命に抗い、信念を曲げない登場人物をしばしばファイターと呼んでいる。

ファッションモデル 【ふぁっしょんもでる】

戦後の混乱が落ち着いて、衣食住のうち食

住が安定した大衆は、衣に興味を示し始めた。ファッションモデルの伊東絹子が昭和28(1953)年のミス・ユニバース第3位に選ばれると、伊東の体型から八頭身美人ということばが生まれ、ファッションの基準は和装から洋装へと一気に変わっていった。「吸血蛾」はファッション業界を舞台にした連続殺人事件を描いている。原作が連載中にすでに映画化が告知され、掲載誌である『講談倶楽部』1955年7月号では、伊東ら当時人気のファッションモデルと横溝正史の座談会が掲載された。

『ファミコン探偵倶楽部 消えた後継者』
【ふぁみこんたんていくらぶきえたこうけいしゃ】

昭和63(1988)年に発売された、ファミリーコンピュータ・ディスクシステム用の推理アドベンチャー・ゲーム。崖から落ち記憶喪失となった少年探偵が、遺産相続をめぐる殺人事件の謎を解く。主人公が勤める探偵事務所の所長の名が空木俊介と、三津木俊助によく似ていることや、事件の背景に戦国時代から続く死者の蘇り伝説が影を落としていることなど、横溝作品の世界観に影響を受けている部分が多い。令和2(2020)年にNintendo Switch版でのリメイクが発売予定。

フィルム缶【ふぃるむかん】

映画のフィルムを収納する円盤状の容器。金田一耕助シリーズのある作品で生首を入れて運搬する場面があるが、前述のとおり薄い形状なので人間の頭部は入らない。何巻分も積み重ねて結束の上持ち運ぶのを見た横溝が、首が入るほど大きな容器と誤解したのかもしれない。

復員【ふくいん】

戦時編成下の軍隊を平和編成に戻すこと。兵員の招集を解除することを復員完結ともいう。第二次世界大戦で敗戦した日本では、

700万人に上る陸海軍部隊の復員が行われた。金田一耕助もそのうちの一人。昭和21年に復員した彼は、その足で東京・市谷八幡を訪れ、亡くなった戦友・川地謙三の遺言に沿うべく、彼らが応召する以前からの川地の友人・佐伯一郎と対峙する(百日紅の下にて)。このときの金田一の姿は、肩から雑嚢をかけ、見事に南方焼けをした貧相な男と描写されている。

復員服を着た
金田一耕助

『復員だより』【ふくいんだより】

昭和21(1946)年7月～昭和22(1947)年2月までNHKラジオで放送していた番組。外地からの引揚船の入港情報や、海外に残留している同胞の状況などを放送した。「獄門島」で鬼頭早苗が兄の復員を待ちわびて毎日欠かさず聴いていたことが事件の重要なカギとなるが、皮肉にも史実では、金田一耕助が島を訪れていた昭和21年10月にNHKで労働争議が放送ストライキに発展、まさに早苗さんが聴いていたという10月5日からラジオの電波が止まるという珍事が起きていた。その後『復員だより』は、番組名を『尋ね人』と変えて放送を継続、「八つ墓村」で諏訪弁護士が寺田辰弥を捜索する際に利用された。

復顔【ふくがん】

白骨化した頭蓋骨に、法医学に基づきながら粘土等で肉付けして生前の顔を復元する技術。「蠟美人」で身元不明の腐乱死体を復元したのは、法医学博士の畔柳貞三郎と新進の若手彫刻家瓜生朝二だった。

フケ【ふけ】

金田一耕助といえば頭をバリバリかくとフケが出るイメージが強いが、原作では金田一がフケをとばす場面は意外と少なく、「獄門島」「黒蘭姫」「悪魔が来りて笛を吹く」「八つ墓村」「死仮面」「迷路荘の惨劇」「仮面舞踏会」「病院坂の首縊りの家」の8作品10カ所にとどまる。中でも「死仮面」ではフケの描写が3回登場するなど、この当時の金田一耕助の生活状態がしのばれる。

フケは多いが風呂にはよく入る男

ガリガリ
バリバリ

ただね、頭を洗うといった描写が原作には一切ありませんでしたなぁ。そういえば。

富士見ロマン文庫【ふじみろまんぶんこ】

角川書店の系列会社である富士見書房が、昭和52 (1977) 年から文庫形式で刊行していた翻訳官能小説レーベル。文庫のデザイン

もしも富士見ロマン文庫から金田一耕助シリーズが出ていたら!?

THE HONJIN MURDERS

金子國義風金田一耕助……!?

富士見ロマン文庫といえば金子國義氏の耽美な装画がカッコイイのです。

本棚に一緒に並べるとなじむ背

や表紙の紙質が角川文庫の横溝正史、緑三〇四シリーズ (P.161参照) と似通っているため、古本屋などで見かけると横溝文庫と間違えてつい手にとってしまうという事故が起きやすい。(→『妹たちのかがり火』参照)

フスマに裾【ふすまにすそ】

映画『犬神家の一族』で那須ホテルの女中おはるが金田一耕助の部屋を出ていくとき、ピシャリと閉めたフスマに割烹着の裾がはさまれスッと引き抜く場面が登場する。市川崑定番の演出で、『こころ』(1955) など1950年代の映画からすでに見られるものだった。フスマに裾をはさむほど慌てており、ひどく動揺している様子を表しているという。『犬神家』以降も『四十七人の刺客』(1994)、『どら平太』(2000)、『かあちゃん』(2001) などで使用されている。

不動橋【ふどうばし】

東京都世田谷区成城にある橋。高台のはずれの崖沿いにかかっており、真下を小田急線が通っている。「支那扇の女」冒頭で、警官に見とがめられた女が不動橋から崖下の

小田急線に飛び込もうとする。現在は線路の上に覆いが作られ、菜園となっている。

船山裕二【ふなやまゆうじ】

(1929〜?)

俳優。『ミステリーベスト21 白と黒』(1962)で金田一耕助を演じた。出演者がドラマを見て謎解きを行うクイズ形式の連続推理ドラマ『この謎は私が解く』(1958)では探偵伴大吉を演じており、その中の一話『犬神の戦慄』が、横溝正史「鴉」を原案に脚色したものだった。

フーピー騒ぎ【ふーぴーさわぎ】

ごんちゃん騒ぎ。「黒い翼」で女優藤田蓉子の一周忌をにぎやかに過ごすときにこう表現された。フーピー (whoopee) とは楽しいときにあげる歓声で、「ワーイ」などと訳されるが、今風にいえば「ウェーイ」である。

フラット【ふらっと】

アパートやマンションなど共同住宅での住戸の形式。本来は一戸が複数階にまたがっているメゾネット形式に対して、同一階の中で住戸が完結していることをさすが、横溝作品内では単に住戸の単位として使われている。「そこは緑ケ丘町緑ケ丘荘にある金田一耕助のフラットである」(霧の中の女)。

古川ナツ子【ふるかわなつこ】

「悪魔の百唇譜」登場人物。殺人事件の被害者が暮らす家で、お手伝いさんとして働く若い女性。"シャーロック・ホームズ"シリーズの愛読者で好奇心旺盛という設定から金田一のよき協力者どころか名探偵ぶりまで発揮してしまう。

古谷一行【ふるやいっこう】

(1944〜)

俳優。テレビドラマ『横溝正史シリーズ』の金田一耕助役に抜擢され、以後30年近く金田一耕助を演じ続けたミスター金田一。その活躍はテレビを飛び越え、パロディ映画『金田一耕助の冒険』(1979) でも金田一役を演じた。パロディといえば2016年には日清カップヌードルのCMに出演。夜食にカップヌードルを食べた古谷が金田一耕助に変身し、商品の美味しさの謎を解く演出だった。舞台でも『悪魔の手毬唄』(1988)、『犬神家の一族』(1993・1994)、『女王蜂』(1996) と金田一耕助を演じており、テレビ(CM)・映画・舞台を制した金田一耕助俳優は他にいない。古谷が演じる金田一は、風のようなさわやかさを持ちながら、探偵事務所の家賃をため込むなど常に貧しく、一方で体力はあり余っているらしく、推理に行き詰まると逆立ちをするクセがあった。自転車で事件現場に駆けつける場面で、石段に行きあたりやむなく自転車を担いで駆け上ったのには驚いた。『神隠し真珠郎』(2005) を最後に横溝映像作品から遠のいたが、『悪魔の手毬唄』(2019) に磯川警部役でカムバック。横溝ドラマに初めて金田一耕助以外の役で出演し、話題を呼んだ。

『不連続殺人事件』【ふれんぞくさつじんじけん】

『堕落論』『白痴』で戦後日本に新風を巻き起こした、作家の坂口安吾が初めて著した探偵小説。1947年に『日本小説』で連載開始。連載中に読者への挑戦として犯人当ての懸賞金もかけられたが、岡山県の疎開先で作品を読んだ横溝正史は、これをクリスティのトリックの応用であるとズバリ真相を見抜いた。地方のことゆえ、雑誌の配達が遅れ作者の挑戦に名乗りをあげるには間に合わなかったが、横溝は安吾への挑戦のつもりで本作の露悪的な雰囲気や小道具の使い方を「夜歩く」に、メイントリックの趣向を「八つ墓村」に採り入れた。

ブローカー【ぶろーかー】

物資の取引の仲介を行う人。金田一耕助シリーズでは戦後の世相を反映して、密輸品や横流し品を扱う闇ブローカーが多く登場する。「悪魔が来りて笛を吹く」の三島東太郎や「三つ首塔」の佐竹建彦は闇ブローカーをしていた。「殺人鬼」では事件の背景に闇ブローカー殺しがかかわっていた。

ベーコン【べーこん】

豚肉を塩漬けし燻製にした食品。映画『悪魔の手毬唄』(1977)で焼死体のリアルさを出すため人形の顔に貼り付けられた。囲炉裏の火にあぶられ、油がごろりとしたたり落ちる様子が撮影でき、一層の不気味さを演出した。

兵児帯【へこおび】

男子、子供用の帯。素材は縮緬、絞染、無地物などで、明治から昭和の初めにかけては普段着として割と一般的だったが、「八つ墓村」で狂気に達した田治見要蔵のいでたちは、洋服に兵児帯という異様なコーディネイトだった。この兵児帯は日本刀を差すために身に着けたもので、津山事件の実在の犯人がモデル。(→"津山事件"参照)

「ヘベレケジョンジョロマン」
【へべれけじょんじょろまん】

横溝正史がよく口にするひとり言。酒を飲んでウロウロと歩き回りながら、小説が思うように書けない憂さを晴らすようにくり返したという。ことばの意味はわからないが、とにかく横溝の焦燥感が伝わってくる。一方で執筆時の横溝は、何かというと江戸川乱歩の名前を口にしていた。「江戸川さん」ならまだよいほうで、時には「エドラン」と省略し、時には「この野郎!」と悪態をつく始末。「獄門島」執筆時にはひげを剃りながらでもトイレでも、「負けるもんか、負けるもんか」とつぶやいていた。恩人でありライバルであり、越えるべき壁でもあった乱歩への愛憎の念は、ひと言では言い表せないほど複雑なものだったようだ。

もう ヨレヨレの クタクタの ヘベレケ ジョンジョロ マン

ヘルメット【へるめっと】

「赤の中の女」や「傘の中の女」で等々力警部が、「悪魔の手毬唄」では磯川警部がヘルメットをかぶって登場する。ピスヘルメットともサファリヘルメットとも呼ばれる防暑用で、軍隊や警察の防暑帽として開発されたが、民間でも探検家などが愛用したた

め探検帽とも呼ばれる。『横溝正史シリーズ
II 女王蜂』では長門勇演じる日和警部がヘ
ルメットにサファリルックを披露するなど、
避暑スタイルとしては一般的だった。

等々力警部
バカンスの必須アイテム

防暑用ヘルメット

軽くて通気性も
ありますぞ

ブリムについている
ベルトは
アゴ紐になります

変性男子【へんせいだんし】

横溝が作中で用いた「変性男子」なる言葉
は、身体的性別に違和感を覚えている男性
のことであり、いまでいうところの性同一
性障害またはトランスジェンダーに相当す
る。「吸血蛾」に登場する、新進服飾デザイ
ナー・浅茅文代の弟子の村越徹が変性男子
だった。

ジェンダーレス
男子の
先駆け

村越徹
in 吸血蛾

変装【へんそう】

常に和服姿で通している金田一耕助だが、必
要とあれば変装もいとわない。ある時は潜
入捜査のため、またある時は犯人を欺くた
め、大道易者、ホテルのボーイ、義足の幽
霊に怪人狼男と、さまざまな変装を見せて
くれる。ジュヴナイル作品では、ライオン
の着ぐるみに入って怪人を追いつめたこと
も。しかし「悪霊島」では、金田一を探偵
と知った若者に、着物姿は変装なのかとた
ずねられてしまう。

報酬【ほうしゅう】

横溝正史のエッセイによれば、金田一耕助
は事件の報酬について「ただ働きではなか
ったかと思われるのがそうとうある」という。
金田一自身が事件に巻き込まれやすい体質
なのに加え、磯川警部や等々力警部が抱え
ている事件を手助けするケースが多いため、
結果としてただ働きの事件も増えるのだろ
う。しかし「八つ墓村」や「悪霊島」では
報酬を受け取った描写が存在するし、「扉の
影の女」のように一つの事件で複数の依頼
人から報酬を受け取り渋滞を起こすパター
ンもある。磯川警部はともかく等々力警部
とともに事件を追う場合にしても、代わり
に警察の情報網を利用するなどギブアンド
テイクが発生している。探偵料金に基準は
なく、相手の懐事情次第の「時価」である
らしい。等々力警部ではないがちゃんと税
金を納めているのか心配になる。もっとも
高額だった報酬は「不死蝶」での2カラッ
トはあるダイヤモンドと「八つ墓村」の「数
個の百円札の束」すなわち当時の現金で数
万円だろう。ちなみに市川崑監督の金田一
シリーズでは、必ず報酬が発生している
ことが明らかにされているが「犬神家の一族」
で受け取った探偵料の3500円は当時の国会
議員の月額報酬並み（映画の時代設定となった昭
和22年の資料。令和2年現在は約129万円）。

『宝石』【ほうせき】

昭和21 (1946) 年に岩谷書店が創刊し、1956年に発行元を宝石社に変えながら1964年まで発行された推理小説雑誌。宝石社が倒産したあとは光文社が版権を買い取り、1965年に男性総合雑誌として再出発した。『新青年』の探偵小説色が薄れた戦後、江戸川乱歩が創刊に際して協力した旧『宝石』には、横溝も『本陣殺人事件』を創刊号から連載。その後も『獄門島』(1947〜1948)、『八つ墓村』(1950〜1951)、『悪魔が来て笛を吹く』(1951〜1953)、『首』(1955)、『悪魔の手毬唄』(1957〜1959)、『仮面舞踏会』(1962〜1963 中絶)と、数多くの作品を連載した。また、新人発掘にも力を入れ、同誌の懸賞小説からデビューした作家に、香山滋、山田風太郎、日影丈吉、島田一男、中川透(鮎川哲也)等がいる。1948年には『宝石選書』も創刊され、第1号には江戸川乱歩の監修で高木彬光の長編第1作『刺青殺人事件』が一挙掲載された。

方程式【ほうていしき】

金田一耕助シリーズには事件の手がかりやものごとを例えるときに数式が登場することがある。「獄門島」では、吊り鐘の力学を説明するために「$P=Q/5$」という式が用いられている。「悪魔が来て笛を吹く」では、人物の相似を「$a=x$, $b=x$ならば、したがって$a=b$」と説明している。「仮面舞踏会」では軽井沢の貸し小屋に残されていた「$A+Q \neq B+P$」という奇妙な落書きが問題となる。

防犯展覧会【ぼうはんてんらんかい】

「蠟美人」で法医学者の畔柳博士が肉づけを施した白骨死体の完成披露を行ったのは、三星堂百貨店の防犯展覧会だった。本文にあるように、戦後、防犯を名目に事件現場の写真や凶器などを展示した防犯展覧会が、各地の百貨店を中心に開催されていた。銀座三越本店でも昭和22 (1947) 年に防犯展覧会が開かれ、長い行列ができたという。横溝正史は、疎開中の昭和23 (1948) 年4月15日、岡山市の百貨店天満屋で開催中の防犯展を見学し、岡山県警察の刑事部長と対談まで行っている。横溝は、この防犯展で津山事件の現場写真などを見て衝撃を受けている。(→ "津山事件" 参照)

「ぼく犬神だの蛇神だの大嫌いだ」【ぼくいぬがみだのへびがみだのだいきらいだ】

昭和24 (1949) 年、横溝正史が『キング』誌上に「犬神家の一族」を連載するとの予告を見た江戸川乱歩が、横溝に言ったことば。推理小説にオカルト的な要素を入れることへの嫌悪感をストレートに表した乱歩の姿勢が見え、興味深い。横溝はこのことばに『山田家の一族』や『小林家の一族』では平凡だからと反論したというが、乱歩は作中の登場人物には平田や小林など、平凡な名前をつけることが多い。

「ぼく、かえります。かえって酒でも飲んでねるんです」
【ぼくかえりますかえってさけでものんでねるんです】

「堕ちたる天女」で犯人を指摘した金田一耕助が、犯行のおぞましさに嫌悪を催しつぶやいたセリフ。この事件では、岡山県警の磯川警部が上京し等々力警部と顔を合わせるビッグイベントがあったにもかかわらず、金田一は二人を残したまま帰るほど精神的なダメージを受けている。この頃から金田一は、事件を解決すると激しい憂鬱に襲われ、孤独感にさいなまれるようになる。

「ぼく、金田一耕助です」
【ぼくきんだいちこうすけです】

ドラマ『横溝正史シリーズ』で、古谷一行演じる金田一耕助が冒頭で前回のあらすじを語る際に発する第一声。石坂浩二の金田一が、「金田一です」と控えめに声をかけるのに対し、古谷金田一は毎回朗々と名乗りを上げる。快活な古谷金田一の性格を象徴する名セリフである。

ポスターマガジン【ぽすたーまがじん】

映画『悪魔が来りて笛を吹く』(1979)公開に合わせ、1978年にポスターマガジン社から

発行された大判ポスター。封筒には『横溝正史之世界 全作品かたろぐ』と記載されている。約64cm×94cmと、新聞紙を広げたサイズよりひと回り大きく、表面は角川文庫の杉本一文のカバーアート62点をカラーで掲載、裏面は横溝正史インタビューや金田一耕助に関するコラム、各文庫のあらすじなどがビッシリと詰め込まれている。

本陣【ほんじん】

江戸時代、大名や公家など身分の高い人が宿泊するために設けられた施設。その土地でも上等の家屋が選ばれたため、本陣には名主などの名家が多かった。一般の旅籠とは違い普通の客は泊めることができず、宿泊した諸大名の援助などに頼らざるを得ず総じて経営が苦しかった。代わりに本陣に指定された家は苗字帯刀や玄関・書院を設けるなどの特権が許されていた。「本陣殺人事件」の一柳家はもとは中国街道筋の本陣だったとされ、これは横溝正史が疎開していた岡山県倉敷市真備町の川辺本陣跡をモデルにしたと思われる。

魚庵木コレクション
各国版金田一耕助本 III ……タイ編

欧米、東アジアの各国版に続き、ここで紹介するのはタイ版の金田一耕助作品である。タイのブリス・パブリッシングから刊行されている翻訳版は、平成27（2015）年に岡山県・真備町で開催された第三回「巡・金田一耕助の小径学会」でも取り上げられ、そのかっこいい装丁が話題となった。作品のモチーフを的確に捉えつつ、怪しく陰惨な雰囲気を現代の感覚にも合うテイストでまとめている。

『犬神家の一族』
2004年

『八つ墓村』
2005年

『悪魔が来りて笛を吹く』
2005年

『迷路の花嫁』
2006年

『獄門島』
2006年

『三つ首塔』
2006年

『悪魔の手毬唄』
2006年

『夜歩く』
2007年

『本陣殺人事件』
2007年

『迷路荘の惨劇』
2007年

『幽霊男』
2008年

『吸血蛾』
2008年

『華やかな野獣』
2009年

『死神の矢』
2009年

『悪霊島（上）』
2009年

『悪霊島（下）』
2009年

マイノリティを表す表現
【まいのりてぃをあらわすひょうげん】

金田一耕助シリーズを読んでいて、意味が
わからずにつかえてしまうことばに、現在
では不適切として使用が控えられている、マ
イノリティを表す表現がある。「夜歩く」で
「佝僂」と書かれている身体的特徴は、「く
る病」または「骨軟化症」といい、骨の発
育が不十分で湾曲や変形をもたらす病気の
こと。「死仮面」の「跛」は外傷などにより
正常な歩行ができない状態をさす。「八つ墓
村」の濃茶の尼が「兎口」とあるのは、「口
唇口蓋裂」という先天性異常の一種で、上
唇に裂け目がある症状だが、現在では乳幼
児期の治療が可能である。ほかにも「唖」
「つんぼ」「めくら」など現在では使われな
いことばが作中に登場することがある。作
品発表時の時代背景や作品の文学性、また
著者が故人であることを考慮し、ほとんど
の書籍では発表当時のまま表記している。
横溝正史は社会的マイノリティに対するバ
ランス感覚に優れ、作品の中でも常にあた
たかいまなざしを投げかけていることは、作
品を読み込んでおられるファンの皆様なら
きっと同意いただけるはずである。

「また紅茶か」【またこうちゃか】

映画『病院坂の首縊りの家』(1979) ラストで、
老推理作家役の横溝正史がつぶやくセリフ。
市川崑によれば、映画の件で成城の横溝宅
をたびたび訪れていた市川は、孝子夫人が
毎回淹れてくれる紅茶が印象に残りシリー
ズ最終作のラストをその再現で締めくくる
ことにしたという。「また紅茶か」というセ
リフは、横溝はもちろん市川自身もそう思
ったことなどないが、何気ないセリフから
日常の繰り返しと老夫婦の親愛の情をイメ
ージできればと設定された。いつまでも和
やかなお茶会が続いていそうな安心感を受
ける名シーンである。

待合、連れ込み宿【まちあい、つれこみやど】

待合は、もとは花街で芸者を呼んで遊興す
るための貸席だったが、やがて芸妓、娼妓
との密売淫の場所として利用されるように
なる。しかし立地が芸者を呼ぶ置屋と料理
を作って届ける料亭とセットの三業地に限
られており、花街に属さない私娼が春をひ
さぐ場所としてはやや敷居が高かった。や
がて郊外に安い宿泊所ができ、私娼が客を
連れ込むことから連れ込み宿と称するよう
になった。戦後になると待合と連れ込みの
境界があいまいとなり、どちらも現在でい
うラブホテルと大差なくなる。「霧の中の
女」でも、殺人現場となった旅館を「温泉
マークこそはいっていないが、待合か連れ
込み宿といった種類のうちらしい」とひと
くくりに説明されている。

人目を
はばかるように

松尾芭蕉【まつおばしょう】
(1644〜1694)

俳人。「獄門島」では芭蕉の句「むざんやな
冑の下のきりぎりす」、「一つ家に遊女も寝
たり萩と月」が重要な役割をはたす。出典
はともに紀行文『奥の細道』で、「むざんや
な」は石川県小松市の多太八幡宮神社で、
「一つ家に」は新潟県糸魚川市の市振の宿で

詠んだ句。「人面瘡」では仲秋の名月を眺めながら金田一耕助が芭蕉の句「名月にふもとの霧や田のけむり」を思い出している。出典までは思い出せなかったが、これは『続猿蓑』にある句。正しくは「田のくもり」だ。

松野一夫【まつのかずお】

（1895～1973）

洋画家。挿絵画家。大正期から雑誌『新青年』の表紙や挿絵を担当し、同誌の2代目編集長をつとめた横溝正史とも親交があった。「本陣殺人事件」が雑誌『宝石』に連載された時の挿絵を担当、金田一耕助を最初に挿絵に描いた画家となった（→ "パタパタ着せかえ　金田一さん" 参照）。このとき松野は、戦前の探偵小説のように毎月殺し場があるものと想定していたが、案に相違して警察や探偵の捜査が続くので、挿絵にふさわしい場面がないとぼやいたという。以後、様々な金田一作品で挿絵を担当したが「湖泥」ではどうしたわけか金田一を洋服姿で描いている。「仮面舞踏会」（雑誌連載時）では中老期にさしかかり落ち着いたたたずまいの金田一耕助を描いている。

松本楼【まつもとろう】

東京都千代田区の日比谷公園内にあるレストラン。「霧の中の女」では松本楼として、「吸血蛾」ではM楼として登場。どちらも事件関係者が脅迫者と金銭のやりとりを行う場の近くにある設定となっている。昭和31（1956）年の第二回江戸川乱歩賞授賞式を松本楼で行った際、当時不和の噂があった横溝正史と江戸川乱歩が仲直りの握手をした逸話が残されている。

マネービル【まねーびる】

ボディービルにマネーをかけた造語。株式や債券などによる財産づくり。昭和31（1956）年、証券会社の「マネービル時代です」というキャッチコピーが流行語となった。「魔

女の暦」でベテランストリッパー結城朋子の唯一の趣味がマネービルで、作中「貯金函のお化け」と揶揄されている。

真備町【まびちょう】

岡山県倉敷市真備町。横溝正史一家が昭和20（1945）年～昭和23（1948）年にかけ疎開生活を送っていた。横溝が疎開していた当時の地名は、岡山県吉備郡岡田村字桜。疎開に至る経緯や地域住民との交流は『金田一耕助のモノローグ』（角川文庫）にくわしい。この地で終戦を迎えた横溝は、戦後矢つぎばやに本格探偵小説を発表し、「本陣殺人事件」執筆中に名探偵金田一耕助を生みだす。岡田村で執筆された金田一耕助作品は、「本陣殺人事件」「獄門島」「蝙蝠と蛞蝓」「黒猫亭事件」「殺人鬼」「黒蘭姫」、そして「夜歩く」前半部分である。また「八つ墓村」や「悪魔の手毬唄」などその後に書かれた岡山ものでも、疎開時代に得た知識や岡田村の地理・風俗などを物語に組み入れている。横溝正史疎開宅（P.177参照）が現存しており一般に公開されている。また真備ふるさと歴史館では、横溝家より寄贈を受けた横溝正史ゆかりの品々を展示している。西日本豪雨（平成30年7月豪雨）では岡山県でもっとも大きな被害を受け、今なお復興のさなかにある。

『まぼろしの人』【まぼろしのひと】

ドラマ『横溝正史シリーズ』のエンディングテーマ曲。金田一耕助をイメージして唄われた、一見つかみごころのない曲調が印象に残っているファンも多い。レコード盤のジャケットには放送前の仮題『横溝正史アワー』が印刷され曲名も「幻の人」となっているバージョンと「まぼろしの人」バージョンが存在し、コレクター心をそそる。

茶木みやこ「まぼろしの人」ハーベスト・レコード YA-1004(1977)とタイトルが「幻の人」表記のバージョン

「幻の八つ墓村入場券」
【まぼろしのやつはかむらにゅうじょうけん】

昭和52(1977)年に国鉄(当時)が発行した記念切符。松竹映画『八つ墓村』とのタイアップ企画として発売された。映画のロケ地ともなった伯備線沿いの「備中神代駅」「明地峠」「神庭の滝」「満奇洞」「吹屋」をデザインした5枚セットとなっている。

5枚セットで販売された「幻の八つ墓村入場券」

麻薬【まやく】

本来は鎮痛や麻酔に使用される薬品を指すが、狭義には習慣性があるため使用を禁じられているものをいう。金田一耕助は在米中に麻薬の味を覚え、深みにはまっていった。しかし、その後はすっぱりと縁を切って再び手を出すことはなかったようなので、依存症に陥る前に抜け出せたと考えられる。昭和26(1951)年に覚せい剤取締法が施行されて以降、麻薬に関する事件を扱うことが多くなった。当初は事件関係者にヒロポン中毒の者がいる程度であったが、やがて未成年を麻薬中毒に陥れる人物や、麻薬の密売組織を相手にするようになっていった。

『ミイラの花嫁』【みいらのはなよめ】

『金田一耕助の傑作推理』(古谷一行の2時間ドラマ版金田一耕助シリーズ)第2作。1983年放送。原作は1938年に発表された由利先生もの。結婚式の最中に天井から花嫁に血がしたたり落ちる衝撃的な冒頭はオリジナル通りだが、その後は花嫁の周囲に出没する包帯男、閉鎖的な村の因習や過去に起きた大量殺人、わらべ唄に隠された秘密など、一般に「横溝」的とされる要素をてんこ盛りにした怪作となっている。

みかん【みかん】

映画『悪魔の手毬唄』(1977)で金田一耕助は、鏡に映るみかんを見て事件の謎を解いた。くわしくは映画をご覧いただくとして、市川崑監督の金田一シリーズでは他にも電線の雀の羽数からヒントをつかむなど、ふとしたきっかけから真相に気づく演出が施された。その後2時間サスペンスドラマなどでは、素人探偵が急転直下謎を解く演出として多用されるようになり、『金田一耕助の傑作推理 獄門島』では、古谷一行の金田一が

夫婦茶碗を見て有名なトリックに気づくという使い方もされた。

水谷準【みずたにじゅん】

(1904〜2001)

作家。翻訳家。編集者。ゴルフ評論家。横溝正史とは博文館『新青年』編集部で机を並べて以来、終生「ヨコセイ」「ミズジュン」と呼び合う親友だった。水谷の捕物帳シリーズ『瓢庵先生捕物帖』には、横溝のキャラクターである人形佐七が登場し、佐七の未解決事件を町医者の瓢庵先生が謎解きする作品が数多ある。そのお返しにと、横溝も『人形佐七捕物帳』に瓢庵先生を登場させたが、こちらは度重なる改稿の末「良庵先生」と名前を改めてしまった。戦後はミステリから離れゴルフに傾倒したが、軽井沢で水谷のゴルフに同道した横溝が、水谷の所持していた赤いゴルフティーに目を留め、緑の芝生上の赤いティーと色覚異常を絡めたトリックを思いついたという。

江戸川乱歩臨終に際し泣いている横溝正史に

おい、ヨコセイ そう泣くなよ また会える じゃないか

と水谷準が声をかけていたとのこと。

見立て殺人【みたてさつじん】

ミステリの題材として用いられる手法。物語や唄などに見立てて装飾を行う殺人。童謡に見立てたものは「童謡殺人」、他人の物語をなぞったものは「筋書き殺人」という場合もある。金田一耕助シリーズでは「獄門島」「犬神家の一族」「悪魔の手毬唄」などが代表的な見立て殺人である。作中、予定にない殺人も起きるが、その場合は見立てを行わないことでより事件の連続性を際立たせる効果がある。また「八つ墓村」では殺人メモに沿った「筋書き殺人」が展開されるが、その法則に従わない予定外の殺人が犯人を特定するきっかけとなる。

私のケースはマザー・グースだったね

ボクの場合は手毬唄でしたな

僧正殺人事件 ファイロ・ヴァンス

三谷幸喜【みたにこうき】

(1961〜)

脚本家。俳優。横溝正史ファンとして知られ、自身が脚本を手がけた人気ミステリドラマシリーズ『古畑任三郎』でも横溝パロディを行っている。第30話「灰色の村(別題:古畑、風邪をひく)」は、閉鎖的な地方の寒村で起きる犯罪で、登場人物の名前が恩田、一柳、清水巡査などすべて金田一耕助作品にちなんでいる。村の長である荒木嘉右衛門を演じたのは、映画『獄門島』(1977)で三長老の一人村瀬幸庵を演じた松村達雄という徹底ぶり。また第40話「今、甦る死」ではゲストに石坂浩二を迎え、古畑と対峙させている。映画『犬神家の一族』(2006)に那須ホテルの主人役で出演した。その後市川崑から金田一耕助ものの新作の脚本を打診されたことを受け、「車井戸はなぜ軋る」をもとに準備稿を用意したが、市川の死去により企画自体がなくなった。

ま

道尾秀介【みちおしゅうすけ】

（1975～）

作家。『月と蟹』で第144回直木三十五賞を受賞。熱心な横溝正史ファンで、学生時代に「本陣殺人事件」の地名が伏字になっている場所を訪ね歩き、一柳家のモデルにピッタリの家にたどり着いたところ、そこは横溝正史の疎開宅だった。てっきり自分だけの新発見と思っていたが、後に岡山の観光案内誌を読むと疎開宅が名所として紹介されていたというオチがつく。『貘の檻』（2014）は登場人物の名前やシチュエーションが、巧まずして『八つ墓村』に似てしまったと自身で解析している。

三津木俊助【みつぎしゅんすけ】

横溝正史が創造したキャラクター。新日報社の敏腕記者。由利先生とともに怪事件に挑むが、ワトソン役ばかりではなく自ら探偵役をつとめることも多い。本来金田一耕助とは接点がないが、山村正夫によりリライトされた「夜光怪人」では由利先生が金田一に書き換えられたため、はからずも名探偵同士の競演を果たしている。事件の背後関係を調べるのに新聞記者は便利だったのか、金田一耕助も新日報社社会部の宇津木慎介（女王蜂）、毎朝新聞文化部の宇津木慎策（白と黒、夜の黒豹）と、三津木によく似た名前の記者に調査を依頼している。

殺人事件だってね。
どれどれ、
僕にも
検分させて
くれたまえ。

新日報社の
花形記者
三津木俊助

密室殺人【みっしつさつじん】

内側から閉ざされた部屋に被害者だけが存在している状況。世界最初のミステリといわれるポー『モルグ街の殺人事件』以来、ミステリ作品では無数の密室殺人トリックが書かれてきたが、国内ミステリではふすまや障子などで構成された日本間では不可能といわれていた。そんな日本間での密室殺人を描いたのが「本陣殺人事件」である。金田一シリーズではほかに「悪魔が来りて笛を吹く」「女王蜂」「迷路荘の惨劇」などで密室殺人を扱っている。また「悪霊島」は構想段階では密室殺人が起きる予定だったが、実作には反映されなかった。

ミッシング・リンク【みっしんぐりんく】

ミステリにおいて、連続殺人と思われるのに被害者同士の関連が不明な謎のこと。被害者間の関係や法則が犯行の動機に結びついている場合が多い。金田一シリーズでは「八つ墓村」や「悪魔の手毬唄」などがミッシング・リンクにあたる。

緑ケ丘【みどりがおか】

金田一耕助が住んだとされる架空の町。東京都世田谷区に位置し、渋谷からも新宿からもバスや電車で半時間（鞄の中の女）の距離。位置関係や街の様子などから、横溝正史が住む成城がイメージされるが、成城とはまた別の町という設定で、互いの距離は自動車で20分ほど離れている（壺中美人、悪魔の百唇譜）。緑ケ丘町は昭和初頭に電車が開通し、住宅街として栄えた（毒の矢）。電車は東西を横断し、町は駅を中心に南北に開けている（女の決闘）。その電車は崖の下を通っており、緑ケ丘町が高台にあることがわかる（黒い翼）。緑ケ丘学園を中心として計画的に発展した

ため、道路も碁盤目に整備され道幅も広い。戦前は高額納税者が多く住むお屋敷町として知られたが、戦後は没落して家を手放す者が多く、その後に外国人など新しい住人が増えている。町内には緑ケ丘学園のほか緑ケ丘神社、緑ケ丘郵便局(毒の矢)、緑ケ丘病院(毒の矢他多数)、東亜映画の撮影所(黒い翼)、M銀行の支店、喫茶店ベラミー(扉の影の女)、丸見屋運送店(蝙蝠男)などがある。「蝙蝠男」のみ目黒区に実在する緑ケ丘に設定が変わっているため、後ろ見返しの「金田一耕助事件簿MAP東京編」では目黒区とも世田谷区ともとれる場所に設定している。

緑ケ丘荘【みどりがおかそう】

金田一耕助が「松月」(P.93参照)を引き払って移り住んだ高級アパート。ガラスをたくさん使った近代的な建物で金田一は二階の正面、窓から玄関や正門が見おろせる三号室を占拠している。寝室、応接室、書斎の三部屋にキッチン、バス、トイレと一人暮らしにはぜいたくな間取りだが、「悪魔の降誕祭」では引っ越して早々、室内で依頼人が殺されるという探偵小説の主人公らしい洗礼を受けている。「スペードの女王」では、金田一を狙って犯人がアパートの門のそばに潜んでおり、「迷宮の扉」では何者かに侵入され部屋を荒らされてしまう。近代的で最新の設備を誇る緑ケ丘荘だったが、「病院坂の首縊りの家」第2部の昭和48(1973)年までの間に、わずか10数年でマンションに建て替えられた背景には、金田一耕助が住むことで治安上の問題があるとみられたのかもしれない。(→P.11 "金田一耕助住居図解"の緑ケ丘荘を参照)

緑三〇四【みどりさんまるよん】

横溝正史作品が角川文庫に収録された際の整理番号。角川文庫は当初、本に岩波文庫の分類に準じた色の帯を巻いており、赤は外国文学、黄色は日本古典文学、白は思想・芸術・科学の分野を示し、緑は現代日本文学だった。三〇四は同文庫に収録された作家の通し番号で、この分類は平成元(1989)年まで続いた。昭和46(1971)年に第1巻として『八つ墓村』が刊行されて以来、昭和60(1985)年に『風船魔人・黄金魔人』が刊行されるまでの14年間で89巻の文庫が発行された。杉本一文(P.100参照)のカバーアートによる旧角川文庫版の横溝正史作品がこの整理番号内にほぼ収まることから、まず「緑三〇四」のコンプリートを目標とする新規の横溝ファンが多い。ちなみにジュヴナイル作品を80巻から順に刊行、『横溝正史読本』『シナリオ悪霊島』など関連書籍を99巻から逆順に刊行した関係で、72〜79、96、97は欠番となっている。

文庫棚の一角を占めるその黒々とした本の集まりをひと呼んで――緑三〇四

角川文庫 緑三〇四 -1- ¥460

初版で黒い背でなかった作品も、順次、黒背に切り替えられていきましたが、NO.63の『真説 金田一耕助』だけはオリジナルのまま変更なしでした

醜い女【みにくいおんな】

横溝作品には絶世の美女が多く登場するが、不美人の登場率も高い。多くの不美人は「醜い女」と形容され、その容姿は総じて髪が恐ろしく縮れていて、眼は強度の近視で飛び出ており、いかつい体格をしている。ただし、その容姿を補うものとして、知性や威厳、神秘性などを持ち合わせている場合が多い。不美人と称される登場人物には、「車井戸はなぜ軋る」の秋月りん、「七つの仮面」の山内りん子、「鏡の中の女」の増本克子、「悪魔の寵児」の望月種子などがいる。

三船敏郎【みふねとしろう】

(1920〜1997)

俳優。制作プロダクション「三船プロダクション」代表。三船プロは『横溝正史シリーズⅡ 女王蜂』『同 迷路荘の惨劇』(1978)、映画『金田一耕助の冒険』(1979)の製作を請け負い、『金田一耕助の冒険』ではその縁から劇中映画の金田一耕助を演じている。このとき三船が着用していた金田一の衣装は、石坂浩二が着た本物を東宝から借りてきたという。三船は原作にも名前が登場している。「鏡の中の女」で、会社重役河田重人の運転手、杉田豊彦が「三船敏郎ばりの苦み走った好男子」と描写されている。また「黒

い翼」には「東亜映画ニューフェース第一期生」で男性美を売りものとする俳優の三原達郎が登場する。三船は「東宝ニューフェース第一期生」であり、経歴や名前の類似から、三原のモデルと思われる。

耳盥【みみだらい】

「人面瘡」に登場するたらいの一種。左右の把手が耳の形に似ているところから言われるようになった。お歯黒をつけるため口をすすぐ際に用いられた。多くは漆器で小形だが、作中の耳盥は脚がついた大きなものだったと書かれている。

こりゃまた大きな耳盥じゃなあ。

名詮自性【みょうせんじしょう】

横溝作品では、登場人物名がそのキャラクターの特徴を表すことが多い。「死神の矢」の三人の求婚者は高見沢康雄が背が高く、神部大助が大兵肥満、伊沢透がすきとおるような色白とわかりやすい。犬神家の相続人、佐清・佐武・佐智も「佐」に続く文字がそれぞれの性格をよく表している。「魔女の暦」ではストレートに「(山城)岩蔵は名詮自性、岩のようにいかつい体」と書いている。少ないページで登場人物を印象づける手段として有効だったのだろう。

『民間承伝』【みんかんしょうでん】

「悪魔の手毬唄」に登場する民俗学の研究誌。

三船敏郎

柳田國男が中心となって結成した「民間伝承の会」の機関誌『民間伝承』をモデルとしている。『民間伝承』の発行元は六人社といい、戦前に横溝が『真珠郎』を刊行した出版社。横溝の異母弟・武夫も同社の発起人をつとめており、その縁から『民間伝承』が身近にあったのだろう。ちなみに多々羅放庵「鬼首村手毬唄考」が『民間承伝』に掲載されたのは昭和28年9月号という設定。

武蔵野【むさしの】

東京都・埼玉県を中心とする関東地方の一地域の名称。その範囲には特に定義がないが、国木田独歩『武蔵野』では東は雑司ヶ谷（東京23区西部）、西は立川（多摩）、北は埼玉県川越市、南は神奈川県川崎市北部あたりとしている。金田一シリーズではおもに吉祥寺・三鷹を中心とした西東京エリアをさす場合が多く、阿佐ヶ谷から小金井、経堂、成城あたりを武蔵野と形容することがある。

行く末は
空もひとつの武蔵野に
草の原より
出づる月かげ

六島【むしま】

岡山県笠岡市にある島。岡山県・広島県・香川県の境にあり、岡山県の最南端に位置している。横溝正史が「獄門島」を執筆する際、島のモデルにしたとされるが、設定上の獄門島は六島よりずっと大きく、地理

的な面のみをヒントにしたと考えられる。獄門島の規模や風俗は、加藤一（P.53参照）が勤務していた真鍋島がモデルとなっている。

夢遊病【むゆうびょう】

夢中遊行の現場を
廁の窓から目撃する
金田一耕助

眠っているときに歩き回ったりものを食べるなど簡単な動作を行うが、起床時には記憶にない症状。睡眠時遊行症。「本陣殺人事件」「夜歩く」「人面瘡」「不死蝶」「悪魔の降誕祭」など複数の事件で取り上げられている。金田一耕助も「人面瘡」で、夢遊病に関する事件を「いままでに扱ったことも二、三度ある」としている。また金田一は「悪魔の降誕祭」「人面瘡」双方の事件で夢遊病の現行を目撃したのは初めてであるように書かれているが、これは「悪魔の降誕祭」発表後に、それ以前に起きた事件として「人面瘡」が発表（金田一ものに改稿）されたために起きた齟齬にすぎない。

村井邦彦【むらいくにひこ】

(1945〜)

ＧＳ、歌謡曲、映画音楽と多方面に活躍する作編曲家。プロデューサー。映画『悪魔の手毬唄』(1977)では甘いストリングスからファンキーなエレクトリックまで、曲調の振幅がドラマを鮮やかに盛り上げる。

ま

『村のロメオとユリア』【むらのろめおとゆりあ】

スイスの作家ケラーによる小説でシェイクスピア『ロミオとジュリエット』をスイスの山村に置き換えたもの。横溝は「村のロメオ」という響きが気に入ったとみえ、「悪魔の手毬唄」で青池歌名雄を何度となくこう形容したが、実はそれより前の作品である「湖泥」でも、北神浩一郎に同じことばを用いている。どちらも村の模範青年だが、恋のさや当てをめぐる事件に巻き込まれる。

村役場の書記【むらやくばのしょき】

「夜歩く」の屋代寅太と「八つ墓村」の寺田辰弥が、初対面の金田一耕助に抱いた印象。風采の上がらない様子とよれよれの着物から連想される「村役場の書記」がどのような職業だったか今では判断しかねるが、「首」には実際に村役場の書記をつとめる伊豆という男が登場する。その風貌は、「一見して村役場の書記だった」とあるのでやはり立派な身なりではなかったのかもしれない。

村役場の書記たる者、いくらなんでも あのように ヨレヨレの格好のまま 出歩いたりしませんぞ！

ごもっとも……

『迷宮入り探偵』【めいきゅういりたんてい】

かんばまゆこが2012年～2016年に発表した探偵パロディコミック。パロディ漫画の探偵といえば、シャーロック・ホームズの扮装をマネしているのが長い間スタンダード

だったが、本作ではついに金田一耕助の衣装をまとった迷探偵が誕生！ チロル帽に着物姿の池々郷は、アリバイもトリックも見破れないけどとにかく犯人を指摘することが生きがいの自称・探偵。警察が決して捕まえることのできない宿敵・殺人ピエロ（なぜならいまだに殺人に成功したことがないから）の挑戦をできるだけ受けないようにしながら、池々郷は今日も犯人を指摘する。

名刺【めいし】

名刺に一筆を添えて紹介状代わりにする習慣があり、金田一も「黒猫亭事件」ではその手で事件に介入している。「女王蜂」や「迷路荘の惨劇」など多くの作品で事例が見られるが、ニセの紹介状を持参し事件を起こす者も多い。金田一耕助も自分の名刺を持っているが、肩書も住所もなく「金田一耕助とただそれだけ」しか刷られていないもの（夜歩く、迷路の花嫁、仮面舞踏会）と、名前と住所が刷ってあるもの（暗闇の中の猫）、そして私立探偵と肩書のついた名刺（病院坂の首縊りの家）があり、使い分けていた。

メイ探偵【めいたんてい】

金田一耕助はしばしば自身を「メイ探偵」と自虐的に称することがある。「死仮面」「迷路荘の惨劇」「女王蜂」「火の十字架」「鞄の中の女」「霧の山荘」「仮面舞踏会」

余興だったんじゃないですか。「メイ探偵金田一耕助先生 みごとにペテンに ひっかかって 警察をさわがせる」 いい話の 種じゃ ありま せんか。

in 霧の山荘

等々、枚挙にいとまがない。自身が介入することによってより事件が複雑になったり、時には犯人に利用され事件をかく乱させてしまった場合に発することが多い。「迷探偵」の意味を込めているのだろうが、最終的にはすべての事件を解決に導く金田一耕助はまぎれもなく「名探偵」である。

『名探偵金田一耕助の推理ゲーム』
【めいたんていきんだいちこうすけのすいりげーむ】

昭和54(1979)年にエポック社から発売されたボードゲーム。イギリスの推理ゲーム「Cluedo(クルード)」を日本語に翻訳、当時ブームだった金田一耕助の名を冠して販売された。遊び方はプレイヤーが探偵となって屋敷を模したボード上の各部屋を移動しながら「事件現場」「容疑者」「凶器」を推理するというもの。海外ゲームの翻訳ゆえに、金田一耕助の世界観はさほど再現されていない。

『名探偵コナン』【めいたんていこなん】

青山剛昌が平成6(1994)年から連載を続けている推理コミック。謎の組織に小学生の姿にかえられてしまった高校生探偵工藤新一が、江戸川コナンと名乗って次々と難事件を解決する。作中、サブキャラクターに横溝参悟・重悟という兄弟刑事が登場する。コミックスの見返し部分のコラム「青山剛昌の名探偵図鑑」では各巻一人ずつ古今の名探偵を紹介しているが、第6巻に金田一耕助が、第56巻では人形佐七が登場している。

『名探偵夢水清志郎事件ノート』
【めいたんていゆめみずきよしろうじけんのーと】

はやみねかおるが発表したジュニア向けミステリシリーズ。自称名探偵の夢水清志郎が隣に住む三つ子の姉妹、亜衣・真衣・美衣と共に身の回りに起きた不思議な事件の謎を解く。『亡霊は夜歩く』『踊る夜光怪人』などタイトルにも横溝ファンと思しき目く

ばせを忍ばせていたが、シリーズ番外編『ハワイ幽霊城の謎』では金田ファーストなる老人が登場。ハワイの金持ちが作ったお城に50年も世話になっている居候という設定だったが、夢水清志郎だけがその前身を見抜き、名探偵の先輩として敬意をもって接した。

『名探偵デジタルファイル 金田一耕助』
【めいたんていでじたるふぁいるきんだいちこうすけ】

1996年にプレス・コーポレーションから発売されたCD-ROM。原作、映像作品などをイラストやマップ、朗読などで紹介するデータベースソフト。この時期、Windows95が発売された影響でCD-ROMが多数企画・販売された。『横溝正史シリーズ』など当時はソフト化も再放送もなかった映像作品は、リアルタイムで視聴していたであろうライターによる解説記事が目新しかった。

メジューサの首【めじゅーさのくび】

「トランプ台上の首」で言及される症例。へそを中心として皮下静脈が放射状に膨張した状態が、ギリシャ神話に登場する、髪が一本一本蛇と化した怪物の頭に見えることからこの名がある。小酒井不木『メデューサの首』(1926)に同様の症例が先行して取り上げられている。

caput
medusae

メッカ殺人事件【めっかさつじんじけん】

昭和28 (1953) 年7月27日夜、東京新橋のバー「メッカ」の天井から血がしたたり落ち、天井裏から証券ブローカーの死体が発見された。所持金を目当てにブローカーを殺害したとして同店のボーイらが逮捕されたが、主犯の男が捕まらず全国に指名手配された。主犯の男は事件発生以来78日目の10月12日に潜伏先の京都で逮捕された。2か月半の逃走劇は当時話題となり、横溝正史も「花園の悪魔」で指名手配された容疑者が一種のメッカ・ボーイであると重ね合わせているが、そこにひとひねりを加えている。ただし「花園の悪魔」はその発表時期から昭和28年4月〜6月の事件と推定され、メッカ事件発生以前に解決している計算になる。

メンコ【めんこ】

昭和期の子どもの定番玩具。長年子どもが読むべきものではないとされてきたミステリと玩具は相反する存在だが、そこには映画という抜け道があった。丹下左膳や銭形平次といった映画でおなじみのヒーローや、市川右太衛門、片岡千恵蔵などの映画スターは子どもの間でも大人気で、版権の許諾を得ないままに様々なメンコが作られた。横溝作品でも『人形佐七捕物帳』のポスターを模写したメンコや、映画『三つ首塔』の片岡千恵蔵の図版を転載したメンコの存在が確認されている。千恵蔵メンコはいわゆるパチモンだが、ほぼ最古の金田一耕助グッズといえよう。

猛蔵体操【もうぞうたいそう】

映画『病院坂の首縊りの家』(1979) の1シーン。回想場面で五十嵐猛蔵 (久富惟晴) が突如もろ肌を脱ぎ、刺し子の道着姿でベランダに出て体操を始める。猛蔵がベランダに出るための演出だったが、じっとりと重苦しい物語の途中にさしはさまれた機敏な動作が唐突で、体操部分のみが深く印象に刻まれたファンが多い。

『モー将軍』
【もーしょうぐん】

詩人田口犬男が2000年に刊行した第2詩集。第31回高見順賞受賞。収録作の一編「不思議の国の金田一耕助」は、鬼首村へと急ぐ金田一耕助が迷い込んだ森でアリスと名乗る少女と出会って……、という内容の詩。

田口犬男著『モー将軍』
(思潮社)

モーリス・ルブラン 【もーりするぶらん】

（1864～1941）

作家。怪盗紳士アルセーヌ・ルパンの生み
の親。横溝正史は小学校6年生のときにル
ブランの『813』を三津木春影が翻案した
『古城の秘密 前篇』を読み、探偵小説の面
白さに目覚めた。横溝は晩年になってなお
「七面倒な理屈を抜きにすれば、『八一三』
こそは世界で一番面白い探偵小説ではない
か」と絶賛している。編集者時代にはルパン
ものの翻案を書いたり、戦前の由利先生
シリーズでは、ルパンをほうふつとさせる
怪盗・怪人が登場するなど、ルブランの影
響がみられる。金田一耕助シリーズでは、
「本陣殺人事件」で『虎の牙』に言及してお
り、密室殺人のヒントを同作より得ている。
また「三つ首塔」で様々な身分・名前を使
い分けヒロインを支える高頭のチートぶり
は、ルパンを原形としているのかもしれな
い。ほかにも『813』『三十棺桶島』『金三
角』などの諸作から趣向を取り入れるなど、
ルブランは横溝作品の血肉となっているこ
とがわかる。

Maurice
Leblanc
モーリス・
ルブラン

モデル仲介業 【もでるちゅうかいぎょう】

戦後すぐの時期、戦中の抑圧の反動や性へ
の解放感からヌード写真が大流行した。占
領軍の検閲も寛容だったため、大衆的な雑

誌のみならず、文芸誌にまでヌード写真が
掲載された。ブームはアマチュア写真家に
も広がり、ヌードモデルを仲介する業者が
急増した。「花園の悪魔」の東亜美術倶楽部
や「幽霊男」の共栄美術倶楽部など、事件
に巻き込まれる仲介業者は、中でもうさん
臭いランクに属している。昭和23 (1948) 年
には「裸体芸術写真撮影競技会」と称して
開催されたヌード撮影会で、3人のモデル
に対して写真家が400人以上も集まり、摘
発されたこともあった。

桃色の霧 【ももいろのきり】

「八つ墓村」に登場する性愛後のエクスタシ
ーを表現することば。「桃色の美しい霧が二
人の体をつつんだ」。横溝正史は性愛表現に
詩的な形容を当てることがあり、「華やかな
野獣」では愛の交歓をオペラに見立て、「感
謝のアリア」、「男女の二部合唱」などと音
楽用語で描写した。

モンタージュ写真 【もんたーじゅしゃしん】

合成写真のこと。犯罪捜査で目撃者の証言
から顔のパーツを合成して容疑者の顔写真
を作り上げていく。「悪魔が来りて笛を吹
く」の天銀堂事件で、生存者の証言をもと
に作成された。

ま

横溝クラフト手芸部

「横溝正史作品や金田一耕助への愛をなんらかの形にするファンアート発表部活動」と謳ったサークル、それが「横溝クラフト手芸部」だ。ツイッターで「#横溝クラフト手芸部」と検索すれば作品を鑑賞でき、自分の作品を持ち寄ることもできる。ここではその中から、中心メンバーによる作品の一部を紹介しよう。

ブックカバー

金田一耕助をイメージする刺繍を施した布製ブックカバー。

古谷一行の連続ドラマのタイトルが白糸の刺繍で入れられている。裏地は角川文庫の「緑304」をイメージ！

バッグ

『病院坂の首縊りの家』で坂の上からヒロインを見送る金田一耕助。

『不死蝶』をモチーフにしたバッグ。原作を読んだ人なら、蝶と一緒にコーヒー豆をあしらっているのにも納得だろう。

てぬぐい

横溝作品を家紋のような図案にした注染仕上げのてぬぐい。岡山県倉敷市の横溝正史疎開宅にも寄贈、展示されている。

169

ワッペン

映画『悪魔の手毬唄』で大滝秀治演じる権藤医師。どんな場面でこのセリフを言ったか覚えているだろうか？

『犬神家の一族』から佐清。遺言状公開の場面を描いている。

アクセサリー

おなじみ『犬神家の一族』の逆立ち足を再現したレジン製イヤリング。コンセプトは「身につけるミステリー」。

ネイル

ジェルネイルやアクリル絵の具を使って作成。角川文庫と市川崑映画の『犬神家の一族』がモチーフになっている。

こちらは、『犬神家の一族』に登場する三種の家宝。

はんこ

横溝正史の似顔や作品タイトルをモチーフにしている。手に持っているのは、稲垣吾郎版『八つ墓村』に登場する脅迫状を再現したもの。

横溝クラフト手芸部
【よこみぞくらふとしゅげいぶ】

横溝正史関連の同人誌を制作する個人サークル「探偵堂」でも知られる「やまもと」が、横溝関係のクラフトアイテムを趣味で作る「おさむし」と「1000人の金田一耕助」を通じて知り合い、結成。おさむしが部長、やまもとが副部長を務め、メンバーに「かえる」、そのほかにサポート・メンバーという布陣で活動している。

横溝クラフト手芸部と探偵堂の同人誌

https://twitter.com/Chizu_Yamamoto
https://www.instagram.com/tanteido/
https://tanteido.booth.pm/

「やあ」「やあ」【やあやあ】

戦友の依頼で獄門島を訪れていた金田一耕助と、海賊捜査のため獄門島に出張してきた磯川警部が、「本陣殺人事件」以来9年ぶりに再会したときの二人のあいさつ。作中にも書かれているが間に太平洋戦争をはさんでおり、互いに消息の確認もとれない期間を経た末での再会だった。この短いあいさつには、ひとことでは言い表せないほど様々な思いがこめられている。

↑ 清水さん

役所広司【やくしょこうじ】

(1956〜)

俳優。ドラマ『女王蜂』(1990) で金田一耕助

を演じる。原作通りの和服姿だが、役所が着ると素浪人のような風情である。抜群の推理力を持ちながら事件の依頼がなく、事務所の電気、水道などを止められている貧乏探偵という設定。秘書の池田明子には頭が上がらない。

屋号【やごう】

「悪魔の手毬唄」の舞台である鬼首村では互いの家を「枡屋」「秤屋」といった屋号で呼ぶ習わしが残っており、事件の鍵となった。現在でも地方の集落で同じ苗字や親戚同士の家が多い場合など、区別をつけるために屋号で呼び合っている地域もある。

香具師【やし】

祭礼や縁日など人の集まる場所で興行や物を売る商売をしている人。バナナのたたき売りやガマの油売りなど、商売ごとに特徴的な口上が呼び物だった。「獄門島」では、死体が押し込められている吊り鐘を前に, 金田一耕助が香具師の下っぱみたいに見物を遠ざけたのち、みごとな推理を披露する。

『野性時代』【やせいじだい】

角川書店が1974年に創刊した小説誌。休刊、新創刊、『小説 野性時代』への誌名変更を経て現在も発行されている。横溝正史は同誌に「病院坂の首縊りの家」「悪霊島」「上海氏の蒐集品」を発表。特に「病院坂」は書籍化の際に手を入れて短くしているため、雑誌連載版は作品の成立過程を研究する上で貴重である。映画『犬神家の一族』公開時には金田一耕助特集を組み (1976年11月号)、横溝逝去の際には、「さよなら横溝正史」として50ページ近くもの特集を行った (1982年4月号)。また「悪霊島」を連載中の1979年2月号からは、執筆者のプロフィール欄に一問一答式のコメントがつくのが恒例企画となり、横溝も「いちばん好きな場所は？」「軽井沢の南原」のような回答を残している。

八ッはっか飴【やつはっかあめ】

1996年公開『八つ墓村』上映館で販売されていた商品。映画のタイトルに寄せて8本入りのはっか飴というだけのワンアイデアで、それでよく商品化できたものだと感動すら覚える。ラベルの「ただ単にはっか飴が8ヶ入っています」との注意書きも自虐的だ。信じられないだろうが、まぎれもない映画公認グッズである。

八つ墓村・犬神家混同問題
【やつはかむらいぬがみけこんどうもんだい】

湖に浮かぶ逆さの二本足。ご存じ「犬神家の一族」クライマックスの名場面であるが、何度も映画化、ドラマ化しているにもかかわらずSNS上では「八つ墓村」の一場面と間違えてしまう方が少なからず存在する。もちろん作品に触れたことがなく、インパクトある絵面とインパクトあるタイトルが頭の中で重なって発言している方が大半なのだが、そのような方を注意するのではなく、むしろ作品の面白さを伝えてより好きになってもらおうとする動きが横溝ファンの間で広がっている。ハンドメイドで「混同問題啓蒙グッズ」を作成したり、「八つ墓村」と間違えている発言をただリツイートすることで本人にさりげなく気づかせる「その八つ墓村、実は犬神家の一族です！」アカウントの存在など、それぞれ様々な工夫をこらしている。SNS上の横溝ファンは、初心者に対して実に寛容なのである。

「横溝クラフト手芸部」（P.168参照）製作のキャンバスストートバッグ。発表を機に「間違う人がいるのか」「混同しがちだったからこれがあると助かる」など、両方からの意見が相次いだという。

山川警部補【やまかわけいぶほ】

成城署の警部補。成城を舞台にした「支那扇の女」「壺中美人」「悪魔の百唇譜」「白と黒」に登場。「支那扇の女」に太っているとの描写がある。部下に小ザルのあだ名を持つ志村刑事、まだ若い三浦刑事、江馬刑事がおり大所帯である。

山崎夫妻【やまざきふさい】

金田一耕助が住む緑ヶ丘荘の管理人。依頼人を部屋まで案内したり、緑ヶ丘荘の電話交換も兼ねており、依頼人の目撃情報や金田一宛の不審な電話を受けるなどときに重要な証言をもたらす。また奥さんのよし江さんは、金田一が経済的にピンチを迎えると、こっそりと当座の資金を用立てるなど、単なる管理人と住人にとどまらない親交を結んでいる。そのため緑ヶ丘荘がマンションに建て替えられたのちも、山崎夫妻は変わらず管理人であるばかりか風間俊六に請われ金田一耕助のハウス・キーパーまでつとめている。長年の奉仕に対する恩返しとして、「病院坂の首縊りの家」では金田一耕助から、「余生を楽に過ごしていける」ほどのお金を振り込まれる。

や

山下智久【やましたともひさ】

(1985〜)

歌手。俳優。芦辺拓の原作をドラマ化した『金田一耕助VS明智小五郎』(2013)、『金田一耕助VS明智小五郎ふたたび』(2014) で金田一耕助を演じる。時代を「本陣殺人事件」直前の昭和12(1937)年に設定しており、伊藤英明演じる明智小五郎が江戸川乱歩の原作どおり怪人二十面相や黄金仮面などの強敵と対決した名探偵なのに対し、金田一は名探偵の片鱗は見せるが、まだ経験も実績もないただ負けん気の強い青年に変更されていた。推理に詰まると両腕を頭上にピンと伸ばし棒のような姿勢でごろごろ転げまわるクセがある。(→"芦辺拓"参照)

山村正夫【やまむらまさお】

(1931〜1999)

作家。映画化もされた『湯殿山麓呪い村』(1980) では、金田一耕助の後継者ともいえるクイズマニアで大食漢の大学助手滝連太郎が探偵役をつとめる。1974年〜1975年に刊行された『少年少女名探偵金田一耕助シリーズ』(朝日ソノラマ) では、金田一耕助のジュヴナイル作品数が少ないため横溝正史と相談の上『蠟面博士』の三津木俊助(P.160参照)と『夜光怪人』の由利先生を金田一耕助に書き改めている。この版は角川文庫からも刊行され、45年もの間山村版が公式作品として流布してきたが、2021年に刊行が予定されている『横溝正史少年小説コレクション』(柏書房)にて改作以前の由利先生と三津木俊助が登場する「原作」が復刊される見込みである。

闇市【やみいち】

戦後の混乱期に成立した非合法な商業形態。終戦5日後の昭和20(1945)年8月20日には新宿駅に闇の露店市が開かれた。自然発生的に露店が寄せ集まった闇市は、GHQや警察の摘発よけのため連鎖式の長屋建築にまどまりマーケットをなし、商店街や繁華街へと発展していった。戦後を象徴する業態であるため、金田一耕助シリーズにもたびたび登場する。東京だけではなく、「死仮面」では岡山駅前のマーケットで発見された死体が事件の発端となる。

八幡の籔知らず【やわたのやぶしらず】

千葉県市川市に存在する雑木林。一度入ったら迷って二度と出られない土地とされて

おり、鍾乳洞のように入り組んだ地形や闇市のマーケット、迷路荘の複雑な構造を説明することばに用いられている。実際の八幡の藪知らずは周辺の再開発により20m四方ほどに縮小されているが、今なお足を踏み入れてはならない禁足地となっている。

遺言【ゆいごん】

「犬神家の一族」「三つ首塔」など、遺産相続の遺言をめぐる殺人事件は後を絶たない（→"遺産相続"参照）。遺言には、金品などの財産ばかりではなく、負の遺産ともいうべきものの処置を頼むものも存在する。「病院坂の首縊りの家」で本條徳兵衛は本條写真館隆盛の秘密を息子の直吉に暗示し、自分の死後その秘密の清算を遺言した。「獄門島」の金田一耕助は、戦友の鬼頭千万太の遺言に従って島を訪れるが、そこで起きた事件の背後には、網元の鬼頭嘉右衛門が残した遺言が深くかかわっていた。しかしシリーズ最大の遺言は、ほかならぬ金田一耕助自身のものだろう。「私はこれを金田一耕助氏の遺言だと信じている。遺言は守らなければならない」（病院坂の首縊りの家）。残念ながらこの遺言は半ばしか行使されていないが、いつの日か成城の先生の志を継いだ新たな伝記作家が、金田一耕助の遺言を守る日が来るかもしれない。

『雪割草』【ゆきわりそう】

横溝正史が昭和16（1941）年に『新潟毎日新聞』（途中『新潟新聞』と合併して『新潟日日新聞』に紙名変更）に連載していた家庭小説。二松學舎大学（P.132参照）が入手した「横溝正史旧蔵資料」から発見されたわずか11枚の原稿用紙から、戦時下の地方新聞に連載された小説と推定して掲載紙を特定、連載から77年後の平成30（2018）年に初単行本化された幻の作品。時節柄ミステリではないが、新聞連載ならではの起伏にとんだ急展開が続き、今読んでも最後まで手に汗握る物語と

なっている。主人公有爲子の夫となる賀川仁吾は、くちゃくちゃのお釜帽からはみ出しているもじゃもじゃの髪、よれよれの袴姿に吃音と、金田一耕助の原型と思しき人物造型であるとして刊行時に話題となった。これは、金田一耕助同様、横溝自身がモデルとなっているが故の相似と思われる。

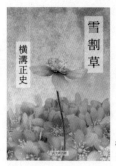

横溝正史著『雪割草』
（戎光祥出版）

『夢喰い探偵―宇都宮アイリの帰還―』
【ゆめくいたんていうつのみやあいりのきかん】

義元ゆういちが2015年〜2016年に発表した学園青春ミステリコミック。病弱な少女アイリを勇気づけるため、国谷一力は「病気を治して探偵になろう！」と約束する。やがて高校生となった一力の前に、約束を果たし名探偵となったアイリが現れる。第6話「金田一耕助vs.エラリー・クイーン」では文化祭の映画撮影に使用するマネキンの首切り見立て事件が発生。横溝正史『犬神家の一族』とクイーン『エジプト十字架の謎』を取り入れた良作ミステリになっている。

義元ゆういち著『夢喰い探偵―宇都宮アイリの帰還―（2）』
（講談社）

三津木君、
これは素晴らしい
事件だよ。
実に、実に、
実に……

白髪の
名探偵
由利
麟太郎

や

由利麟太郎【ゆりりんたろう】

横溝正史が創造した、金田一耕助と並ぶ探偵役。かつては警視庁にその人ありとうたわれた名捜査課長だったが隠退し、私立探偵となっている。まだ40代なのに、頭髪は雪のように真っ白である。新日報社の花形記者、三津木俊助と警視庁の等々力警部を相棒に約30もの事件で活躍した。その作風は「夜光虫」「幻の女」といった活劇調の事件から「真珠郎」のような耽美な事件、本格ミステリの「蝶々殺人事件」と金田一シリーズ以上にバラエティに富んでいる。主に戦前作品で活躍しているが、「蝶々殺人事件」で戦後の消息が書かれて以来、復活の兆しが見られた。しかし「神の矢」「模造殺人事件」と登場作品が相次いで未完となり、結局探偵役の座を金田一耕助に譲り渡してしまった。もし、横溝正史が戦後も金田一耕助と並行して由利先生シリーズを書き継いでいたとしたら、いずれは共演の機会が訪れたかもしれないと思うと、実に残念である。2020年には吉川晃司主演で連続ドラマ『探偵・由利麟太郎』全5話が放送された(三津木俊助役は志尊淳)。

洋食党【ようしょくとう】

時代が移り変わってもかたくなに和服姿をおし通す金田一耕助は、意外なことに食事はパンかそばが多い。現行の角川文庫版では削除されているが、昭和36(1961)年に東都書房より刊行された『白と黒』(初稿版)にははっきりと「かれはほとんど米食をやらない。若いころアメリカで放浪生活をやったせいもあろうが、それよりもひとり住いの不自由さから、しせん厄介な米食生活から遠ざかるようになったらしい」と書かれており、金田一耕助の食の好みは意図して設定されたものということがわかる。

斧琴菊【よきこときく】

「犬神家の一族」では犬神家の全事業、全財産の相続権をあらわす三種の神器として登場しているが、元は歌舞伎役者の三代目尾上菊五郎(1784〜1849)が「斧琴菊」柄の役者

よっ!

斧琴菊

文様を好んで用いて以来、代々尾上家に伝わる嘉言だった。尾上菊五郎一家のひいきだった横溝正史は「音羽屋から文句が出やしないかと思ってヒヤヒヤした」と述懐するが、2006年の映画『犬神家の一族』では、当代の尾上菊五郎の妻である富司純子が犬神松子を、両者の息子である尾上菊之助が犬神佐清を演じた。

『ヨキ、コト、キク。』【よきこときく】

こげどんぼ*が2004年〜2005年に発表したコミック（単行本はコゲどんぼ名義）。猫神家の家督相続をめぐってヨキ（良子）・コト（琴助）・キク（菊乃）の三つ子と長兄スケキヨの許嫁で使用人のタマヨが、表面上は仲良く力を合わせつつ、水面下では互いの武器と毒薬で激しく襲撃しあう浪漫ミステリギャグマンガ。趣味で猫神家の周囲を嗅ぎまわる探偵銀田一コースケや、猫神家の家宝を狙う怪盗レッドなど多彩なキャラが登場。

コゲどんぼ著『ヨキ、コト、キク。』（ブロッコリー）

よく使われる名前【よくつかわれるなまえ】

横溝正史はネーミングの好みに偏りがあり、同じような役回りの登場人物や屋号に同じ名前を何度も使う場合が多い。「犬神家の一族」で強烈な印象を残した「静馬」という名前すら、柚木静馬（仮面舞踏会（短編））、鵜飼静馬（佝僂の樹）、都築静馬（悪魔の設計図）、緒方静馬（黒衣の人）、甲野静馬（仮面劇場）、尾形静馬（迷路荘の惨劇）と戦前の作品から何度も登場している。「由紀子」に至っては金田一

耕助シリーズ内だけでも9人（湖泥、不死蝶、堕ちたる天女、吸血蛾、鞄の中の女、悪魔の降誕祭、悪魔の寵児、人面瘡、蝙蝠男）登場している。屋号でいえばキャバレーなら「ランターン」（睡れる花嫁、暗闇の中の猫、鏡の中の女）、貸しボートは「ちどり屋」（傘の中の女、貸しボート十三号、死神の矢）、喫茶店や服飾店は「アザミ」か「ミモザ」（多数）、また業種を問わず「たから屋」（吸血蛾、霧の中の女、檻の中の女）、「聚楽○○」（幽霊男、トランプ台上の首、雌蛭）といった名前がしばしば登場する。（→ "同姓同名" 参照）

予告殺人【よこくさつじん】

金田一耕助シリーズには「幽霊男」「悪魔の降誕祭」など犯人が殺人予告を行った事件がある。劇場型犯罪のはしりである「幽霊男」は銀座の往来に立っている広告塔（→P.75参照）から次の殺人を予告した。「悪魔の降誕祭」では、何者かが緑ケ丘荘の金田一耕助の事務所の日めくりをちぎって、クリスマスに合わせていることで次の犯行を予告している。

横溝正史【よこみぞせいし】

（1902〜1981）

推理作家。金田一耕助の生みの親。神戸市出身。幼少期より探偵小説の面白さに熱中し、自らも小説や翻訳を投稿するうち大正10（1921）年に「恐ろしき四月馬鹿」が雑誌『新青年』の懸賞に入選しデビュー。大正15（1926）年に江戸川乱歩の招きにより上京し博文館に入社、翌年『新青年』2代目編集長となる。昭和7（1932）年に博文館を退社、作家に専念し始めた矢先に喀血。信州上諏訪での転地療養生活を続けながら「鬼火」「蔵の中」「真珠郎」などの傑作を執筆する。昭和20（1945）年、疎開先の岡山県吉備郡岡田村字桜（現倉敷市真備町）で終戦を迎え、本格探偵小説執筆の意欲に燃える。昭和21（1946）年に発表した「本陣殺人事件」で第1回探偵作家クラブ賞を受賞。「蝶々殺人事件」「獄門島」「八つ墓村」など、本格探偵小説を次々に発表した。昭和30年代後半から一時休筆するが、全集や文庫の人気で執筆を再開、その復活劇は不死鳥に例えられた。昭和50年代に横溝ブームが到来、角川文庫の著作は累計5500万部を突破した。昭和51（1976）年、勲3等瑞宝章を受章。ブームの余波が残る昭和56（1981）年12月28日、S字結腸がんにより逝去。

平成14（2002）年に吉備路文学館で開催された「生誕百年記念 横溝正史展」ポスター

『横溝正史&金田一耕助シリーズDVDコレクション』【よこみぞせいしあんどきんだいちこうすけしりーずでぃーぶいでぃーこれくしょん】

朝日新聞出版から2015年〜2017年に刊行された分冊百科形式のDVD付き冊子。全55巻。古谷一行が金田一耕助を演じたドラマ『横溝正史シリーズ』全15作及び『金田一耕助の傑作推理』全32作を網羅。特に後者は初ソフト化作品も含まれており、貴重なコレクションとなっている。全冊購入特典として『横溝正史シリーズ 獄門島』第4話の複製シナリオと二松學舍大学に収められた「横溝正史旧蔵資料」から生原稿を複製した『横溝正史アーカイブス』が配付された。

『横溝正史エンサイクロペディア』【よこみぞせいしえんさいくろぺでぃあ】

横溝正史の書誌研究サイト（http://kakeya.world.coocan.jp/ys_pedia/ys_pedia_index.html）。横溝正史年譜と発表年代順作品リストを中心に、最新情報から横溝作品考察まで、幅広い分野の記事を体系的に掲載、まさに横溝正史百科事典の名にふさわしいコンテンツの充実ぶりである。サイト管理者の掛谷治一朗は『金田一耕助The Complete』『横溝正史研究』などに寄稿。横溝作品への博捜ぶりをいかんなく発揮されている。

横溝正史館【よこみぞせいしかん】

山梨県山梨市にある横溝正史資料館。東京都世田谷区成城の横溝の自宅敷地内にあり、横溝が晩年まで使用していた書斎家屋を平成18（2006）年に移築したもの。ともに寄贈された横溝正史自筆原稿や愛用の品などが展示されている。横溝家では当初、建物の老朽化を理由に解体処分するつもりでおり取り壊しの日程も決まっていた。解体の2週間前にその話を聞き、文化的存在が失われることを憂いた知り合いの古書店主が奔

177

走し、故郷の山梨市に打診したところ、時の市長が鶴の一声で寄贈を受け入れ、すんなりと移築がまとまった。長男の横溝亮一はこの時の取材に対し、「資料館としてだけでなく、俳句や音楽などの文化全般の活動拠点として使ってほしい」と語っており、横溝ファンによる読書会や「悪魔が来りて笛を吹く」のフルート曲演奏などが開かれた。今後の活動にも期待が寄せられる。

横溝正史旧蔵資料
【よこみぞせいしきゅうぞうしりょう】

平成17(2005)年に横溝正史自宅から発見された膨大な資料。書き損じの原稿約5000枚や映画やテレビ、ラジオのシナリオ約150点、ミステリ関連の洋雑誌約300冊などが確認された。平成19(2007)年に二松學舍大学が資料を一括で購入、調査が進められた。未発表作品「霧の夜の出来事」(調査の結果翻案と判明)や金田一耕助作品「首」「香水心中」「日時計の中の女」の長編化原稿が発見され、その成果は『横溝正史研究』などで報告された。また新聞連載小説『雪割草』(P.173参照)の発見も当資料に混じっていた11枚の原稿用紙から判明したものである。

『横溝正史研究』【よこみぞせいしけんきゅう】

戎光祥出版から発行されている横溝正史研究誌。2009年から2017年にかけ6号まで刊行されている。二松學舍大学が入手した「横溝正史旧蔵資料」の調査結果の発表の場として機能、創作上の資料出典や研究成果などの新発見が多数報告されている。他にも

金田一耕助特集の一環として古谷一行インタビューや映像化作品の考察、岡山県倉敷市の横溝正史イベントの取り組みなど横溝関連のテーマを幅広く掘り下げており、横溝ファン必携のシリーズである。現在は旧蔵資料の調査がひと段落つき、続巻のアナウンスがない状態だが、横溝正史年譜などの連載企画も途上なので、7号以降も発行が続けられることを期待している。

江藤茂博他編『横溝正史研究　創刊号』(戎光祥出版)

横溝正史疎開宅【よこみぞせいしせかいたく】

岡山県倉敷市真備町にある住宅。昭和20(1945)年5月～昭和23(1948)年7月まで、横溝正史一家が疎開生活を送った。長年空き家として放置されていたが、真備町(倉敷市と合併前)が家屋を買い上げ整備を行い、横溝正史生誕百周年の平成14(2002)年より一般公開された。加藤一など地元住民に献呈された著書や手紙、横溝正史夫妻の着物などが展示されている。稲垣吾郎が金田一耕助を演じた『犬神家の一族』(2004)では、横溝正史(演・小日向文世)が疎開していた家としてロケ撮影が行われた。その際小道具として使用された『本陣殺人事件』初刊本のレプリカが疎開宅に残されている。また「1000人の金田一耕助」イベント(P.105参照)の初期の数回では、葺き替えで屋根から降ろされた疎開宅の元屋根瓦が参加賞として配布された。

撮影／川崎修

『横溝正史読本』【よこみぞせいしどくほん】

昭和51 (1976) 年に角川書店から刊行された横溝正史と小林信彦の対談集。横溝の編集者時代の回顧や同時代作家の思い出、金田一耕助作品の創作のヒント、そして海外ミステリの受容と濃密な対談内容である。昭和54 (1979) 年に文庫化された際、単行本に掲載されていた昭和40 (1965) 年の日記は削除されたが、付録資料の随筆「探偵茶話」や江戸川乱歩、坂口安吾、高木彬光による横溝作品評など読本の名に恥じない資料はそのまま掲載されている。平成20 (2008) 年に期間限定で復刊し、横溝ブーム以降の年譜が追加掲載された。単行本、また赤い表紙の文庫初版は今なお古書価が高いが、平成復刊版は価格が安定し比較的入手しやすい。なお、横溝正史の随筆・対談集には他に『探偵小説五十年』(1972)、『探偵小説昔話』(1975)、『横溝正史の世界』(1976)、『金田一耕助のモノローグ』(1993)、『横溝正史自伝的随筆集』(2002) などがある。

横溝正史ミステリ&ホラー大賞
【よこみぞせいしみすてりあんどほらーたいしょう】

角川書店が横溝正史の顕彰と新たな才能の発掘を目指し、昭和55 (1980) 年に創設した一般公募による新人文学賞。第1回の斎藤澪 (P.82参照) 以来、名だたるミステリ作家を多数輩出した。第1回〜第20回は横溝正史賞、第21回〜第38回までは横溝正史ミステリ大賞、第39回からは、日本ホラー小説大賞との合併により横溝正史ミステリ&ホラー大賞の名称で開催されている。大賞受賞者には金田一耕助像 (山畑阿利一作) と賞金が授与される。第14回横溝正史賞佳作入賞の霞流一は、佳作受賞者には金田一耕助像が与えられないことを題材にした金田一耕助パロディ「本人殺人事件」(→『金田一耕助の新たな挑戦』参照) を書いた。

『横溝正史 MMの世界　金田一耕助の冒険』【よこみぞせいしみゅーじっくみすてりーのせかいきんだいちこうすけのぼうけん】

1977年にキングレコードから発売された企画アルバム。高田弘、成田由多可、羽田健太郎が作曲を担当。「金田一耕助のテーマ」と、いくつかの原作をイメージしてつくられた10曲が収録された。カバージャケットは杉本一文の描きおろし。横溝正史も推薦文を寄せており、ほかでは読めない一文である。2000年にCD化された際、茶木みやこ「まぼろしの人」「あざみの如く棘あれば」、古谷一行「糸電話」などファン垂涎のラインナップが追加収録された。ちなみに本CDに「見えない雨の降る街を」と掲載されている古谷一行の曲名は、「見えない雨が降る街で」の誤植である。羽田の楽曲は映画『金田一耕助の冒険』にも使用されている。

横溝孝子【よこみぞたかこ】

(1906〜2011)

横溝正史夫人。昭和2 (1927) 年に横溝と結婚。著書に句集『花筏』『二人静』。横溝は孝子のひと言から犯人の着想を得たこともある (→「それ、みんな犯人ですか」参照) が、普段は横溝の身の回りの世話に専心し、横溝が小説執筆に集中できる環境の維持に努めた。次女瑠美が語るように孝子は横溝にと

横溝正史を支えた 一番の功労者！
横溝孝子

本條写真館のことでしょう？
→映画でのセリフ

って「妻であり、母親でもあり、看護婦でもあり、医者でもあり、秘書でもあった」。横溝が雑事に煩わされることなく作品を発表し続けることができたのは、孝子や家族のサポートがあったからこそであった。横溝は、孝子の旧姓が中島なので作中人物に中島姓は使わないと語っている（厳密には「堕ちたる天女」に中島加代子という脇役が登場する）。横溝とともに映画『犬神家の一族』(1976)、『病院坂の首縊りの家』(1979) に特別出演。『病院坂』ではセリフもあった。

横溝パロディ回【よこみぞぱろでぃかい】

『古畑任三郎』『TRICK』などの横溝パロディが人気を博したためか、コメディタッチのミステリドラマでは横溝作品のパロディを行うエピソードが放送される機会が増え、「横溝パロディ回」というフォーマットが確立しつつある。一例をあげれば『早乙女千春の添乗報告書16 静岡湯けむりツアー殺人事件』(2004)、『リーガルハイ』(2012)、『私の嫌いな探偵』(2014)、『99.9 −刑事専門弁護士−』(2016)、『神の舌を持つ男』(2016)、『刑事ゼロ』(2019) など。地方の寒村に残る唄や伝説に見立てた事件が起きたり、遺産相続のもめごとで事件が起きるなど横溝テイストを盛り込んだものから、小道具の掛け軸に「獄門島」の俳句や『斧琴菊』が書かれている小ネタ系まで、バリエーションはさまざまである。中には劇中で登場人物が金田一耕助の扮装をするサービスも。

横溝亮一【よこみぞりょういち】

(1931〜2015)

横溝正史長男。音楽評論家。平成17 (2005)年にフィンランド獅子勲章騎士第1級章を受章。昭和45 (1970) 年に発表したエッセイ「畦道の鬼」では、疎開中の横溝が帯がとけて引きするのも気づかず鬼の形相で畦道を歩き回る姿を描き、構想中の横溝のすさまじさを印象づけた。横溝とは海外の探偵小説について語り合ったり、小説の題材について相談されるなどなにかと頼られていたという。横溝の晩年には、「対立する名門歌舞伎俳優の江戸時代から続く怨念による殺人事件がこの成城で起きる」との構想を聞かされており、前後の事情から「女の墓を洗え」(P.44参照) の骨子と推察される。

吉岡秀隆【よしおかひでたか】

(1970〜)

俳優。ドラマ『悪魔が来りて笛を吹く』(2018)、『八つ墓村』(2019) で金田一耕助を演じた。吉岡は『八つ墓』(1977) での寺田辰弥の少年時代の役で映画デビューをしており、その時金田一耕助を演じた渥美清とは、『男はつらいよ』シリーズで長年伯父と甥を演じてきた。『悪魔が来りて笛を吹く』製作発表時には、「尊敬する渥美清さんが金田一耕助を演じていること、縁を感じております」とのコメントを発表し、「(渥美が) 金田一を演じた年齢を越す前にできてよかった」との思いを打ち明けている。続く『八つ墓村』では、奇しくも渥美と同じ49歳で金田一を演じている。吉岡の金田一は、普段は頼りなげでかわいらしいところもあるが、事件の謎を解くことへの執念はすさまじく、謎解きの最中の気迫に周囲がのまれることも。またとらえどころのない一面も出すなど多様な面を持つ金田一である。

吉岡秀隆

吉田御殿【よしだごてん】

「華やかな野獣」の女経営者高杉奈々子は、所有する横浜本牧の臨海荘で夜な夜な享楽的なパーティーを開いていたことから吉田御殿の千姫と呼ばれていた。徳川秀忠の娘千姫は若くして未亡人となったため、住まいする吉田御殿に男を引き込んでは乱行の末に殺したという伝承に由来する。

「よし、わかった！」【よしわかった】

市川崑監督の金田一シリーズで加藤武演じる警部（署長）の決めゼリフ。コワモテの加藤が勢いよく手を打ちながら「よーし、わかった！」と叫ぶ場面は一度見たら忘れられないインパクトで、本書の読者なら一度はマネをしたことがあるはず。オーバーアクションのわりには何にもわかっていないあてずっぽうだから、陰惨な事件で気を張りつめていた観客はそこではっと息をつくことができる。市川監督もこのセリフはお気に入りで、横溝作品ではない『天河伝説殺人事件』(1991)やテレビ時代劇『御存知 鞍馬天狗』(1989)でも加藤にこのセリフを言わせている。バラエティ番組『ウッチャンナンチャンのやるならやらねば！』(1990〜1993)ではこのセリフをタイトルにした「クイズ

よし！わかった」コーナーまで作られ、加藤が解答者として出演した。

四人衆様【よにんしゅうさま】

「夜歩く」の屋代寅太は、江戸時代に古神家に対し百姓一揆を起こし処刑された「四人衆様」の子孫という設定だが、江戸時代に備中岡田藩で起きた「新本義民騒動」と呼ばれる百姓一揆がモデルとなっている。享保3 (1718) 年、山林の召し上げと労働の負担から役人と対立が続いていた岡田藩領内の新庄村・本庄村 (現岡山県総社市) の村民代表4人が、江戸屋敷にいた藩主・伊東長救に直訴。嘆願は聞き届けられたが、4人の代表は処刑された。村人は4人を厚く葬り、「四人衆様」としてまつった。

四十八歳の抵抗族
【よんじゅうはっさいのていこうぞく】

石川達三が昭和31 (1956) 年に発表したベストセラー小説『四十八歳の抵抗』から派生した流行語。「抵抗族」とも。定年を目前に控え人生の終点が見えてきたサラリーマンが、十代の女性に魅せられ平凡な生活や己の肉体に抵抗し最後の青春を謳歌する物語から、まじめな生活や社会の倫理に抵抗しはっちゃけてる中年男性のことを指す。「霧の中の女」の長谷川善三や、「鏡の中の女」の河田重人が抵抗族と評されているが、主に女性関係方面に「抵抗」しているため、事件が起きる元となる。

石川達三著
『四十八歳の抵抗』
（小学館）

絵描きのコラム
金田一さんのもじゃもじゃ頭

text：YOUCHAN

金田一耕助の髪型は「雀の巣」だの「もじゃもじゃ頭」だのと表現されるが、一体どんなヘアスタイルなのだろうか。

「幽霊男」や「華やかな野獣」では、被ったトルコ帽の下から髪がもじゃもじゃはみ出ており、「獄門島」では床屋から櫛も通らないと悪態をつかれる。「仮面舞踏会」では「しぜんにカールしたらしい蓬髪」とあり、油っ気もない。これらを総合するに、量が多い天然パーマで、もつれて横に広がる髪質なのでは、と推測した。

トレードマークのひとつ「お釜帽」とは山高帽子のことだが、「くちゃくちゃに形の崩れた」と常に形容されるため、実はラフスケッチの段階ではチューリップハット様の帽子を描いていた。映像の影響は根深い。ところが、どうにもこの帽子が髪型となじまない。煩悶の末、山高帽子に気付いて変更してみると、横に広がる蓬髪にしっくり馴染むではないか。ユーレカ！ 帽子のブリムに沿って髪が広がるのだ。

そして意外と羽織をはおっていることに気づく。山高帽子に羽織、袴。これは立派な訪問着であり、彼なりの正装なのだ。ヨレヨレだけど。この装いは小柄な金田一さんに実によく似合うなぁと思う。

余談であるが、警察の制服についても触れておきたい。戦後はデザインが何段階かにわたって刷新されたが、この本では昭和31年採用の制服に統一した。冬服は紺、夏服はグレーである。唯一の例外は、年代描写が重要な「獄門島」での一コマ（→「やあ」「やあ」参照）。昭和21年9月の事件だが、制服が軍服風から背広タイプに刷新されたのはなんと同年8月。県警勤務の磯川警部であれば、この新制服を着用していてもおかしくないが、小さな島の駐在さんにまでは行き渡らなかったろうと判断し、清水さんには（映画版同様に）戦前の白い夏制服を着てもらうことにしたのである。

初期のキャラクターデザインラフ。
磯川警部がオールバックである。

ライスカレー【らいすかれー】

「貸しボート十三号」で、金田一耕助がX大学ボート部の合宿所での聞き込み捜査の最中、彼を含む関係者一同に夕食としてふるまわれた。当時は固形のカレールウも市販されていたが割高だったため、本作のように大量に作る際には、炒めた小麦粉に粉末カレーを混ぜる作り方が一般的だった。ライスカレーをぱくつきながらの事情聴取は食欲をそそる名シーンで、空腹時に読むのは危険である。

ラジオドラマ【らじおどらま】

金田一耕助作品は、映画やテレビドラマだけではなく、ラジオドラマにもなっている。テレビ普及以前の昭和27(1952)年には、NHK第2で『八つ墓村』を放送、1957年〜1958年にはニッポン放送で『金田一耕助探偵物語』(金田一耕助：高塔正康)を放送した。1964年にはNHK第1で『支那扇の女』(金田一耕助：北村和夫)を放送。1975年には、NHK『連続ラジオ小説』で『悪魔が来りて笛を吹く』(金田一耕助：宍戸錠)を、同じNHKの『文芸劇場』で『鴉』(金田一耕助：佐藤英夫)を放送。翌1976年にはNHK『連続ラジオ小説』で『悪魔の手毬唄』(金田一耕助：緒形拳)を放送した。また1996年には映画『八つ墓村』公開にあわせ、TBSラジオ『角川ドラマルネッサンス』で『八つ墓村』(金田一耕助：鈴置洋孝)を放送した。ラジオドラマはテレビドラマ以上に音源の保存が行われておらず、ドラマCDとして発売された鈴置版『八つ墓村』以外は現在では聴取が難しい。

リップ・リーディング【りっぷりーでぃんぐ】

唇の動きからことばを読み取る技術。本来なら聞き取れるはずのない遠方の会話がわかるが、リップ・リーディングを取得した者のみしか知りえることができないため、情報自体の信頼性が揺らぐという特殊な状況を作り出すことができる。「鏡の中の女」「鏡が浦の殺人」では、この技術の持ち主が他人の会話を読み取ったことから事件が始まる。

理髪店【りはつてん】

「獄門島」で、金田一耕助は床屋の清公のもとで獄門島の情報収集を行う。漁師の見聞した"吊り鐘が歩く怪談"を聞き込んだのも清公の店先だった。また「本陣殺人事件」では、一柳三郎が床屋で三本指の男の噂を聞きつけてくる。『浮世床』の例を引くまでもなく、床屋はその土地の人が集い、しゃべり、噂話をする場所としてうってつけである。また網元や地主などの分限者であろうと漁師や百姓などの庶民であろうと、貧富の差がなく同じ店を利用するため、噂話が交差するポイントとして重要な位置にあることがわかる。

ルパシカ【るぱしか】

ロシアの民族衣装の一種。ルバーシカ。詰襟、左前開き、長袖のシャツで、腰帯を巻く。日本では芸術家が着用する衣装として

ベレー帽、マドロスパイプ、コール天のズボンなどとセットで記号化されていた時期があり、「白と黒」の画家水島浩三や「迷路荘の惨劇」のフルート奏者柳町善衛などがパイプにルパシカ、ベレー帽姿で登場した。

ルパシカ

『ルパン三世』【るぱんさんせい】

モンキー・パンチによるコミック、及びそれを原作に制作されたアニメシリーズ。TV第2シリーズ(1977〜1980)第15話「名探偵空をゆく」は世界の名探偵とルパンが対決するストーリーで、金田一耕助のパロディキャラクター、金田二耕助が登場する。第2シリーズではほかにも第7話「ツタンカーメン三千年の呪い」でCM入りのアイキャッチに「たたりじゃ!」とセリフが入ったり、第105話のサブタイトルが「怪奇鬼首島に女が消えた」となっていたりと、横溝ブームの影響がみられる。TV第4シリーズ(2015〜2016)第21話「日本より愛をこめて」には新進の探偵、明智・ホームズ・耕助が助手の大林・ワトソン・芳雄を引き連れて登場。

霊的エマナチオン【れいてきえまなちおん】

「迷路の花嫁」で建部多門が女性の信者にご祈祷と称する性的な交渉を行う際、自身の身体から放射すると豪語したスピリチュアルなエネルギー。エマナチオンとは放射性希ガス元素の総称。別名ラドン。温泉の効能として書かれていることが多い。スピリチュアルな用例としては、海野十三『科学時潮』『宇宙戦争』なごに登場する。

ちなみに「科学時潮」では金星に生息する怪人が怪馬力を出すときに用いたのがラジウム・エマナチオンであって、ああいう意味合いのコトバではないのでありまして……

日本SFの父　海野十三　Un-no Ju-za

「Ladies and Gentlemen」
【れでぃーすあんどじぇんとるめん】

「白と黒」で日の出団地に横行する怪文書の書き出し。原形作品の「渦の中の女」では、「Ladies and Gentlemen and Otottuan Okkasan」となっていた。人を揶揄するような文体も含めて、戦後を代表するボードビリアン、トニー谷の話芸をとりこんでいる。「白と黒」では前半部の「Ladies and Gentlemen」のみを活かし、怪文書の差出人を特定する手がかりとしての意味を新たに持たせた。

ら

レビュー 【れびゅー】

歌や踊り、寸劇などを組み合わせたショー形式の大衆娯楽演芸。日本では大正期に宝塚少女歌劇団が初めて上演し発展した。「本陣殺人事件」では、金田一耕助の風貌に対して「場末のレヴュー劇場の作者部屋」には（こういう人が）まだいたとあるが、これは横溝正史自身が榎本健一の楽屋を訪ねた折に、座付作者の菊田一夫を見かけた体験をもとに書かれた。戦後になるとレビューもピンからキリまで細分化し、「魔女の暦」紅薔薇座や「吸血蛾」東亜劇場のようにストリップ・ショーを目玉に取り入れたレビューも登場した。

和装じゃないけど金田一さんに似てる？

そしてボクがレビューの劇作家菊田一夫です。

蠟マッチ 【ろうまっち】

マッチ箱の横側ではなく、靴の裏や壁などザラザラした場所でこすって発火させることができるマッチ。蠟は使用されておらず、火薬部分の黄燐が半透明で蠟のように見えたためこの名前で呼ばれる。黄燐の特徴として、暗いところでぼうっと燐光を放つことが知られており、その特色をトリックに用いた作品があるが、黄燐は人体に有毒であることと自然発火の危険があるため、大正年間には製造禁止となっている。代わりに用いられた硫化燐は夜光性ではない。

「ロウマッチ」の通称で現在も販売されています。

先端に硫化燐

革靴の底で擦るとよいのですが、金田一さんは普段草履か下駄履きなので、コンクリートの壁や床などで着火

しゅっ

ロケット 【ろけっと】

飾り部分（チャーム）が開閉式になっており、写真や薬、お守りなど大切なものを入れて身につけられるようにしたペンダント。生涯の秘密を肌身離さず持ち歩くことができるため、古きよきミステリでは小道具としてよ

く用いられた。金田一シリーズでも「女王蜂」「毒の矢」「悪魔の降誕祭」などで登場人物の秘密がロケットに隠されており、物語にロマンを添えている。ペンダントではないが、ロケットのように開閉する指輪に毒薬を仕込んでいた犯人もいた。

若山富三郎【わかやまとみさぶろう】
（1929〜1992）

俳優。映画『悪魔の手毬唄』(1977)で磯川警部を演じた。それまでの若山は、どちらかというとコミカルで粗野な役が多く、磯川役での繊細で抑制のきいた演技で新境地を開いた。本作と同年公開の『姿三四郎』の2作で第20回ブルーリボン助演男優賞を受賞している。撮影現場での若山は、消えもの（小道具の食べ物）を片っぱしから食べてしまったり、ロケ先のSLに乗せてもらってニコニコ顔でスチール撮影に応じたりするなど無邪気な一面も見せていた。金田一ドラマではほかに『犬神家の一族』(1990)で犬神佐兵衛を演じているが、若山と横溝映像作品といえば映画『人形佐七捕物帳』シリーズの佐七役が知られており、新東宝、東映と映画会社をまたいで計11作に主演している。

「私はこの小説だけは映画にしたくなかった」
【わたしはこのしょうせつだけはえいがにしたくなかった】

映画『悪魔が来りて笛を吹く』(1979)のキャッチコピー。あまりにも陰惨な事件のため原作の冒頭で「ほんとうをいうと、私はこの物語を書きたくないのだ」と著者が心情を吐露していることをふまえている。テレビCMにも横溝正史を起用、著者自身が映画化を望まない作品とはどのようなものかと興味を引く仕掛けになっている。後に映画『金田一耕助の冒険』(1979)で、やはり横溝本人を担ぎ出して「私はこんな映画には出たくなかった」と自虐的なパロディのセリフを言わせている。

和田誠【わだまこと】(1936〜2019)

イラストレーター。毎日新聞に連載されていた横溝正史のエッセイ『真説 金田一耕助』のイラストを担当。結果、和田誠タッチの横溝正史や江戸川乱歩、石坂浩二に古谷一行、渥美清などの金田一耕助のイラストが多数掲載された。また映画『金田一耕助の冒険』ではオープニング・エンディングのアニメーションを担当。『ピンクパンサー』シリーズのクルーゾー警部よろしく丸顔の金田一と田中邦衛似の等々力警部が数々の冒険を行うアニメは短いながらも好評を博した。

映像作品一覧

■テレビドラマ

タイトル		放送日	金田一耕助	脚本	監督	キャスト	放送局
月曜日の秘密	犯人と毒薬	1957/2/18	岡譲司	志田正六		髙田稔、篠原暎子、沼田曜一、近衛敏明、他	日本テレビ
月曜日の秘密	無言の証人	1957/2/25	岡譲司	伊豆肇		汐見洋、山岡久乃、宮坂将嘉、千葉栄、他	日本テレビ
月曜日の秘密	花と注射器	1957/3/4	岡譲司			(不明)	日本テレビ
月曜日の秘密	霧の中の女	1957/3/11	岡譲司	有高扶桑		沢村契恵子、武藤英司、山岡久乃、鈴木祥子、他	日本テレビ
月曜日の秘密	ある夫婦	1957/3/18	岡譲司	伊豆肇		近藤宏、天地圭子、武藤英司、石田明子、他	日本テレビ
月曜日の秘密	釣堀に現れた女	1957/3/25	岡譲司	岡譲司		(不明)	日本テレビ
月曜日の秘密	泥の中の顔	1957/4/1	岡譲司	有高扶桑		細川俊夫、東美恵子、滝那保代、川田直理子	日本テレビ
月曜日の秘密	深夜の客	1957/4/8	岡譲司	志田正六		上月左知子、竹尾智晴、小林恭二、村瀬正彦	日本テレビ
月曜日の秘密	アパートの三階の窓	1957/4/15	岡譲司	岡譲司		(不明)	日本テレビ
月曜日の秘密	棄てられたダイヤ	1957/4/22	岡譲司	伊豆肇		(不明)	日本テレビ
月曜日の秘密	カバンの中の女	1957/4/29	岡譲司	有高扶桑		(不明)	日本テレビ
白と黒		1962/11/23	船山裕二	直居欽哉	松島稔	堀江璋子、藤村有弘、髙倉みゆき、須藤健一他	NET
八つ墓村		1969/10/4	金内吉男	野上龍雄	渡辺成男	原知佐子、田村正和、清見晃一、夏川かほる、他	NET
蒼いけものたち		1970/8/25〜9/29	(登場せず)	佐々木守	鈴木敏郎	酒井和歌子、中山仁、大出俊、沢村貞子、他	日本テレビ
おんな友だち		1971/6/22〜7/20	(登場せず)	佐々木守	黒田義之	范文雀、峰岸隆之介、髙橋昌也、鮎川いずみ、他	日本テレビ
いとこ同志		1972/8/22〜9/26	(登場せず)	佐々木守	松尾昭典	島田陽子、仲谷昇、佐々木剛、水谷豊、他	日本テレビ
八つ墓村		1971/08/02〜08/06	(登場せず)	小幡欣治	安江泰雅	水野久美、山本耕一、柳川慶子、飯田蝶子、他	NHK
横溝正史シリーズ	犬神家の一族	1977/4/2〜4/30	古谷一行	服部佳	工藤栄一	京マチ子、田村ън、岡田英次、ハナ肇、西村晃、他	TBS
横溝正史シリーズ	本陣殺人事件	1977/5/7〜5/21	古谷一行	安倍徹郎	蔵原惟繕	佐藤慶、荻島真一、淡島千景、長門勇、他	TBS
横溝正史シリーズ	三つ首塔	1977/5/28〜6/18	古谷一行	岡本克己	出目昌伸	佐分利信、米倉斉加年、真野響子、黒沢年男、他	TBS
横溝正史シリーズ	悪魔が来りて笛を吹く	1977/6/25〜7/23	古谷一行	石森史郎	鈴木英夫	沖雅也、長門裕之、草笛光子、檀ふみ、他	TBS
横溝正史シリーズ	獄門島	1977/7/30〜8/20	古谷一行	石松愛弘	斎藤光正	中村翫右衛門、河原崎国太郎、金子信雄、有島一郎、他	TBS
横溝正史シリーズ	悪魔の手毬唄	1977/8/27〜10/1	古谷一行	田坂啓	森一生	佐藤友美、小澤栄太郎、髙岡健二、池波志乃、他	TBS
横溝正史の吸血蛾	美しき愛のバラード	1977/10/15	愛川欽也	横光晃	髙橋繁男	田村亮、大空真弓、北村和夫、中山麻里、小坂一也、他	テレビ朝日
横溝正史シリーズII	八つ墓村	1978/4/8〜5/6	古谷一行	廣澤榮	池広一夫	鰐淵晴子、内田朝雄、荻島真一、中村敦夫、他	TBS
横溝正史シリーズII	真珠郎	1978/5/13〜5/27	古谷一行	安藤日出男	大洲齋	大谷直子、岡田英次、中山仁、原田大二郎、他	TBS
横溝正史シリーズII	仮面舞踏会	1978/6/3〜6/24	古谷一行	椋露路桂子	長野卓	地曱弘美、乙羽信子、草笛光子、木村功、他	TBS
横溝正史シリーズII	不死蝶	1978/7/1〜7/15	古谷一行	野上龍雄／米田いずみ	森一生	岩崎加根子、竹下景子、小澤栄太郎、植木等、他	TBS
横溝正史シリーズII	夜歩く	1978/7/22〜8/5	古谷一行	稲葉明子	水野直樹	谷隼人、伊藤雄之助、范文雀、村井国夫、岸田森、他	TBS
横溝正史シリーズII	女王蜂	1978/8/12〜8/26	古谷一行	石松愛弘	富本壮吉	神山繁、岡田茉莉子、片平なぎさ、夏夕介、他	TBS
横溝正史シリーズII	黒猫亭事件	1978/9/2〜9/9	古谷一行	安倍徹郎	渡邊祐介	太地喜和子、田口計、近藤洋介、池田秀一、長門勇、他	TBS

タイトル	放送日	金田一耕助	脚本	監督	キャスト	放送局
横溝正史シリーズII　仮面劇場	1978/9/16〜10/7	古谷一行	鴨井達比古	井上芳夫	長尾深雪、司葉子、新村礼子、菅井きん、池部良、他	TBS
横溝正史シリーズII　迷路荘の惨劇	1978/10/14〜10/28	古谷一行	田坂啓	松尾昭典	浜木綿子、千石規子、三橋達也、仲谷昇、他	TBS
本陣殺人事件　三本指で血塗られた初夜	1983/2/19	古谷一行	安倍徹郎	井上昭	西岡徳馬、本田博太郎、下條正己、高峰三枝子、他	TBS
ミイラの花嫁　嵐の夜にうぶ声が聞こえる	1983/8/13	古谷一行	江連卓	児玉進	田村高廣、根本律子、速水亮、三ツ木清隆、天本英世、他	TBS
横溝正史の真珠郎　金田一耕助を愛した女　"妖しい美少年"の正体は	1983/10/8	小野寺昭	田坂啓	田中登	真野響子、岡田英次、夏木勲、渡辺篤史、風祭ゆき、他	テレビ朝日
獄門岩の首　祟り？ 未亡人を襲う三百年前の愛の怨念!	1984/3/3	古谷一行	中村努	田中徳三	夏木陽介、加納竜、西川峰子、ハナ肇、久保菜穂子、他	TBS
霧の山荘　映画スター殺人事件　20年前の怨念いま晴らします	1985/5/27	古谷一行	江連卓	山口和彦	岡田茉莉子、冨家規政、松本留美、ハナ肇、他	TBS
死仮面　女子学生寮の恐怖　深夜の浴室に女の幽霊?	1986/5/12	古谷一行	宮川一郎	西村昭五郎	萬田久子、速水亮、加茂さくら、初井言榮、ハナ肇、他	TBS
名探偵金田一耕助　仮面舞踏会　嵐の夜妖しい女が殺人を呼ぶ	1986/10/4	小野寺昭	下飯坂菊馬	野村孝	松原千明、松尾嘉代、鈴木瑞穂、佐原健二、白川和子、他	テレビ朝日
香水心中　愛か? 復讐か? 西伊豆別荘を襲う骨肉の争い	1987/5/11	古谷一行	岡本克己	斎藤光正	河原崎健三、山下規介、高峰三枝子、高樹澪、他	TBS
不死蝶　奇怪な鍾乳洞に隠された謎　底なし井戸から怪しい蝶の群れ	1988/2/2	古谷一行	江連卓	西村昭五郎	宮下順子、神山繁、内田朝雄、有森也美、佐倉しおり、他	TBS
名探偵金田一耕助　三つ首塔　妖しく燃える女　相続人の華麗な闘い	1988/7/2	小野寺昭	佐治乾	野村孝	露口茂、松原千明、川津祐介、江木俊夫、武田久美子、他	テレビ朝日
殺人鬼　お化け屋敷で見たものは? 夜な夜な聞こえるあの音は何?	1988/7/26	古谷一行	岡本克己	藤井克彦	藤真利子、清水紘治、笹野高史、星由里子、ハナ肇、他	TBS
死神の矢　京都連続殺人　女の血の呪い	1989/3/27	古谷一行	岡本克己	関本郁夫	松尾嘉代、汀夏子、山口崇、長山洋子、ハナ肇、他	TBS
薔薇王　からくり人形に秘められた血の過去　消えた花嫁の謎	1989/10/11	古谷一行	江連卓	藤井克彦	松原智恵子、中尾彬、渡辺典子、榎木孝明、ハナ肇、他	TBS
犬神家の一族　名探偵金田一耕助の推理が完全犯罪に挑む! 美しい女相続人が招く　怪奇連続殺人!! 呪われた仮面の秘密……。	1990/3/27	中井貴一	長坂秀佳	松尾昭典	岡田茉莉子、三ツ矢歌子、若山富三郎、石黒賢、財前直見、他	テレビ朝日
名探偵金田一耕助　夜歩く女　呪われた結婚申し込み　首なし死体がふたつ!	1990/9/1	小野寺昭	猪又憲吾	山本迪夫	三浦洋一、西岡徳馬、南条玲子、内藤武敏、秋野太作、他	テレビ朝日
昭和推理傑作選 獄門島	1990/9/28	片岡鶴太郎	岸田理生	福本義人	フランキー堺、遙くらら、岡田真澄、牧瀬里穂、加藤武、他	フジテレビ
女王蜂　名探偵金田一耕助が怪奇連続殺人の謎に挑む!「浴室の美女の妖しい痣と消えた婚約指輪の秘密…」	1990/10/2	役所広司	長坂秀佳	井上昭	大出俊、小川知子、井森美幸、石立鉄男、川崎麻世、寺田農、他	テレビ朝日
悪魔の手毬唄	1990/10/5	古谷一行	峯尾基三	関本郁夫	有馬稲子、石黒賢、加藤武、伊藤つかさ、藤岡琢也、他	TBS
魔女の旋律　猛火の中から消えた二人…　嵯峨野にすすり泣くバイオリンの謎	1991/2/27	古谷一行	江連卓	吉田啓一郎	萩原流行、伊藤かづえ、沖田浩之、穂積隆信、ハナ肇、他	TBS
八つ墓村　双生児の老婆が語り始める…　血も凍る連続殺人の幕開け	1991/7/1	古谷一行	関本郁夫／新津康子	関本郁夫	夏木マリ、鶴見辰吾、ジョニー大倉、浅田美代子、ハナ肇、他	TBS
悪霊島	1991/10/14	片岡鶴太郎	岸田理生	福本義人	島田陽子、嶋田久作、夏八木勲、平幹二朗、加藤武、他	フジテレビ
悪魔が来りて笛を吹く	1992/4/9	古谷一行	江連卓	藤井克彦	石黒賢、西村知美、金沢碧、根上淳、清水章吾、他	TBS
女怪　深夜に墓を荒らす男とは…　祈禱師が隠す頭蓋骨の謎	1992/7/27	古谷一行	中村努	田中徳三	丘みつ子、中条きよし、西山辰夫、いかりや長介、坂本あきら、他	TBS
本陣殺人事件	1992/10/2	片岡鶴太郎	岸田理生	福本義人	本田博太郎、佐久間良子、古手川祐子、吉行和子、加藤武、他	フジテレビ
病院坂の首縊りの家　呪われた風鈴の音が呼ぶ生首坂	1992/12/28	古谷一行	髙村美智子	関本郁夫	山本陽子、宇梶剛士、川上麻衣子、光石研、ハナ肇、他	TBS
三つ首塔　呪われた遺産が招く血の惨劇	1993/7/15	古谷一行	和久田正明	関本郁夫	大谷直子、岡本信人、安永亜衣、山口美也子、ハナ肇、他	TBS
迷路の花嫁　悪霊と血の匂い　城下町に起こる連続殺人の謎　ハナさん最後の警部	1993/9/20	古谷一行	江連卓	原田眞治	宮川一郎太、小坂一也、荻野目慶子、中尾彬、ハナ肇、他	TBS
悪魔の手毬唄	1993/9/24	片岡鶴太郎	岸田理生	福本義人	いしだあゆみ、加勢大周、高橋幸治、平幹二朗、牧瀬里穂、他	フジテレビ
女王蜂　古都に響く月琴の音色　鬼面が踊ると人が死ぬ	1994/4/4	古谷一行	和久田正明	関本郁夫	沢田亜矢子、西田芳雄、墨田ユキ、嵯峨周平、名古屋章、他	TBS
悪魔の唇　謎の連続殺人! 死体に張りつく唇の跡は怨念を歌う	1994/8/22	古谷一行	田村恵	原田眞治	吉川十和子、田中実、神谷けいこ、火野正平、谷啓、他	TBS
犬神家の一族	1994/10/7	片岡鶴太郎	佐伯俊道	福本義人	栗原小巻、椎名桔平、牧瀬里穂、渡辺いっけい、加藤武、他	フジテレビ

タイトル	放送日	金田一耕助	脚本	監督	キャスト	放送局
悪魔の花嫁　呪われた洋館の惨劇　血しぶきが花嫁衣裳を染める　鈴の音が奏でる殺人の鎮魂歌	1995/9/4	古谷一行	江連卓	原田眞治	高橋ひとみ、古尾谷雅人、六平直政、宮田圭子、他	TBS
八つ墓村	1995/10/13	片岡鶴太郎	佐伯俊道	福本義人	名取裕子、岡本健一、寺島しのぶ、大杉漣、牧瀬里穂、他	フジテレビ
呪われた湖　鬼頭邸の惨劇　髪のない女の全裸死体が連続殺人の序章!!　怨念か? 血しぶきの裏に悲しい過去があった	1996/1/2	古谷一行	中村努	原田眞治	多岐川裕美、石橋保、室田日出男、鰐淵晴子、谷啓、他	TBS
黒い羽根の呪い　カラスが鳴くと人が死ぬ! 鮮血散る奇怪な連続殺人　山村の湯しぶりに人間が消えた	1996/3/25	古谷一行	峯尾基三	関本郁夫	佐久間良子、とよた真帆、渋谷哲平、沖directory直美、谷啓、他	TBS
女怪	1996/4/26	片岡鶴太郎	佐伯俊道	藤田明二	古手川祐子、神保悟志、フランキー堺、石黒賢、他	フジテレビ
悪魔が来りて笛を吹く	1996/10/25	片岡鶴太郎	佐伯俊道	福本義人	真野響子、渡辺完子、渕野俊太、本田博太郎、加藤武、他	フジテレビ
幽霊座　首吊り死体が連続殺人の序章　山里の旅回り一座に起こる奇怪な事件の謎　カギは4年前、水中から消えた男のゆくえに!　涙で暴くトリックとは	1997/1/3	古谷一行	峯尾基三	奥村正彦	十朱幸代、井上純一、井田州彦、大沢健、渋谷琴乃、他	TBS
獄門島　逆さ吊りの美女の死体!　呪われた孤島の連続殺人事件!　芭蕉の俳句がトリックの謎を解く時真犯人が	1997/5/5	古谷一行	和久田正明	関本郁夫	金田竜之介、名古屋章、織本順吉、北村総一朗、秋吉久美子、他	TBS
悪魔の仮面　飛び散る鮮血と黒いシルエット　凶器の鎌・蛇・鎖に込められた謎とは?　山里の連続殺人は神楽の夜に起きた	1998/3/30	古谷一行	峯尾基三	吉田啓一郎	真野響子、坂田雅彦、羽場裕一、谷啓、水原ゆう紀、他	TBS
女王蜂	1998/4/7	片岡鶴太郎	佐伯俊道	福本義人	池上季実子、初瀬かおる、細川俊之、伊集院光、他	フジテレビ
悪霊島　ヌエの鳴く夜に気をつけろ…　占い師が最期に残した恐ろしい言葉!　呪われた島に何が?	1999/3/8	古谷一行	峯尾基三	原田眞治	山本陽子、神山繁、清水紘治、峰岸徹、中村俊介、谷啓、他	TBS
トランプ台上の首　私は夫に殺されて　黒猫亭マダムか?　殺人容疑で逃亡中の女か?　境内から出た白骨死体の謎	2000/10/30	古谷一行	峯尾基三	吉田啓一郎	古手川祐子、出光秀一郎、三浦浩一、田村友里、谷啓、他	TBS
水神村伝説殺人事件　祭りと共に死神がやって来る!　忌まわしき古井戸と血染め地蔵…　二つの旧家が生んだ殺人鬼!	2002/4/29	古谷一行	石原武龍	山本厚	檀臣幸、二瓶鮫一、坂口良子、田中美奈子、大尾としのり、他	TBS
迷路荘の惨劇　京都祇園祭怪奇連続殺人!　呪われた地下道に消えた悪魔の復讐か!?　シリーズ最大の怪事件をどう解決?　ニュー金田一の初事件	2002/10/2	上川隆也	西岡琢也	吉田啓一郎	羽田美智子、野際陽子、六平直政、宇梶剛士、中村梅雀、他	テレビ東京
人面瘡　秘湯で起きた連続殺人!　満月の夜現れる母子霊の祟り…　腫瘍が笑い人が死ぬ	2003/3/25	古谷一行	石原武龍	山本厚	淡路恵子、沢竜二、斉藤由貴、三原じゅん子、谷啓、他	TBS
獄門島	2003/10/29	上川隆也	西岡琢也	吉田啓一郎	神山繁、鶴田忍、寺田農、高島礼子、笑福亭松之助、他	テレビ東京
犬神家の一族	2004/4/3	稲垣吾郎	佐藤嗣麻子	星護	三田佳子、西島秀俊、佳那晃子、塩見三省、小日向文世、他	フジテレビ
白蠟の死美人	2004/4/26	古谷一行	石原武龍	山本厚	岡田茉莉子、杉本彩、新藤栄作、尾美としのり、谷啓、他	TBS
八つ墓村	2004/10/1	稲垣吾郎	佐藤嗣麻子	星護	若村麻由美、藤原竜也、江波杏子、塩見三省、小日向文世、他	フジテレビ
明智小五郎VS金田一耕助　世紀の名探偵推理対決!　炎の不可能密室殺人!?　妖しい傷跡の美女	2005/2/26	長瀬智也	深沢正樹	猪崎宣昭	財前直見、内山理名、平田満、堀北真希、団時朗、松岡昌宏、他	テレビ朝日
神隠し真珠郎　呪いに消えた一族	2005/7/18	古谷一行	石原武龍	山本厚	田中美里、山崎勝之、神山繁、浅利香津代、谷啓、他	TBS
女王蜂	2006/1/6	稲垣吾郎	佐藤嗣麻子	星護	石橋凌、手塚理美、栗山千明、及川光博、染谷将太、小日向文世、他	フジテレビ
悪魔が来りて笛を吹く	2007/1/5	稲垣吾郎	佐藤嗣麻子	星護	成宮寛貴、榎木孝明、秋吉久美子、国仲涼子、伊武雅刀、他	フジテレビ
悪魔の手毬唄	2009/1/5	稲垣吾郎	佐藤嗣麻子／小川智子（脚本協力）	星護	かたせ梨乃、谷原章介、山田優、仁科亜希子、小日向文世、他	フジテレビ
金田一耕助VS明智小五郎	2013/9/23	山下智久	池上純哉	澤田鎌作	武井咲、伊藤英明、マギー、朝加真由美、濱田マリ、他	フジテレビ
金田一耕助VS明智小五郎ふたたび	2014/9/29	山下智久	池上純哉	澤田鎌作	中嶋しゅう、伊藤英明、岡山天音、剛力彩芽、星由里子、他	フジテレビ
獄門島	2016/11/19	長谷川博己	喜安浩平	吉田照幸	奥田瑛二、菅原大吉、山崎銀之丞、仲里依紗、古田新太、他	NHK BS
シリーズ横溝正史短編集　金田一耕助登場!　黒蘭姫	2016/11/24	池松壮亮	宇野丈良	宇野丈良	山田真歩、レイザーラモンHG、鳥居みゆき、中村有志、他	NHK BS

タイトル	放送日	金田一耕助	脚本	監督	キャスト	放送局
シリーズ横溝正史短編集　金田一耕助登場！ 殺人鬼	2016/11/25	池松壮亮	許斐康公	佐藤佐吉	松居大悟、永野、福島リラ、岩井志麻子、佐藤佐吉、他	NHK BS
シリーズ横溝正史短編集　金田一耕助登場！ 百日紅の下にて	2016/11/26	池松壮亮	明仁絵里子	渋江修平	嶋田久作、コムアイ、マギー審司、ゆってぃ、柳俊太郎、他	NHK BS
悪魔が来りて 笛を吹く	2018/7/28	吉岡秀隆	喜安浩平	吉田照幸	中村蒼、志田未来、益岡徹、村上淳、志田成志、筒井真理子、他	NHK BS
犬神家の一族	2018/12/24	加藤シゲアキ	根本ノンジ	澤田鎌作	黒木瞳、賀来賢人、松田美由紀、佐戸井けん太、小野武彦、他	フジテレビ
八つ墓村	2019/10/12	吉岡秀隆	喜安浩平／吉田照幸	吉田照幸	真木よう子、村上虹郎、蓮佛美沙子、不破万作、木内みどり、他	NHK BS
悪魔の手毬唄　～金田一耕助、ふたたび～	2019/12/21	加藤シゲアキ	根本ノンジ	澤田鎌作	寺島しのぶ、斉藤由貴、有森也実、小瀧望、古谷一行、他	フジテレビ
シリーズ横溝正史短編集Ⅱ　金田一耕助 踊る！ 貸しボート13号	2020/1/18	池松壮亮		宇野丈良	蒔田彩珠、朝間優、岡部尚、嶋田久作、ヤン・イクチュン、他	NHK BS
シリーズ横溝正史短編集Ⅱ　金田一耕助 踊る！ 華やかな野獣	2020/1/25	池松壮亮		佐藤佐吉	門脇麦、我妻マリ、アンミカ、芋生悠、辻凪子、他	NHK BS
シリーズ横溝正史短編集Ⅱ　金田一耕助 踊る！ 犬神家の一族	2020/2/1	池松壮亮		渋江修平	坂井真紀、渡辺佑太朗、斉木しげる、久保田紗友、村杉蝉之介、他	NHK BS

■映画

タイトル	公開年	金田一耕助	脚本	監督	キャスト	配給
三本指の男	1947	片岡千恵蔵	比佐芳武	松田定次	小堀明男、水原洋一、杉村春子、三津田健、原節子、他	東横
獄門島	1949	片岡千恵蔵	比佐芳武	松田定次	斎藤達雄、千石規子、三宅邦子、喜多川千鶴、大友柳太朗、他	東横
八ツ墓村	1951	片岡千恵蔵	比佐芳武／高岩肇	松田定次	原健作、信欣三、御園裕子、千石規子、大友柳太郎、他	東映
毒蛇島奇談・女王蜂	1952	岡譲二	倉谷勇	田中重雄	荒川さつき、森雅之、久慈あさみ、船越英二、見明凡太郎、他	大映
幽霊男	1954	河津清三郎	沢村勉	小田基義	田中春男、藤木悠、岡譲二、三條美紀、清水元、他	東宝
悪魔が来りて笛を吹く	1954	片岡千恵蔵	比佐芳武	松田定次	佐々木孝丸、塩谷達夫、三浦光子、杉葉子、原健策、岡譲二、他	東映京都
犬神家の謎・悪魔は踊る	1954	片岡千恵蔵	高岩肇	渡辺邦男	小夜福子、石井一雄、千原しのぶ、島田照夫、進藤英太郎、他	東映京都
三つ首塔	1956	片岡千恵蔵	比佐芳武	小林恒夫／小沢茂弘	三條雅也、中原ひとみ、南原伸二、宇佐美淳、佐々木孝丸、他	東映京都
吸血蛾	1956	池部良	小国英雄／西島大	中川信夫	有島一郎、久慈あさみ、安西郷子、東野英治郎、小堀明男、他	東宝
悪魔の手毬唄	1961	高倉健	渡辺邦男／結束信二	渡辺邦男	北原しげみ、神田隆、小野透、志村妙子（太地喜和子）、他	ニュー東映
本陣殺人事件	1975	中尾彬	高林陽一	高林陽一	田村高廣、新田章、高沢順子、東竜子、常田富士男、東野孝彦、他	ATG
犬神家の一族	1976	石坂浩二	長田紀生／日高真也／市川崑	市川崑	高峰三枝子、あおい輝彦、草笛光子、島田陽子、加藤武、他	角川映画
悪魔の手毬唄	1977	石坂浩二	久里子亭	市川崑	岸恵子、仁科明子、北公次、草笛光子、若山富三郎、原ひさ子、他	東宝
獄門島	1977	石坂浩二	久里子亭（日高真也／市川崑）	市川崑	東野英治郎、司葉子、佐分利信、大原麗子、太地喜和子、他	東宝
八つ墓村	1977	渥美清	橋本忍	野村芳太郎	小川真由美、萩原健一、山崎努、山本陽子、加藤嘉、花沢徳衛、他	松竹
女王蜂	1978	石坂浩二	日高真也／桂千穂／市川崑	市川崑	岸恵子、仲代達矢、中井貴恵、司葉子、沖雅也、高峯三枝子、他	東宝
悪魔が来りて笛を吹く	1979	西田敏行	野上龍雄	斉藤光正	宮内淳、二木てるみ、仲谷昇、鰐淵晴子、斉藤とも子、他	東映
病院坂の首縊りの家	1979	石坂浩二	日高真也／久里子亭	市川崑	佐久間良子、桜田淳子、あおい輝彦、ピーター、横溝正史、他	東宝
金田一耕助の冒険	1979	古谷一行	斉藤耕一／中野顕彰	大林宣彦	田中邦衛、仲谷昇、東千代之介、樹木希林、三船敏郎、他	角川映画
悪霊島	1981	鹿賀丈史	清水邦夫	篠田正浩	岩下志麻、伊丹十三、佐分利信、古尾谷雅人、岸本加世子、他	東映
八つ墓村	1996	豊川悦司	大藪郁子／市川崑	市川崑	浅野ゆう子、岸部一徳、宅麻伸、岸田今日子、高橋和也、他	東宝
犬神家の一族	2006	石坂浩二	長田紀生／日高真也／市川崑	市川崑	富司純子、尾上菊之助、松坂慶子、萬田久子、松嶋菜々子、他	東宝

おわりに

　金田一耕助最後の事件「病院坂の首縊り
の家」は昭和48年に解決し、その後、耕助
がアメリカに旅立ったのは皆様ご承知のと
おりです。が、あと数年で耕助失踪から半
世紀と知り、改めて驚いています。金田一
さんに古臭さをちっとも感じない故の驚き
なのですが、一体なぜなんでしょう。

　金田一耕助──謎解きには熱心でも経営
にはちっとも向かない個人事業主（フリーランス）の典型で、
ワーカホリック。昭和のゴツゴツした男性
像とは一線を画し、彼自身も貧弱さにコン
プレックスを抱えている。かと思えば、相
手がどんな大物であれ、また難問であれば
あるほど、ファイトを燃やす仕事バカ。そ
して（実はここが一番彼のいいところだと思っていま
すが）、異端とされる人々への眼差しがフラ
ットなのです。これは作者・横溝正史の思
想の表れでもありますが、金田一耕助はま
さに時代を超越したキャラクターと言える
でしょう。

　本書のお声がけをいただいておよそ２年。
金田一シリーズの全作読み返しから始まり、
映像作品のチェック、住居の解析や事件現
場の調査、戦後の文化・技術に関する資料
集め、そしてノリで始めてしまった「パタ
パタ着せかえ　金田一さん」に至るまで、ど
っぷり金田一漬けの毎日でしたが、木魚庵
さんの原稿を読んで初めて知る事実も少な
くありませんでした。特に、歌舞伎や夏目
漱石・泉鏡花の作品が設定や構成の下敷き

になっている点は、まさに目から鱗。挿絵
表現の幅が一気に広がったように思いまし
た。

　挿絵については、項目が立っていない人
物を仕込んだり、横溝先生の写真から構図
を拝借したり、小津っぽい視点を取り入れ
るなど「これ誰がわかるんですか?」的な
お遊びを随所に盛り込みました。とはいえ、
マニアでない方にもクスッと笑っていただ
けるイラストを心がけています。あっ、も、
もちろん死体を描くときは思いっきり凄惨
にしましたとも!　初心者さんからマニア
さんにいたるまで、みなさまにお楽しみい
ただけたら幸いです。

　登場人物を絵に起こすことは、ある意味
対話に似ています。この仕事に取り組んで
いる間、耕助や等々力・磯川両警部らと冒
険を共にしていたような感覚すらありまし
た。

　その冒険の伴走者であるオフィス・モザ
イクの神田賢人さん、おつかれさまでした。
装丁とパズル状態の本文デザインを担当さ
れたSPAISのみなさん、貴重な作品をご提
供くださった横溝クラフト手芸部さん、各
種問い合わせに応じて下さった方々にも御
礼申し上げます。

　木魚庵さん、いい本になりましたね!

　　　　2020年7月　YOUCHAN

警部さん
あんた
卑怯
じゃ
ありま
せんか

文 木魚庵（もくぎょあん）

1967年千葉県生まれ。金田一耕助勉強家を自称。1995年にWEBサイト『金田一耕助博物館』を開設。西口明弘名義で『金田一耕助The Complete』『横溝正史研究』『金田一耕助映像読本』などに金田一耕助関連の記事を執筆。本書が初の著書となる。また横溝作品ゆかりのゲストを招いたトークライブ『ずっと金田一さんの話だけしていたい！』を不定期に開催。

絵 YOUCHAN（ゆーちゃん）

1968年愛知県生まれ。イラストレーター。高校時代、教師に夢野久作を勧められ探偵小説にはまる。初横溝は「鬼火」。主な著書に『現代作家ガイド6 カート・ヴォネガット』（共著／彩流社）、装画を手掛けた本に、草上仁『7分間SF』（早川書房）、大田洋子『屍の街』（小鳥遊書房）、『幻想と怪奇 傑作選』（新紀元社）など。

カバー・本文デザイン　SPAIS（熊谷昭典　宇江喜桜　吉野博之）佐藤ひろみ

執筆協力・編集　神田賢人（オフィス・モザイク）

撮影　中野和志（有限会社アレグロ）

名探偵にまつわる言葉をイラストと豆知識で頭をかきかき読み解く

金田一耕助語辞典

2020年9月10日　発　行　　　　　　　　　　　　NDC914

著　者　　木魚庵（文）
　　　　　YOUCHAN（絵）
発行者　　小川雄一
発行所　　株式会社 誠文堂新光社
　　　　　〒113-0033 東京都文京区本郷 3-3-11
　　　　　［編集］電話 03-5805-7762
　　　　　［販売］電話 03-5800-5780
　　　　　https://www.seibundo-shinkosha.net/

印刷・製本　図書印刷 株式会社

ISBN978-4-416-52002-4

パタパタ着せかえ　金田一さん

PATAPATA KINDAICHI

イ

基本的
金田一スタイル

セルの袴とお盆帽

遊び方　点線で切り込みを入れましょう。金田一さんの着せ替えをお楽しみください。

基本的金田一スタイル
セルの袴とお釜帽

標準的な金田一耕助スタイルとされるのが、「くたびれたセルの着物」「ひだのたるんだ袴」「くちゃくちゃに形の崩れたお釜帽」でありましょう。映像化の折には「裸足に下駄履き」がよく見られますが、原作では足袋を履いていることが多いようです。いずれにせよ薄汚れていたりと、よれよれなのですが……。

パナマ帽

小千谷縮

金田一さんといえば圧倒的にお釜帽ですが、夏場にパナマ帽を被ることも。「夢の中の女」で真新しいパナマ帽を被った耕助は、小千谷縮の白絣と夏袴で男ぶりを上げています。

小千谷縮は新潟県小千谷市が発祥の麻織物。独特のシボ感があり、吸水性と放熱性に優れた夏の着物に向いた素材です。

セルの着物や袴が定番ではありますが、夏場は白絣や草木染めの単衣と夏袴、冬場は大島の着物に対の羽織と袴といった描写も多数あり、季節に合わせて素材を変えていました。いずれにしてもよれよれだったり、袴のひだはたるんでいましたが……。

ところでシリーズを通じて圧倒的におしゃれだったのが「仮面舞踏会」でしょう。紺の単衣に薄浅黄の襦袢を着て、蝉の羽根のように光る褐色の袴を履いていたとのこと。霧の深い軽井沢の幻想的な情景にピッタリのお召し物でした。

着物

袴

帯

腰板

まえ

後ろひも

うしろ

足さばきを確保！

着物の後ろの裾を帯に差し込んで尻はしょりにして、袴をその上からはきます。

このひだが崩れてしまうほど金田一さんは袴をはき込んでしまいます

ふたまたに分かれている

PATAPATA KINDAICHI

ロ

冬のお出掛け
コーディネイト

二重回しとボストンバッグ

　肌寒くなってから厳しい冬の季節まで欠かせないのが、二重回しと呼ばれるコートです。ケープがコートの上に重なっており、空気の層ができるので暖かそうです。

　そして、旅のお供に欠かせない鞄。原作ではボストンバッグをよく利用しています。鞄を持たず、ふところに資料をぎゅうぎゅうに詰めていることも。

ソフト帽
縦に凹んでいる

クラウン

ブリム

クラウンが凹んでいないのは山高帽子で金田一さんがいつも被っているお釜帽のこと。形が崩れる程被りつぶすのは妥そうなフェルト靴です。

お釜帽の正体!!

　ここでの金田一さんはソフト帽を被っています。ソフト帽とは、てっぺんを縦に折り込まれたフェルト製の帽子のことで、中折れ帽とも呼ばれます。「獄門島」での耕助は、くちゃくちゃに形の崩れたソフトを被っている様子。フェルトって結構丈夫な素材のはずですが……。

　二重回しはケープ付きのコートのこと。下のコートには袖がなく、ケープと一体化しています。袖ぐりが大きく開いているため、着物の袖がそのまま通せる仕組みです。「トンビ」と称されることもあります。耕助は冬用の二重回しだけではなく、春・秋用の合いトンビも所有しています。

　この絵ではボストンバッグを手にしていますが、「不死蝶」で出向いた射水（いみず）や「獄門島」では、映像化でおなじみのスーツケースを利用していました。その他には、風呂敷で包んだり、信玄（しんげん）袋（ぶくろ）を利用することも。

二重回し [Inverness Coat]

ケープはコートと一体化して取リ外せないものが多い

ケープの下のコートには袖がなく、袖ぐりが大きいので和服の袖を通しやすい

まえ　　うしろ

ステッキが似合います

ボストンバッグ

スーツケースも当時は革製のトランク仕様

映像化作品ではおなじみの形

合財袋（がっさいぶくろ）と称されることもある信玄袋

小物や化粧道具を入れる

PATAPATA KINDAICHI

金田一耕助
デビュー
スタイル

in 本陣殺人事件

金田一耕助
デビュー
スタイル

in 本陣殺人事件

　金田一耕助が初登場した「本陣殺人事件」での出で立ちです。当初は今作限りの登場予定だった若き名探偵は、形の崩れた帽子・ちびた下駄・爪が出そうになっている紺足袋と、すでに風采の上がらぬスタイルができあがっておりました。

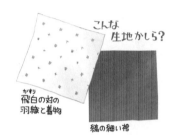

こんな
生地かしら?

飛白（かすり）の対の
羽織と着物

縞の細い袴

　初登場の金田一さんのお召し物は、飛白（かすり）の対の羽織と着物、縞の細い袴。これがよれよれでなければ、おしゃれな秋の装いです。

　「本陣殺人事件」雑誌連載第4回に掲載された、松野一夫による金田一耕助です。ラフに見える筆致のなかに、懐手（ふところで）をして膨らんだふところや、ステッキを手にしている様子もしっかり表現されています。

　ちなみに、飄々とした風貌が耕助に似ていると引き合いに出された、ミルン『赤い館の秘密』に登場する素人探偵、アントニー・ギリンガムは、海軍によくいるタイプの、なかなかハンサムな青年とのこと。

PATAPATA KINDAICHI

二

年齢 の 占い師
不詳 天運堂

in 暗闇の中の猫

PATAPATA KINDAICHI 二

年齢不詳の占い師 天運堂
in 暗闇の中の猫

ときどき金田一さんは変装をして捜査に乗り出すことがありました。わけても、この天運堂ほど大掛かりな変装をしたケースはないでしょう。つけ髭のみならず、度の強い眼鏡をかけていては、表情を読み取ることも難しそうです。

天神髭

菅原道真のような八の字に下がった髭

鍾馗髭

頬からあごにかけぼうぼうに生えている髭

「暗闇の中の猫」では天神髭と頬を埋めるようなながい髭をはやしていると表され、「黄金の指紋」でも鍾馗髭をはやしている、と書かれています。線の細い顔立ちを、たっぷりのつけ髭でカムフラージュしようとしたのでしょうか。

十徳は男性が着る和服の一種ですが、羽織と大きく異なるのが袖口。小袖になっておらず、大きく開いています。両脇の腰から下にひだがとられ、前紐は共布で作られています。鎌倉時代末期から用いられ、江戸時代には医師・儒者・茶人の礼服として着用。現在は茶道の装いとして着用されています。

揉烏帽子は、漆で塗り固めずに、柔らかく作った烏帽子をさします。ちなみに烏帽子は奈良時代から着用された男子の被り物で、貴族から庶民まで広く用いられていたようです。

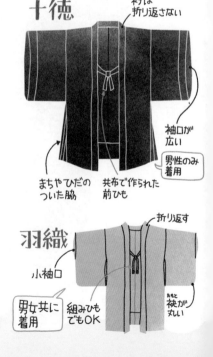

十徳

衲は折り返さない

袖口が広い

男性のみ着用

まちやひだのついた脇

共布で作られた前ひも

固い!!

烏帽子

柔らか〜い

揉烏帽子

羽織

折り返す

小袖口

男女共に着用

組みひもでもOK

裾が丸い

PATAPATA KINDAICHI

洋装で
変装
in 雌蛭

普通の人にとっては何の変哲もない洋装も、金田一さんが着れば、もうそれだけで変装になってしまいます。いつものよれよれ和服スタイルが馴染みすぎているためか、同じ骨格で描いてもこんなに印象が変わるのですね。べっ甲の伊達メガネが新鮮です。

アイビー・
ハンチング

プロムナード・
ハンチング

ハンチング（鳥打帽）はイギリス発祥の狩猟用の帽子で、縦長フォルムのアイビー・ハンチングが主流です。耕助が被っているベレー型は、プロムナード・ハンチングと呼ばれ、丸いフォルムが特徴。ニットもしくはフェルトで作られることが多いようです。

1950年代はアメリカでアロハシャツブームが起きます。まだシャツの裾をズボンに入れた着用が主流の時代でしたが、アロハシャツは裾を外に出して着る人が多かったようです。
「雌蛭」では派手なチェックのアロハに鼠色のズボンでしたが、「支那扇の女」ではギャバのズボンに濃い紺地の開襟シャツを合わせていました。ギャバはギャバジンの略称で、撥水効果があり、作業服にも用いられる、丈夫な生地のことです。ちなみに洋装が派手なのは耕助だけではありません。「病院坂の首縊りの家」の兵藤房太郎は、ビロードの三つ揃いにボヘミアン・ネクタイと、なかなか派手な服装でした。

濃紺の開襟
シャツと
ギャバのズボン

ビロードの
三つ揃い

ボヘミアン・ネクタイは幅15cm、長さ1.2m程の変形タイ。襟元で蝶結びをして形を整えます。

「スペードの女王」では、左分けの金田一さんに会える！

不思議な ボーイさん
in 華やかな野獣

　金田一耕助のパーソナリティーから最も遠く離れた服装とは、制服ではないでしょうか。よれよれの袴を脱ぎ捨てて、ボーイの制服に身を固めての潜入捜査。とはいえ、詰め襟は窮屈だし、つい生意気な態度が出てしまうし、やはりボーイには向かない性分でありました。

フェズ
（トルコ帽）

ケピ帽

シルクハットや
ベレー帽を
被るホテルも
あります

　「華やかな野獣」や「幽霊男」で耕助が被っていたつばのない円筒形のトルコ帽は、フェズやタルブーシュとも呼ばれます。現在の日本のホテルでは、薄いつばの付いたケピ帽が多いようです。

　ボーイの正式名称はベルボーイ。ロビーで客を案内したり、荷物を運ぶサービスなどを行います。さらには客室や非常口などの設備の説明や、タクシーの手配など、コンシェルジュとしての役割も。なお、ベルボーイには原則として制服の着用が義務付けられています。
　凛々しい詰め襟のデザインも、耕助にとっては窮屈だった様子。「華やかな野獣」で最初外れていたのは一番上のボタンだけだったのに、いつのまにか二つが外れていましたね……。

「幽霊男」で
百花園
ホテルの
ボーイに
扮した
金田一耕助

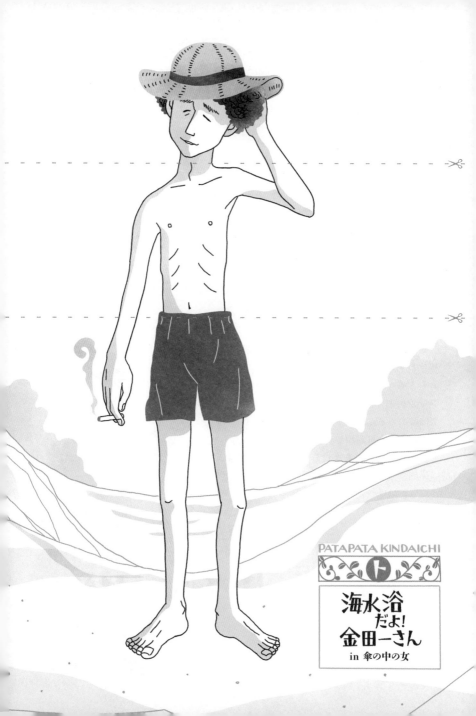

PATAPATA KINDAICHI

ト

海水浴
だよ!
金田一さん
in 傘の中の女

リゾートとは縁のなさそうな金田一さんですが、夏に
なると信州の山荘や海辺のリゾート地に向かうこともあ
ります。いずれも耕助の友人・知人からのご招待。ひと
月以上滞在することもあるようです。

ビーチパラソル

鏡が浦、白浜海岸に片瀬江ノ島……海辺のリ
ゾート地に出向く作品は数あれど、海に入るこ
とがあまりない金田一さん。そんな中、「傘の
中の女」では、等々力警部をビーチでのんびり
待つ水着姿の耕助が描かれています（そして事
件に出っ食わします）。

海辺の滞在時に金田一さんは白絣に夏袴の取
り合わせが多いようです。一方、おっつけやっ
てくる等々力警部は、防暑用ヘルメットと開襟
シャツの着用が基本。「傘の中の女」の鏡が浦
では膝のたるんだズボンを履いていますが、「赤
の中の女」のH海岸では半ズボン姿でした。い
ずれにしてもとても楽しそうな警部さんです。

H海岸に
やってきた
等々力警部

小さな
ボストン
バッグ

PATAPATA KINDAICHI

おやすみタイム
の
リラックスウェア

in 扉の影の女

　緑ケ丘の三間続きのフラットはとてもモダンで、就寝もベッドでしたし、朝食も洋風でした。和服主義を貫く一方で、捜査に最先端の電気製品を用いることも厭わなかった金田一さん、おやすみスタイルは和洋折衷!?

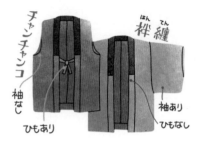

チャンチャンコ
袖なし
ひもあり

袢纏（はんてん）
袖あり
ひもなし

　チャンチャンコとは袖のない羽織のこと。襟が裾まで続いており、前ひもを結んで着ます。
　タオル地のねまきは耕助のお気に入りだったようで、「迷路荘の惨劇」で名琅荘に滞在したときも持参していました。

　「扉の影の女」では、タオル地のねまきの上に綿入れのチャンチャンコという「世にも珍妙なスタイル」で多門修の訪問を受けています。遅い朝食はトースト。これをムシャムシャ食べながら多門修と面談し、応対しながら台所に立ってココアを入れます。
　名探偵の生活を垣間見ることのできる、貴重なシーンとも言えるでしょう。

Morning Cocoa
For Your Health

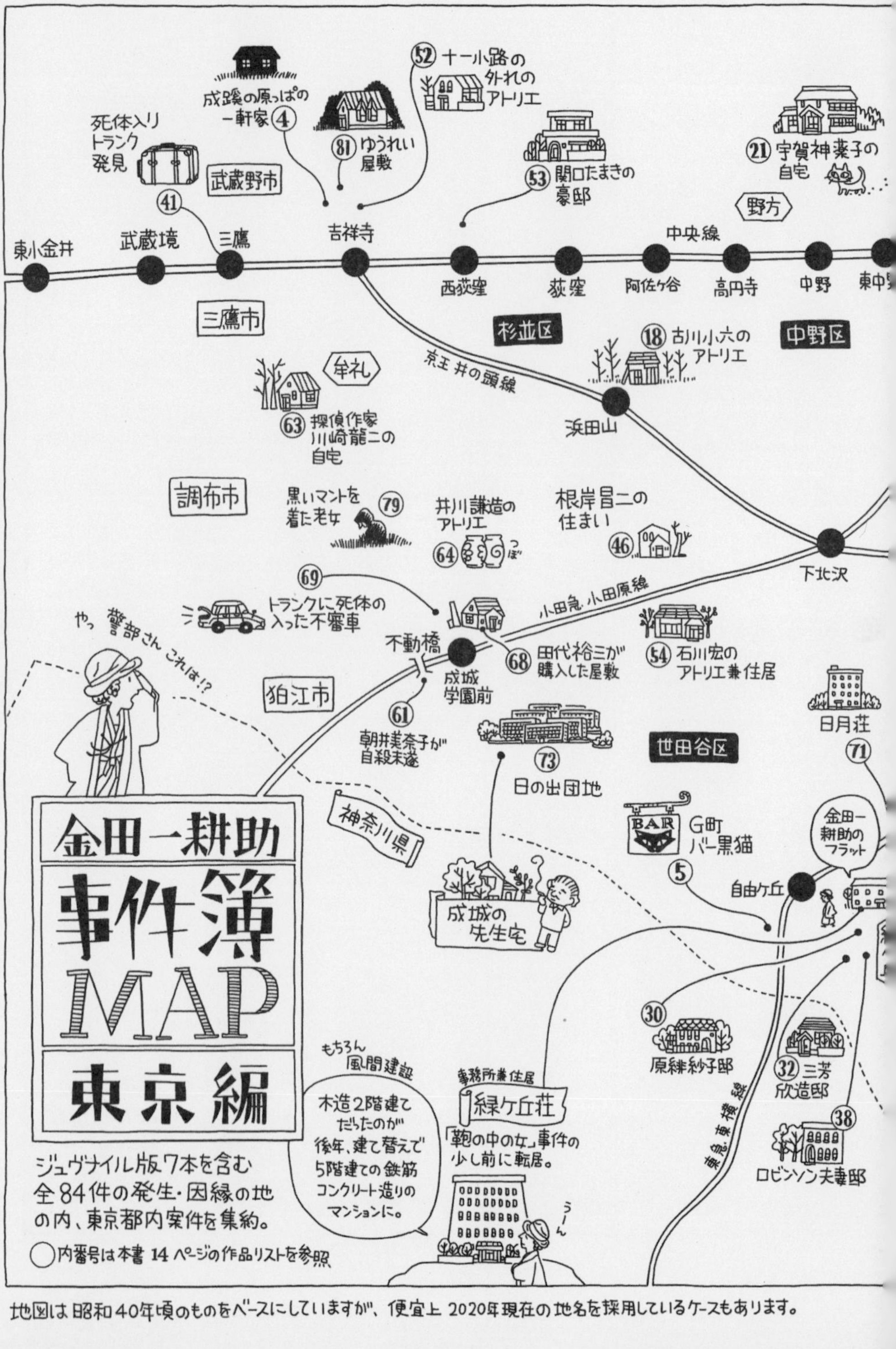
金田一耕助
事件簿
MAP
東京編
ジュヴナイル版7本を含む
全84件の発生・因縁の地
の内、東京都内案件を集約。
◯内番号は本書 14 ページの作品リストを参照
死体入り
トランク
発見
(41)
成蹊の原っぱの
一軒家 ④
(81) ゆうれい
屋敷
(52) 十一小路の
外れの
アトリエ
(53) 関口たまきの
豪邸
(21) 宇賀神薬子の
自宅
武蔵野市
野方
東小金井
武蔵境
三鷹
吉祥寺
中央線
西荻窪
荻窪
阿佐ケ谷
高円寺
中野
東中野
三鷹市
杉並区
中野区
(18) 古川小六の
アトリエ
京王 井の頭線
牟礼
(63) 探偵作家
川崎龍二の
自宅
浜田山
調布市
黒いマントを
着た老女 (79)
井川謙造の
アトリエ
(64) つぼ
根岸昌二の
住まい
(46)
下北沢
(69)
トランクに死体の
入った不審車
小田急 小田原線
やっ 警部さん これは!?
不動橋
成城
学園前
(68) 田代裕三が
購入した屋敷
(54) 石川宏の
アトリエ兼住居
狛江市
(61)
朝井美奈子が
自殺未遂
日月荘
(71)
(73)
日の出団地
世田谷区
神奈川県
BAR
G町
バー黒猫
⑤
金田一
耕助の
フラット
自由ケ丘
成城の
先生宅
(30)
原緋紗子邸
(32) 三芳
欣造邸
(38)
ロビンソン夫妻邸
東急 東横線
もちろん
風間建設
木造2階建て
だったのが
後年、建て替えで
5階建ての鉄筋
コンクリート造りの
マンションに。
事務所兼住居
緑ケ丘荘
「鞄の中の女」事件の
少し前に転居。
うーん

地図は昭和40年頃のものをベースにしていますが、便宜上 2020年現在の地名を採用しているケースもあります。